Antal Szerb

Reise im Mondlicht

Roman

Aus dem Ungarischen von Christina Viragh

Mit einem Nachwort von Péter Esterházy

Nierstein 19.05.2004

Liebe Barbara,
zur Erinnerung ein
kleines Dankeschön,
viel Spaß beim lesen

Elisabeth und Silke

Deutscher Taschenbuch Verlag

Der Verlag dankt dem Fonds für Übersetzungsförderung
der Stiftung Ungarisches Buch in Budapest für die
freundliche Unterstützung der vorliegenden Übersetzung.

Deutsche Erstausgabe
Dezember 2003
4. Auflage Februar 2004
Deutscher Taschenbuch Verlag GmbH & Co. KG, München
www.dtv.de
© 1937 Szerb Antal örököse
Titel der ungarischen Originalausgabe:
Utas és holdvilág
(Révai, Budapest 1937; letzte Neuauflage Magvető, Budapest 2000)
© 2003 für das Nachwort: Péter Esterházy
© 2003 der deutschsprachigen Ausgabe:
Deutscher Taschenbuch Verlag GmbH & Co. KG, München
Umschlagkonzept: Balk & Brumshagen
Umschlaggestaltung: Catherine Collin unter Verwendung des
Gemäldes ›Abteil C, Waggon 193‹ (1938) von Edward Hopper
(mit freundlicher Genehmigung der Collection IBM Corporation)
Satz: Greiner & Reichel, Köln
Gesetzt aus der Bembo 10,5/13˙
Druck und Bindung: Kösel, Kempten
Gedruckt auf säurefreiem, chlorfrei gebleichtem Papier
Printed in Germany · ISBN 3-423-24370-8

Erster Teil

Hochzeitsreise

Gesetz und Regel halt ich widerwillig ein.
Und was kommt jetzt?
Ich warte auf den Lohn für meine Mühn,
Willkommen und verstoßen wie ich bin.

François Villon

I

In der Eisenbahn ging noch alles gut. Es begann in Venedig, mit den Gäßchen.

Schon als sie mit dem Motoscafo vom Bahnhof stadteinwärts fuhren und vom Canal Grande in einen Seitenkanal abbogen, fielen Mihály an beiden Ufern die Gäßchen auf. Er achtete zwar noch nicht besonders auf sie, völlig eingenommen, wie er war, von der Venedighaftigkeit Venedigs. Vom Wasser zwischen den Häusern, von den Gondeln, der Lagune, der rostrot-rosa Heiterkeit der Stadt. Mihály war nämlich zum ersten Mal in Italien, mit sechsunddreißig Jahren, auf der Hochzeitsreise.

Im Lauf seiner lang geratenen Wanderjahre war er weit herumgekommen, hatte in England und Frankreich gelebt, doch um Italien hatte er immer einen Bogen gemacht, im Gefühl, daß die Zeit dafür noch nicht reif, er noch nicht so weit sei. Italien gehörte für ihn zu den Erwachsenendingen, wie das Zeugen von Nachkommen, und heimlich hatte er Angst davor, so wie er auch vor starkem Sonnenschein, Blumenduft und sehr schönen Frauen Angst hatte.

Wenn er nicht geheiratet und beschlossen hätte, ein regelrechtes, mit einer italienischen Hochzeitsreise beginnendes Eheleben zu führen, dann hätte er diese Reise vielleicht bis zu seinem Lebensende aufgeschoben. Auch jetzt war es keine Italienreise, sondern eine Hochzeitsreise, also etwas ganz anderes. So, als Ehemann, durfte er herkommen. So war er von der Gefahr, die Italien darstellte, nicht bedroht. Dachte er.

Die ersten Tage verliefen friedlich, zwischen ehelichen Freuden und gemäßigter Stadtbesichtigung. Nach der Art kolossal intelligenter und selbstkritischer Menschen bemühten sich Mihály und Erzsi, den richtigen Mittelweg zwischen Snobismus und Antisnobismus zu finden. Sie rissen sich kein Bein aus, um alles zu tun, was der Baedeker vorschreibt, aber noch weniger gehörten sie zu den Leuten, die nach Hause fahren und einander stolz ansehen, während sie lässig bemerken: Ach, die Museen … na, da waren wir natürlich nicht.

Eines Abends, als sie nach dem Theater ins Hotel zurückkehrten, hatte Mihály das Gefühl, er würde ganz gern noch etwas trinken. Was, das wußte er nicht so genau, am ehesten war ihm nach einem süßen Wein zumute. Er erinnerte sich an den eigenartigen, klassischen Geschmack des Samosweins, den er in Paris, in einer kleinen Weinhandlung in der Rue des Petits Champs 7, oft getrunken hatte, und er überlegte sich, daß Venedig ja schon halbwegs Griechenland war und man bestimmt Wein von Samos oder vielleicht Mavrodaphne bekam, denn mit den italienischen Weinen kannte er sich nicht aus. Er bat Erzsi, allein hinaufzugehen, er komme gleich nach, er wolle nur rasch etwas trinken – wirklich nur ein Glas, sagte er mit gespieltem Ernst, denn Erzsi hatte ihn, ebenfalls scheinernst, zu Mäßigkeit ermahnt, wie es sich für die junge Ehefrau gehört.

Er entfernte sich vom Canal Grande, an dem das Hotel stand, und geriet in die Gassen um die Frezzeria, wo auch jetzt noch viele Leute unterwegs waren, mit der seltsamen Ameisenhaftigkeit, wie sie die Bewohner dieser Stadt charakterisiert. Die Menschen bewegen sich hier immer nur entlang bestimmter Linien, wie die Ameisen, wenn sie den Gartenweg überqueren. Die anderen Gassen bleiben leer. Auch Mihály hielt sich an eine Ameisenstraße, weil er sich ausrechnete, daß die Bars und Fiaschetterien an den belebten Orten lagen und nicht im unsicheren Halbdunkel der leeren Gassen. Er fand auch zahlreiche Lokale, wo man trinken konnte, aber irgendwie paßte ihm keins. An jedem stimmte etwas nicht. Im einen saßen zu elegante Leute, im anderen zu einfache, und mit keinem konnte er das Getränk, das er suchte, in einen Zusammenhang bringen. Das hatte irgendwie einen heimlicheren Geschmack. Er begann sich einzureden, es gebe in Venedig nur ein einziges Lokal, wo man jenen Wein bekäme, und er müsse den Ort instinktiv finden. So geriet er in die Gäßchen hinein.

Ganz enge Gäßchen mündeten in ganz enge Gäßchen, und in welche Richtung er auch ging, wurden diese Gäßchen immer noch enger und noch dunkler. Wenn er die Arme ausbreitete, konnte er links und rechts die Hauswände berühren, die schweigenden Häuser mit den großen Fenstern, hinter denen sich, dachte er, ein geheimnisvolles und intensiv italienisches Leben abspielte. So nah abspielte, daß es fast schon indiskret war, nachts hier entlangzugehen.

Was war das für eine merkwürdige Bezauberung, was für eine Ekstase, die ihn hier überkam, warum hatte er das Gefühl, endlich heimgekehrt zu sein? Vielleicht hatte er als Kind von so etwas geträumt – als das Kind, das in einer Villa mit Garten gewohnt, sich aber vor zu großer Geräumigkeit gefürchtet hatte –, oder vielleicht hatte er sich als Halbwüchsiger nach Enge gesehnt, nach Orten, wo jeder halbe Quadratmeter seine eigene Bedeutung hat, wo zehn Schritte schon eine Grenzüberschreitung darstellen und wo man Jahrzehnte an einem wackligen Tisch oder sein ganzes Leben in einem Sessel verbringt. Vielleicht, nicht sicher.

Jedenfalls irrte er in den Gäßchen umher, bis er plötzlich merkte, daß der Morgen kam und er auf der anderen Seite von Venedig war, am Neuen Ufer, wo man auf die Friedhofsinsel hinüberblicken kann und auf die weiter entfernten geheimnisvollen Inseln, auf San Francesco in Deserto, wo einst die Leprakranken gehaust haben, und noch weiter weg auf die Häuser von Murano. Am Neuen Ufer wohnen die armen Venezianer, die von den Segnungen des Tourismus höchstens indirekt erreicht werden, hier ist das Krankenhaus, und von hier legen die Gondeln der Toten ab. Das Viertel begann sich zu regen, einige gingen schon zur Arbeit, und die Welt war unermeßlich öde, wie immer nach einer durchwachten Nacht. Mihály fand eine Gondel, die ihn nach Hause brachte.

Erzsi war schon längst krank vor Aufregung und Müdigkeit.

Erst um halb zwei war ihr in den Sinn gekommen, daß man, so unwahrscheinlich es klingt, auch in Venedig die Polizei anrufen konnte, was sie mit Hilfe des Nachtportiers dann auch tat, selbstverständlich ohne Ergebnis.

Mihály glich noch immer einem Schlafwandler. Er war entsetzlich müde und konnte auf Erzsis Fragen nichts Vernünftiges antworten.

»Die Gäßchen«, sagte er, »einmal muß man doch die Gäßchen bei Nacht gesehen haben, das gehört dazu, auch andere tun das.«

»Aber warum hast du nichts gesagt? Oder mich nicht mitgenommen?«

Mihály wußte keine Antwort, er verkroch sich mit beleidigter Miene ins Bett und schlief verdrossen ein.

Das also ist die Ehe, dachte er, so wenig begreift sie, so hoffnungslos ist jeder Erklärungsversuch? Naja, ich versteh's ja selbst nicht.

2

Erzsi hingegen schlief nicht, sondern lag mit gerunzelter Stirn und unter dem Kopf verschränkten Armen und dachte nach. Im allgemeinen vertragen die Frauen das Wachen und das Nachdenken besser. Für Erzsi war es weder neu noch überraschend, daß Mihály Dinge tat und sagte, die sie nicht verstand. Eine Zeitlang hatte sie ihr Unverständnis erfolgreich bemäntelt, hatte klugerweise keine Fragen gestellt, sondern getan, als wäre sie sich sowieso über alles im klaren, was mit Mihály zusammenhing. Sie wußte, daß diese schweigende, künstliche Überlegenheit, die Mihály für die angeborene Weisheit der Frauen hielt, das beste Mittel war, ihn an sich zu binden. Mihály war voller Ängste, und Erzsis Aufgabe war es, ihn zu beruhigen.

Aber alles hat seine Grenzen, sie waren ja jetzt ein Ehepaar, auf seriöser Hochzeitsreise, und unter solchen Umständen eine ganze Nacht wegzubleiben war doch seltsam. Einen Augenblick kam ihr der natürliche weibliche Gedanke, daß Mihály bei einer anderen Frau gewesen war, aber sie verwarf ihn gleich wieder, denn das war völlig unvorstellbar. Abgesehen davon, daß die Sache höchst unanständig gewesen wäre, war Mihály mit fremden Frauen vorsichtig und ängstlich, er fürchtete sich vor Krankheiten, es reute ihn das Geld, und überhaupt interessierten ihn die Frauen nur mäßig.

Eigentlich wäre es ganz beruhigend gewesen, wenn Mihály bloß einer Frau nachgelaufen wäre. Dann hätte diese Unsicherheit ein Ende, dieses völlig leere Dunkel, die Unmöglichkeit sich vorzustellen, was Mihály die ganze Nacht getrieben hatte. Und sie dachte an ihren ersten Mann, Zoltán Pataki, den sie Mihálys wegen verlassen hatte. Erzsi hatte immer gewußt, welche Tippmamsell gerade Zoltáns Geliebte war, obwohl er sich krampfhaft, errötend und rührend um Diskretion bemühte, aber je mehr er das tat, um so klarer war die Sache. Bei Mihály war es gerade umgekehrt: Er erklärte jede seiner Gesten peinlich gewissenhaft, war manisch darauf bedacht, daß Erzsi ihn durch und durch kenne, doch je mehr er erklärte, um so verworrener wurde das Ganze. Erzsi wußte seit langem, daß Mihály Geheimnisse hatte, die er sich selbst nicht eingestand, während er auch sie, Erzsi, nicht verstand, weil es ihm gar nicht in den Sinn kam, sich für das Innenleben eines anderen Menschen zu interessieren. Trotzdem hatten sie geheiratet, weil Mihály behauptete, sie beide verstünden sich vollkommen, und ihre Ehe basiere gänzlich auf Vernunft und nicht auf vergänglichen Leidenschaften. Wie lange konnte man an solchen Fiktionen festhalten?

3

Ein paar Abende danach kamen sie in Ravenna an. Am folgenden Morgen stand Mihály sehr früh auf, zog sich an und ging aus dem Hotel. Er wollte sich die byzantinischen Mosaiken, Ravennas berühmteste Sehenswürdigkeit, allein anschauen, denn jetzt wußte er schon, daß er mit Erzsi vieles nicht teilen konnte. Dazu gehörten auch die Mosaiken. Erzsi war in kunstgeschichtlicher Hinsicht viel beschlagener und empfänglicher als er, und sie war auch schon in Italien gewesen, so daß Mihály meistens sie entscheiden ließ, was man zu besichtigen und was man dabei zu denken hatte. Ihn selbst interessierten Bilder nur selten, nur zufällig, in einem Aufblitzen, eins von Tausend. Aber die Mosaiken von Ravenna … das war ein Denkmal seiner eigenen Vergangenheit.

Die Mosaiken hatten sie einst zusammen angeschaut, er, Ervin, Tamás Ulpius und Éva, Tamás' jüngere Schwester, in einem großen französischen Buch, unerklärlich nervös und geängstigt, an einem Weihnachtsabend bei den Ulpius zu Hause. Im riesigen Nebenzimmer war der Vater von Tamás einsam auf und ab gegangen, sie hatten die Ellenbogen auf den Tisch gestützt, so betrachteten sie das Buch, und der goldene Hintergrund der Bilder schimmerte ihnen entgegen wie ein Licht unbekannten Ursprungs in der Tiefe eines Minenschachts. An den byzantinischen Bildern war etwas, das ganz unten in ihrer Seele ein Grauen aufwühlte. Um Viertel vor zwölf zogen sie ihre Mäntel an und machten sich verfrorenen Herzens auf den Weg zur Mitternachtsmesse. Dort fiel Éva in Ohnmacht; es war das einzige Mal, daß ihr die Nerven einen Streich spielten. Danach war einen Monat lang alles Ravenna, und für Mihály blieb die Stadt eine undefinierbare Art von Angst.

Das alles, jener tief versunkene Monat, erwachte in ihm, als er jetzt in San Vitale vor den wundervollen, hellgrün getönten

Mosaiken stand. Seine Jugend kam mit solcher Wucht über ihn, daß ihm schwindlig wurde und er sich an eine Säule stützen mußte. Es dauerte aber nur einen Augenblick, danach war er wieder ein ernster Mensch.

Die anderen Mosaiken interessierten ihn nicht mehr. Er ging ins Hotel zurück, wartete, bis Erzsi fertig war, und dann besichtigten und besprachen sie alle Sehenswürdigkeiten ordnungsgemäß. Mihály sagte natürlich nicht, daß er am frühen Morgen schon in San Vitale gewesen war, er drückte sich ein bißchen verschämt in die Kirche hinein, als ob ihn etwas verraten könnte, und um seine morgendliche Erschütterung zu kompensieren, sagte er, so toll sei das ja gar nicht.

Am Abend des folgenden Tages saßen sie auf der kleinen Piazza vor einem Café, Erzsi aß Eis, Mihály probierte ein unbekanntes bitteres Getränk, das ihm aber nicht schmeckte, und er zerbrach sich den Kopf, womit er den bitteren Geschmack hinunterspülen könnte.

»Fürchterlich, dieser Geruch«, sagte Erzsi. »Wo immer man hingeht in dieser Stadt, riecht man ihn. Ich stelle mir einen Gasangriff so vor.«

»Kein Wunder«, sagte Mihály. »Die Stadt hat einen Leichengeruch. Ravenna ist ein dekadenter Ort, der seit mehr als tausend Jahren verkommt. Der Baedeker sagt das auch. Die Stadt hatte drei Glanzzeiten, die letzte war im achten Jahrhundert nach Christus.«

»Ach was, du Trottel«, sagte Erzsi lächelnd. »Du denkst immer gleich an Tod und Verwesung. Dieser Gestank kommt doch gerade vom Leben, vom Wohlstand: von einer Kunstdüngerfabrik, von der ganz Ravenna lebt.«

»Ravenna lebt vom Kunstdünger? Die Stadt, in der Theoderich der Große und Dante begraben sind, die Stadt, neben der Venedig ein Parvenu ist?«

»Jawohl, mein Lieber.«

»Was für eine Schweinerei.«

In dem Augenblick kam ein Motorrad auf die Piazza gedonnert, und der bebrillte und unglaublich motorradmäßig ausgestattete Fahrer schwang sich herunter wie von einem Pferd. Er schaute um sich, erblickte Mihály und Erzsi und kam geradewegs auf ihren Tisch zu, das Motorrad gewissermaßen an der Hand führend. Beim Tisch angekommen, schob er seine Brille hoch wie das Visier eines Helms, und sagte:»Servus, Mihály. Dich habe ich gesucht.«

Mihály erkannte zu seiner größten Verwunderung János Szepetneki, und so plötzlich fiel ihm nichts anderes ein als:»Woher weißt du, daß ich hier bin?«

»Im Hotel in Venedig haben sie gesagt, du seist nach Ravenna gefahren. Und wo wäre man in Ravenna nach dem Abendessen, wenn nicht auf der Piazza? Das war wirklich keine Hexerei. Ich bin von Venedig direkt hierhergefahren. Aber jetzt will ich mich ein bißchen setzen.«

»Äh … darf ich dich meiner Frau vorstellen«, sagte Mihály nervös.»Erzsi, dieser Herr ist János Szepetneki, mein ehemaliger Klassenkamerad, von dem ich dir … glaube ich, noch nie erzählt habe.« Und er errötete heftig.

János musterte Erzsi mit unverhüllter Abneigung, verbeugte sich, schüttelte ihr die Hand, wonach er sie nicht mehr zur Kenntnis nahm. Überhaupt sagte er nichts, außer um eine Limonade zu bestellen.

Nach längerer Zeit sagte Mihály:

»Na, red schon. Du hast doch bestimmt einen Grund, mich hier in Italien zu suchen.«

»Ich erzähle es dann. Vor allem wollte ich dich sehen, weil ich gehört habe, daß du geheiratet hast.«

»Ich dachte, du seist mir noch böse«, sagte Mihály.»Das letzte Mal, als wir uns in London in der ungarischen Botschaft getroffen haben, bist du aus dem Saal gelaufen. Aber klar, jetzt hast du keinen Grund mehr, mir böse zu sein«, fuhr er fort, als János nichts erwiderte.»Man wird ernsthaft. Alle werden ernsthaft, und allmählich vergißt man, warum man jemandem jahrzehntelang böse war.«

»Du redest, als wüßtest du, warum ich dir böse war.«

»Natürlich weiß ich es«, sagte Mihály und wurde wieder rot.

»Dann sag's, wenn du's weißt«, sagte Szepetneki kämpferisch.

»Nicht hier … vor meiner Frau.«

»Das macht mir nichts aus. Sag's nur ganz tapfer. Warum, meinst du, habe ich dich in London geschnitten?«

»Weil du dich erinnert hast, daß ich einmal dachte, du hättest meine goldene Uhr gestohlen. Inzwischen weiß ich, wer sie gestohlen hat.«

»Da siehst du, was du für ein Esel bist. Die Uhr habe ich gestohlen.«

»Also doch?«

»Na klar.«

Erzsi war schon bis dahin unruhig auf ihrem Platz herumgerutscht, denn mit Hilfe ihrer Menschenkenntnis hatte sie János Szepetnekis Gesicht und Händen längst angesehen, daß er jemand war, der von Zeit zu Zeit eine goldene Uhr stahl, und sie preßte nervös ihre Handtasche mit den Pässen und den Reiseschecks an sich. Schon darüber, daß der sonst so taktvolle Mihály die Uhrengeschichte erwähnt hatte, war sie ziemlich verstimmt, aber die Stille, die jetzt eintrat, war erst recht unerträglich. Unbehaglicher geht's kaum mehr: Einer sagt dem anderen, er habe ihm die Uhr gestohlen, und dann Schweigen … Sie stand auf und sagte:

»Ich gehe ins Hotel zurück. Die Herren haben ja gewisse Dinge zu besprechen …«

Mihály schaute sie äußerst gereizt an.

»Bleib du nur da. Jetzt bist du meine Frau, jetzt betrifft dich das alles auch.« Und er wandte sich an Szepetneki und schrie ihn an:

»Warum hast du mir dann in London die Hand nicht gegeben?«

»Du weißt schon, warum. Wenn du es nicht wüßtest, wärst du jetzt nicht so wütend. Aber du weißt, daß ich recht hatte.«

»Drück dich verständlich aus.«

»Du verstehst es genauso, einen nicht zu verstehen, wie du es verstanden hast, die nicht zu finden, die verschwunden sind und die du nicht einmal gesucht hast. Deshalb hatte ich eine Stinkwut auf dich.«

Mihály schwieg eine Weile.

»Aber wenn du mich treffen wolltest, bitte, in London haben wir uns getroffen.«

»Ja, aber zufällig. Das zählt nicht. Übrigens weißt du ganz genau, daß es nicht um mich ging.«

»Wenn es um jemand anders ging … den hätte ich umsonst gesucht.«

»Deshalb hast du's gar nicht erst versucht, was? Obwohl du vielleicht bloß die Hand auszustrecken brauchtest. Aber du hast noch eine Chance. Hör zu. Ich glaube, ich habe Ervin gefunden.«

Mihálys Miene veränderte sich schlagartig. Zorn und Verblüffung wichen einer freudigen Neugier.

»Wirklich? Wo ist er?«

»Genau weiß ich es noch nicht, aber er ist in Italien, in einem Kloster in Umbrien oder in der Toskana. Ich habe ihn in Rom gesehen, in einer Prozession, zwischen vielen Mönchen. Ich konnte nicht zu ihm hin, ich durfte ja nicht stören. Aber da war ein Priester, den ich kenne, und der hat gesagt, das seien Mönche aus einem Kloster in Umbrien oder in der Toskana. Das wollte ich dir sagen. Wenn du schon hier bist, könntest du mir suchen helfen.«

»Ja. Danke. Aber ich weiß nicht, ob ich dir helfen werde. Ich wüßte auch nicht, wie. Und dann bin ich auf der Hochzeitsreise, ich kann nicht sämtliche Klöster Umbriens und der Toskana abklappern. Und ich weiß auch nicht, ob Ervin Lust hat, mich zu treffen. Wenn er mich sehen wollte, hätte er mir schon längst schreiben können, wo er lebt. Und jetzt geh weg, János Szepetneki. Ich hoffe, daß du dich wieder ein paar Jahre lang nicht blicken läßt.«

»Ich geh ja schon. Deine Frau ist eine höchst unsympathische Person.«

»Ich habe dich nicht um deine Meinung gebeten.«

János Szepetneki saß auf sein Motorrad auf.

»Bezahl meine Limonade«, rief er und verschwand in der Nacht.

Das Ehepaar blieb zurück und schwieg lange. Erzsi ärgerte sich, fand die Situation aber auch komisch. Wenn sich Klassenkameraden treffen … Offenbar wurde Mihály von diesen Angelegenheiten aus der Schulzeit tief berührt. Man müßte ihn einmal fragen, wer diese Jugendfreunde waren … obwohl das Ganze überhaupt nicht verlockend klang. Mit Jungen und Halbfertigen konnte Erzsi nicht viel anfangen.

Aber eigentlich ärgerte sie sich über etwas ganz anderes. Nämlich und natürlich darüber, daß sie János Szepetneki so gar nicht gefallen hatte. Nicht, daß es irgendeine Rolle spielte, was so ein … so eine dubiose Existenz von ihr dachte. Aber trotzdem, für eine Frau gibt es auf der Welt nichts Fataleres als die Meinung der Freunde ihres Mannes. Die Männer sind ungeheuer beeinflußbar, wenn es um Frauen geht. Gut, dieser Szepetneki war nicht Mihálys Freund. Jedenfalls kein Freund im konventionellen Sinn des Wortes, aber offenbar war da doch eine starke Bindung. Und überhaupt, in diesen Dingen konnte auch der gräßlichste Typ einen anderen Mann beeinflussen.

Verdammt nochmal, was an mir hat ihm nicht gefallen?

Daran war Erzsi wirklich nicht gewöhnt. Sie war eine reiche, hübsche, gutgekleidete Frau, und die Männer fanden sie attraktiv oder zumindest sympathisch. Daß alle Männer anerkennend von ihr sprachen, spielte eine große Rolle in Mihálys Beziehung zu ihr, das wußte sie. Manchmal dachte sie sogar, Mihály sehe sie gar nicht mit seinen eigenen Augen, sondern mit den Augen der anderen. Als ob er zu sich selbst sagte: Wie sehr würde ich diese Erzsi lieben, wenn ich so wäre wie die anderen Männer. Und jetzt kam so ein Strizzi daher, und dem gefiel sie nicht. Sie konnte nicht anders, sie mußte es erwähnen.

»Sag mir bitte, warum ich deinem Freund, dem Taschendieb, nicht gefallen habe.«

Mihály lächelte.

»Ach komm. Nicht du hast ihm nicht gefallen. Es hat ihm nicht gefallen, daß du meine Frau bist.«

»Warum?«

»Weil er denkt, ich hätte um deinetwillen meine Jugend, unsere gemeinsame Jugend, verraten. Ich hätte die vergessen, die … Ich hätte jetzt mein Leben auf andere Beziehungen aufgebaut. Obwohl … Wahrscheinlich wirst du jetzt sagen, ich hätte schöne Freunde. Darauf könnte ich antworten, daß Szepetneki nicht mein

Freund ist, aber das wäre natürlich nur eine Ausflucht. Doch, wie soll ich sagen, es gibt auch solche Menschen … Der Uhrendiebstahl war nur eine kindliche Vorübung. Szepetneki ist seither ein erfolgreicher Hochstapler geworden, er hatte auch schon sehr viel Geld, und er hat mir verschiedene Summen aufgedrängt, die ich ihm nicht zurückzahlen konnte, weil ich nicht wußte, wo er sich herumtrieb. Er war auch schon im Gefängnis, und aus Baja hat er mir einmal geschrieben, ich solle ihm fünf Pengő schicken. Von Zeit zu Zeit kreuzt er auf und sagt jedesmal unangenehme Dinge. Aber wie gesagt, es gibt auch solche Menschen. Falls du das nicht wüßtest, hast du jetzt einen gesehen. Sag mal, ließe sich nicht eine Flasche Wein bekommen, die wir im Zimmer trinken könnten? Mir ist das öffentliche Leben, das wir hier auf der Piazza führen, schon verleidet.«

»Das kannst du auch im Hotel bekommen, da ist ja ein Restaurant.«

»Und es gibt dann keinen Skandal, wenn wir die Flasche ins Zimmer mitnehmen? Darf man das?«

»Mihály, mit deiner Angst vor Kellnern und Hoteliers bringst du mich noch ins Grab.«

»Ich habe dir das doch schon erklärt. Ich habe gesagt, daß sie die erwachsensten Menschen der Welt sind und daß ich besonders im Ausland nichts Regelwidriges tun will.«

»Na schön. Aber wieso mußt du schon wieder trinken?«

»Ich muß unbedingt etwas trinken. Weil ich dir erzählen will, wer Tamás Ulpius war und wie er gestorben ist.«

4

Ich muß dir diese alten Geschichten erzählen, denn sie sind sehr wichtig. Die wichtigen Dinge sind meistens die vergangenen. Und solange du sie nicht kennst, bleibst du, verzeih, bis zu einem gewissen Grad immer eine Außenseiterin in meinem Leben.

Zu meiner Gymnasiastenzeit war Spazierengehen meine Lieblingsbeschäftigung. Oder vielmehr das Umherstreunen. Da von einem Halbwüchsigen die Rede ist, paßt dieses Wort besser. Ich erkundete systematisch jeden einzelnen Stadtteil von Budapest. Jedes Viertel, ja, jede Straße hatte für mich eine eigene Stimmung. Übrigens macht mir das Betrachten von Häusern noch immer Spaß, so wie damals. Darin bin ich nicht älter geworden. Häuser sagen mir sehr viel. Für mich sind sie das, was früher für die Dichter die Natur war, oder zumindest das, was sie Natur nannten.

Am liebsten war mir aber doch die Burg von Buda. Ihre alten Straßen verloren für mich nie den Reiz. Schon damals zogen mich die alten Dinge mehr an als die neuen. Für mich hatte nur das eine tiefere Realität, was viele Menschenleben in sich aufgenommen hatte, was von der Vergangenheit auf die gleiche Art beständig gemacht worden war wie die Burg Déva von der eingemauerten Frau Kőmíves.

Wie gewählt ich mich ausdrücke, merkst du's? Vielleicht liegt es an diesem guten Sangiovese.

Tamás Ulpius sah ich oft auf der Burg, denn er wohnte dort. Schon das war in meinen Augen höchst romantisch, aber auch die blonde, fürstliche, fragile Melancholie seines Gesichts gefiel mir, und noch vieles mehr. Er war ausgesucht höflich, trug dunkle Kleider und war mit keinem Klassenkameraden befreundet. Auch mit mir nicht.

Und jetzt muß ich wieder von mir reden. Du hast mich immer

als einen muskulösen, breitgebauten, älteren jungen Mann gekannt, der ein glattes, ruhiges Gesicht hat, ein sogenanntes Poker-
face, und soviel du weißt, bin ich meistens schläfrig. Aber als
Gymnasiast war ich noch ganz anders. Ich habe dir Photos aus
jener Zeit gezeigt, du hast gesehen, wie mager, unruhig und ekstatisch mein Gesicht war. Ich glaube, ich war sehr häßlich – aber ich
mag mein damaliges Gesicht doch lieber. Und denk dir dazu einen
entsprechenden Halbwüchsigenkörper, einen dünnen, eckigen,
vom raschen Wachsen krummen Jungen. Und dazu einen hageren, hungrigen Charakter.

Du kannst dir also vorstellen, daß ich nicht gesund war, weder
körperlich noch seelisch. Ich war blutarm, und schreckliche Depressionen quälten mich. Mit sechzehn, nach einer Lungenent-
zündung, begann ich Halluzinationen zu haben. Wenn ich las, hatte ich oft das Gefühl, jemand stehe hinter mir und blicke in das
Buch. Ich mußte mich umdrehen, um mich zu überzeugen, daß
keiner da war. Oder ich erwachte nachts voller Entsetzen, weil
jemand neben meinem Bett stand und mich betrachtete. Natürlich war da niemand. Und ich schämte mich fortwährend. Wegen
dieser ewigen Verschämtheit wurde meine Situation in der Familie allmählich unhaltbar. Während des Mittagessens errötete ich
dauernd, und eine Zeitlang genügte der geringste Anlaß, um
mich fast zum Weinen zu bringen. Ich lief dann aus dem Zimmer.
Du weißt ja, was für anständige Leute meine Eltern sind; du
kannst dir vorstellen, wie perplex und aufgebracht sie waren, und
wie meine Brüder und Edit sich über mich lustig machten. Es
ging so weit, daß ich vorgab, ich müsse um halb drei zu einer
Französisch-Nachhilfestunde in die Schule, und so durfte ich vor
den anderen allein zu Mittag essen.

Und mit einem zusätzlichen Trick erreichte ich sogar, daß man
auch das Abendessen für mich beiseite stellte.

Zu alldem kam als fürchterlichstes Symptom der Wirbel. Ja, der
Wirbel, so wie ich es sage. Von Zeit zu Zeit hatte ich das Gefühl,
neben mir tue sich die Erde auf, und ich stehe am Rand eines
gräßlichen Wirbels. Du mußt aber den Wirbel doch nicht ganz
wörtlich nehmen, ich sah ihn nicht wirklich, er war keine Vision,

ich wußte einfach, daß er da war. Dabei wußte ich auch, daß er nicht da war, daß ich ihn mir bloß einbildete, du weißt ja, wie kompliziert solche Dinge sind. Tatsache ist aber, daß ich mich nicht zu rühren wagte, wenn mich das Wirbel-Gefühl überkam, und reden konnte ich auch nicht, und ich dachte, alles sei zu Ende.

Das Gefühl dauerte übrigens nie lange, und ich hatte nicht viele solcher Anfälle. Einer war besonders unangenehm, denn er kam in einer Schulstunde, in der Naturkunde. Gerade hatte sich die Erde neben mir aufgetan, als ich aufgerufen wurde. Ich rührte mich nicht, saß einfach an meinem Platz. Der Lehrer rief noch ein Weilchen meinen Namen, und als er sah, daß das nichts nützte, stand er auf und kam zu mir. ›Was hast du?‹ fragte er. Natürlich gab ich keine Antwort. Er musterte mich eine Weile, dann ging er zum Katheder zurück und rief einen anderen auf. Er war eine feine Priesterseele und erwähnte auch später den Vorfall nie. Um so mehr erwähnten ihn meine Klassenkameraden. Sie dachten, ich hätte aus Trotz und Rebellion nicht geantwortet, und der Lehrer hätte Angst bekommen. Auf einen Schlag war ich ein toller Hecht, und mein Ruhm verbreitete sich in der ganzen Schule. Eine Woche danach rief derselbe Lehrer János Szepetneki auf. Den Szepetneki, den du heute gesehen hast. Szepetneki setzte sein verwegenstes Gesicht auf und rührte sich nicht. Darauf erhob sich der Lehrer, ging zu ihm hin, und gab ihm eine mächtige Ohrfeige. Von da an war Szepetneki überzeugt, daß ich höhere Protektion genoß.

Aber zurück zu Tamás Ulpius. Eines Tages fiel der erste Schnee. Ich konnte es kaum erwarten, bis die Schule aus war und ich mein Extramittagessen hinuntergeschlungen hatte, um dann gleich auf die Burg hinaufzulaufen. Schnee war eine besondere Leidenschaft von mir, schon weil die Stadtviertel im Schnee ganz anders aussahen, so anders, daß man sich in den vertrauten Straßen verirren konnte. Ich trieb mich lange umher, ging dann auf die Basteipromenade hinaus und starrte zu den Hügeln von Buda hinüber. Auf einmal tat sich wieder die Erde auf. Der Wirbel hatte diesmal immerhin etwas Plausibles, ich stand ja auf einer Anhöhe. Und da ich ihn schon mehrmals gesehen hatte, war ich nicht ganz so entsetzt, ich wartete sogar mit einer gewissen Gelassenheit darauf, daß die Erde wieder zusammenwuchs und der Wirbel verschwand. So stand ich und wartete, ich weiß nicht, wie lange, denn in solchen Momenten hat man ja genausowenig ein Zeitgefühl wie im Traum oder während des Liebemachens. Sicher ist aber, daß dieser Wirbel viel länger dauerte als die früheren. Es dunkelte schon, und er war noch immer da. Der ist aber hartnäckig, dachte ich. Und da wurde ich mit Entsetzen gewahr, daß er wuchs, daß mich nur noch etwa zehn Zentimeter von seinem Rand trennten, daß er sich meinen Füßen näherte. Noch ein paar Minuten, und es ist aus, ich falle hinein. Ich griff krampfhaft nach dem Geländer.

Und dann erreichte mich der Wirbel tatsächlich. Unter meinen Füßen rutschte die Erde weg, und ich hing über der Leere, an das Eisengeländer geklammert. Wenn meine Hände keine Kraft mehr haben, dachte ich, falle ich hinein. Und ich begann, dem Tod ins Auge zu blicken, resigniert und betend.

Da merkte ich plötzlich, daß Tamás Ulpius neben mir stand.

›Was hast du?‹ fragte er und legte mir die Hand auf die Schulter.

In dem Augenblick verging der Wirbel, und ich wäre vor Müdigkeit umgefallen, wenn mich Tamás nicht gestützt hätte. Er führte mich zu einer Bank und wartete, bis ich mich ein wenig erholt hatte. Da erzählte ich ihm vom Wirbel, zum ersten Mal in meinem Leben. Ich weiß gar nicht, wie es zuging – aber er wurde augenblicklich mein bester Freund. Der Freund, von dem halbwüchsige Jungen nicht weniger intensiv und tiefer und ernster träumen als von der ersten Liebe.

Danach trafen wir uns jeden Tag. Tamás wollte nicht zu mir nach Hause kommen, er sagte, er möge sich nicht vorstellen lassen, hingegen lud er mich bald zu sich ein. So kam ich ins Ulpius-Haus.

Die Ulpius wohnten im oberen Stock eines sehr alten, heruntergekommenen Hauses. Es war aber nur außen alt und heruntergekommen, innen war es sehr schön und wohnlich, so wie diese alten italienischen Hotels. Die Wohnung mit ihren riesigen Zimmern und Kunstgegenständen war zwar etwas unheimlich, wie ein Museum. Tamás' Vater war Archäologe und Museumsdirektor.

Der Großvater war Uhrmacher gewesen und hatte sein Geschäft im Haus gehabt. Jetzt befaßte er sich nur noch zum Privatvergnügen mit alten Uhren und mit allerlei seltsamen Spielsachen, zu denen er das Uhrwerk selbst erfunden hatte.

Tamás' Mutter lebte nicht mehr. Er und seine Schwester Éva haßten ihren Vater, sie warfen ihm vor, mit seiner abweisenden Kälte die Mutter in den Tod getrieben zu haben, als sie noch ganz jung war. Das war mein erstes überraschendes Erlebnis im Ulpius-Haus, gleich beim ersten Besuch. Éva sagte von ihrem Vater, er habe Augen wie Schuhknöpfe – womit sie übrigens völlig recht hatte –, während Tamás im natürlichsten Ton der Welt sagte: ›Weißt du, mein Vater ist ein äußerst widerwärtiger Geselle‹, was ebenso zutraf. Ich kam, wie du ja weißt, aus einer Familie mit starkem Zusammenhalt, ich liebte meine Eltern und Geschwister, meinen Vater vergötterte ich, und ich konnte mir gar nicht vorstellen, daß Kinder und Eltern einander nicht liebten oder daß Kinder das Verhalten der Eltern beurteilten, als wären es fremde Menschen. Das war die erste wahre Rebellion, der ich im Leben begegnete. Und seltsamerweise war sie mir hochsympathisch, obwohl es mir selbst überhaupt nicht in den Sinn gekommen wäre, mich gegen meinen Vater aufzulehnen.

So sehr Tamás Ulpius seinen Vater haßte, so sehr liebte er seinen Großvater und seine Schwester. Die liebte er so, daß auch das schon etwas Rebellisches hatte. Auch ich liebte meine Geschwister, stritt mit ihnen nicht allzu oft und nahm die familiäre Solidarität ernst, so weit mein eigenbrötlerisches, zerstreutes Naturell mir das erlaubte. Aber bei uns war es nicht Sitte, einander die Zuneigung offen zu bekunden, wir hielten derartige Zärtlichkeiten für lächerlich und peinlich. Ich glaube, das ist in den meisten Familien so. Zu Weihnachten schenkten wir einander nichts; wenn einer von uns ausging oder nach Hause kam, grüßte er nicht, und wenn wir auf Reisen waren, schrieben wir nur den Eltern ehrerbietige Briefe und fügten am Schluß hinzu: Péter, Laci, Edit und Tivadar lasse ich grüßen. Das war bei den Ulpius ganz anders. Die beiden Geschwister sprachen mit erlesener Höflichkeit zueinander, und zum Abschied küßten sie sich gerührt, auch dann, wenn sie nur auf eine Stunde weggingen. Wie ich später merkte, waren sie höllisch eifersüchtig aufeinander, und das war hauptsächlich der Grund, warum sie sonst keine Freunde hatten.

Sie waren Tag und Nacht zusammen. Wirklich, auch in der Nacht, denn sie schliefen im selben Zimmer. Das kam mir am merkwürdigsten vor. Bei uns war Edit im Alter von zwölf Jahren von den Jungen getrennt worden, und von da an hatte sich um sie herum ein eigenes Frauenabteil gebildet, es kamen Freundinnen, aber auch Freunde zu ihr, die wir nicht kannten, und sie unterhielten sich mit Spielen, die wir zutiefst verachteten. Die Tatsache, daß Tamás und Éva im selben Zimmer wohnten, kurbelte meine Halbwüchsigenphantasie ziemlich an. Irgendwie verwischte sich damit der Geschlechtsunterschied zwischen ihnen, und beide nahmen in meinen Augen einen leicht androgynen Aspekt an. Mit Tamás redete ich im allgemeinen so taktvoll und schonend, wie man es mit Mädchen zu tun pflegt, in Évas Gegenwart hingegen spürte ich nicht die gelangweilte Anspannung, in die mich Edits offiziell als Mädchen deklarierte Freundinnen versetzten.

An den Großvater, der zu den unmöglichsten Zeiten, oft mitten in der Nacht, und in den unwahrscheinlichsten Aufmachungen, in Schlafröcken und Hüten, ins Zimmer der Geschwister geschlurft kam, gewöhnte ich mich nur schwer. Die beiden brachten ihm jedesmal rituelle Huldigungen dar. Anfänglich langweilten mich die Geschichten des alten Herrn, ich verstand sie auch nicht recht, denn der Alte, der von Köln nach Ungarn eingewandert war, sprach deutsch, mit einem leichten rheinländischen Akzent. Doch später kam ich auf ihren Geschmack. Der Großvater war ein wandelndes Lexikon, was das alte Budapest betraf. Für mich, den Liebhaber der Straßen und Häuser, das große Los. Er kannte die Geschichte von allen Häusern und Hausbesitzern auf der Burg. Und so wurde das ganze Burgviertel, das ich bis dahin nur vom Sehen gekannt hatte, allmählich zu einem persönlichen Freund.

Ihren Vater hingegen haßte auch ich. Ich erinnere mich nicht, je mit ihm gesprochen zu haben. Wenn er mich zu Gesicht bekam, knurrte er bloß und wandte sich ab. Die beiden Ulpius litten entsetzlich, wenn sie mit ihm zu Abend essen mußten. Sie aßen in einem großen Raum, und keiner sagte ein Wort. Und dann saßen die beiden Geschwister beisammen, und der Vater ging in dem Riesenzimmer, das nur von einer einzigen Stehlampe beleuchtet war, auf und ab. Wenn er am anderen Ende des Saals anlangte, verschwamm seine Gestalt mit dem Dunkel. Und wenn die Geschwister etwas zueinander sagten, kam er herbei und fragte feindselig: ›Was redet ihr da?‹ Aber zum Glück war er selten zu Hause. Er saß allein in kleinen Gastwirtschaften und betrank sich mit Pálinka, wie die Bösewichte.

Als wir uns kennenlernten, arbeitete Tamás gerade an einer religionsgeschichtlichen Studie. Die Studie hatte seine Kindheitsspiele zum Inhalt. Aber er erarbeitete das Thema anhand der Methode der vergleichenden Religionsgeschichte. Ein ganz seltsame Angelegenheit, halb eine Parodie der Religionswissenschaft, halb eine todernste Studie über ihn selbst.

Tamás hatte genauso eine Vorliebe für das Alte wie ich. Bei ihm war es ja auch kein Wunder: Da war der Beruf des Vaters, und die Wohnung sah ja auch wie ein Museum aus. Für Tamás war das Alte das Natürliche, während ihn alles Moderne befremdete. Ständig sehnte er sich nach Italien, wo alles alt und nach seinem Geschmack wäre. Und jetzt sitze ich hier, und er hat es nie geschafft ... Mein Hang zu den alten Dingen ist eher nur ein passives Genießen und eine intellektuelle Sehnsucht nach Erkenntnis, während er bei Tamás einer Tätigkeit der Phantasie entsprach.

Fortwährend führte er die Geschichte auf.

Das mußt du dir so denken, daß das Leben der beiden Geschwister im Ulpius-Haus ein Theater war, eine dauernde Commedia dell'arte. Der geringste Anlaß genügte, und schon ging es los, das Spiel, wie sie es nannten. Der Großvater erzählte etwas von einer auf der Burg wohnenden Gräfin, die in ihren Kutscher verliebt gewesen war, und gleich war Éva die Gräfin und Tamás der Kutscher; oder er erzählte, wie der Kurienrichter Majláth von seinen walachischen Dienern ermordet worden war, und schon war Éva der Richter und Tamás die walachischen Diener; oder es entstanden lange, komplizierte historische Horrordramen in Fortsetzungen. Die Ereignisse wurden dabei natürlich nur in groben Zügen skizziert, so wie in der Commedia dell'arte: Die Kostüme wurden mit ein, zwei Kleidungsstücken angedeutet, die hauptsächlich aus dem unerschöpflichen Fundus des Großvaters stammten, der Dialog war nicht lang, aber barock verschroben, und am Ende kam der Mord oder Selbstmord. Denn wenn ich zurückdenke, fällt mir auf, daß sich diese improvisierten Theaterstücke immer auf einen gewaltsamen Tod hin zuspitzten. Mindestens einmal täglich wurde erwürgt, vergiftet, erstochen oder in Flammen geröstet.

Ihre Zukunft konnten sich Tamás und Éva nur beim Theater vorstellen, wenn sie überhaupt an ihre Zukunft dachten. Tamás wollte sich zum Dramatiker ausbilden, Éva zu einer großen Schauspielerin. Ausbilden ist zwar nicht das richtige Wort, denn Tamás schrieb nie ein Stück, und Éva fiel es gar nicht ein, daß sie eine Schauspielakademie besuchen müßte. Aber mit um so größerer Leidenschaft gingen sie ins Theater. Ausschließlich ins Nationaltheater, denn die leichte Muse war Tamás genauso zuwider wie die moderne Architektur. Am meisten mochte er die klassischen Dramen, in denen es ja an Morden und Selbstmorden nicht fehlt.

Doch für die Theaterbesuche brauchte es Geld, und ihr Vater gab ihnen, glaube ich, überhaupt kein Taschengeld. Einige bescheidene Einkünfte bezogen sie von der Köchin, der schlampigen Besorgerin ihrer irdischen Notdurft, die zugunsten der Jugend ein paar Fillér vom Haushaltsgeld abzweigte. Und vom Großvater, der aus geheimnisvollen Quellen zuweilen ein paar Kronen hatte; ich glaube, er verdiente sie mit Uhrmacher-Schwarzarbeit. Aber das alles reichte natürlich nicht, um die Theaterleidenschaft der beiden Ulpius zu befriedigen.

Um die Geldbeschaffung mußte sich Éva kümmern. Vor Tamás durfte man das Wort Geld nicht aussprechen. Also tat Éva das ihre, und sie war außerordentlich erfinderisch. Alles, was sie verkaufen konnte, schlug sie zu einem guten Preis los; gelegentlich waren auch die musealen Gegenstände des Hauses darunter, aber das war wegen des Vaters sehr riskant, und auch Tamás beschwerte sich, wenn eine vertraute Antiquität fehlte. Manchmal nahm Éva an den seltsamsten Orten Darlehen auf, beim Gemüsehändler, in der Konditorei, in der Apotheke, ja sogar auch beim Einnehmer der Elektrizitätsrechnung. Und wenn das alles nicht half, stahl sie. Sie stahl von der Köchin und, mit Todesverachtung, auch von ihrem Vater, wenn er betrunken war. Das war noch die zuverlässigste und in einer gewissen Hinsicht anständigste Einnahmequelle. Einmal jedoch gelang es ihr, aus der Kasse der Konditorei zehn Kronen herauszuholen, worauf sie sehr stolz war. Und dann gab es bestimmt auch Fälle, die sie nicht erzählte. Sie stahl auch von mir. Als ich es merkte und mit einiger Bitterkeit protestierte, belegte sie mich mit einer Steuer; ich mußte wöchentlich einen bestimmten Betrag in den Familienfonds einzahlen. Tamás durfte selbstverständlich nichts davon wissen.«

Hier bemerkte Erzsi:

»Moral insanity.«

»Ja, gewiß«, fuhr Mihály fort. »Solche Fachausdrücke sind sehr beruhigend. Und auch entlastend. Es ist kein Diebstahl, sondern eine psychische Krankheit. Aber Éva war weder geisteskrank noch eine Diebin. Bloß hatte sie keinerlei Skrupel, was das Geld betraf. Die beiden Ulpius-Geschwister standen so weit außerhalb der Welt, außerhalb der wirtschaftlichen und gesellschaftlichen Ordnung, daß sie keine Ahnung hatten, welche Art der Geldbeschaffung gestattet war und welche nicht. Das Geld existierte für sie gar nicht. Sie wußten bloß, daß man für Papierschnitzel, und zwar nicht einmal sehr schöne, und für kleine Scheiben aus Silber ins Theater gehen konnte. Die große, abstrakte Mythologie des Geldes, die Grundlage der religiösen und moralischen Gefühle des modernen Menschen, und dazu die Opferriten des Geldgottes: die ›ehrliche Arbeit‹, die Sparsamkeit, die Geldvermehrung, das alles war ihnen unbekannt. So etwas ist einem angeboren, aber bei ihnen war das nicht der Fall; oder man lernt es zu Hause, so wie ich, sie aber lernten zu Hause höchstens die Geschichte der Häuser auf der Burg, vom Großvater.

Du kannst dir gar nicht vorstellen, wie realitätsfern sie waren, wie sehr sie vor jeglichem praktischen Aspekt des Lebens zurückschreckten. Eine Zeitung sah man in ihren Händen nie, sie hatten keinen blassen Schimmer, was in der Welt geschah. Obwohl gerade der Weltkrieg geschah, was sie aber nicht interessierte. In der Schule stellte sich einmal beim Abfragen heraus, daß Tamás noch nie von István Tisza gehört hatte. Und als Przemysl fiel, dachte Tamás, es handle sich um einen russischen General, und drückte höflich seinen Beifall aus; er wurde fast verprügelt. Später diskutierten die intelligenteren Jungen schon über Ady und Babits; Tamás meinte, alle redeten immer nur von Generälen, und so dachte er auch von Ady noch lange, er sei ein General. Die intelligenteren Jungen, so wie auch seine Lehrer, hielten Tamás für dumm. Seine besondere Begabung, sein geschichtliches Wissen, blieb in der Schule gänzlich unbekannt, was er übrigens nicht im geringsten bedauerte.

Sie standen überhaupt in jeglicher Hinsicht außerhalb der gewöhnlichen Ordnung des Lebens. Es konnte geschehen, daß sich Éva nachts um zwei an ihr Französischheft erinnerte, das sie in der Woche zuvor auf dem Svábhegy hatte liegenlassen, und so standen beide auf, zogen sich an, stiegen auf den Svábhegy und spazierten bis zum Morgen dort umher. Am nächsten Tag fehlte Tamás in der Schule, königlich gelassen. Éva stellte ihm ein Entschuldigungsschreiben aus, inklusive Unterschrift des Vaters. Sie selbst ging überhaupt nicht zur Schule, sie hatte keinerlei Beschäftigung, sondern vergnügte sich allein, wie eine Katze.

Man konnte bei ihnen auftauchen, wann man wollte, man störte sie nie, sie machten weiter, woran sie gerade waren, als wäre man gar nicht da. Auch nachts war man willkommen, aber als Gymnasiast durfte ich in der Nacht keine Besuche machen, höchstens nach dem Theater, für eine kurze Weile – und ich träumte fortwährend davon, bei ihnen zu übernachten. Nach dem Abitur blieb ich oft über Nacht dort.

Später habe ich in einem englischen Essay gelesen, daß ein Hauptcharakterzug der Kelten in der Auflehnung gegen die Tyrannei der Tatsachen bestand. In dieser Hinsicht waren die beiden Ulpius Kelten. Nebenbei bemerkt, schwärmten sowohl Tamás als auch ich für die Kelten, für die Gralslegende und Parzival. Wahrscheinlich fühlte ich mich deshalb so wohl bei ihnen, weil sie so keltisch waren. Bei ihnen fand ich mich selbst. Jetzt wußte ich, warum ich mir zu Hause immer so peinlich fremd vorkam. Weil dort die Tatsachen herrschten. Wirklich zu Hause war ich bei den Ulpius. Ich ging jeden Tag zu ihnen und verbrachte die ganze Freizeit dort.

Als ich in die Atmosphäre jenes Hauses eintauchte, verging das dauernde Schamgefühl, und auch die nervösen Symptome verschwanden. Mit dem Wirbel war ich zum letzten Mal konfrontiert gewesen, als mich Tamás herausgezogen hatte. Niemand mehr blickte mir über die Schulter, niemand starrte mich nachts aus dem Dunkel an. Ich schlief ruhig, das Leben hatte gebracht, was ich von ihm erwartet hatte. Auch körperlich rappelte ich mich zusammen, mein Gesicht glättete sich. Das war die glücklichste Zeit meines Lebens, und wenn ein Geruch oder ein Lichteffekt die Erinnerung daran wachruft, schwindelt mir noch heute vor Glück, vor dem einzigen Glück, das ich gekannt habe.

Auch dieses Glück war natürlich nicht gratis. Um bei den Ulpius zu Hause zu sein, mußte ich mich von der Welt der Tatsachen losreißen. Entweder, oder: Man konnte nicht zweigleisig leben. Auch ich gewöhnte mir das Zeitunglesen ab und brach mit meinen intelligenten Freunden. Mit der Zeit hielt man auch mich für so blöde wie Tamás, und mir war das schrecklich, denn ich war eitel und wußte um meine Intelligenz – aber da war nichts zu machen. Von meiner Familie entfremdete ich mich völlig, ich sprach mit gemessener Höflichkeit zu ihnen, so wie ich es von Tamás gelernt hatte. Den Bruch, der sich zu jener Zeit zwischen uns vollzog, habe ich auch seither nicht beheben können, so sehr ich mich auch bemühte, und ich habe meiner Familie gegenüber noch immer ein schlechtes Gewissen. Später habe ich diese Entfremdung mit Gehorsam auszugleichen versucht, aber das ist eine andere Geschichte ...

Meine Familie war aufgewühlt von meiner Verwandlung. Sie hielten bei meinem Onkel einen besorgten Familienrat nach dem andern, und sie kamen zum Schluß, daß ich eine Frau haben müsse. Das teilte mir mein Onkel, in größter Verlegenheit und unter

Zuhilfenahme zahlreicher symbolischer Wendungen, dann auch mit. Ich hörte ihm mit Interesse zu, zeigte aber keinerlei Neigung, um so weniger, als Tamás, Ervin, János Szepetneki und ich da schon geschworen hatten, nie eine Frau zu berühren, denn wir würden die neuen Gralsritter sein. Das Thema Frau wurde mit der Zeit ad acta gelegt, und meine Eltern fanden sich damit ab, daß ich war, wie ich war. Ich glaube, meine Mutter macht heute noch die Angestellten und die neuen Bekannten sachte darauf aufmerksam, daß ich ein bißchen komisch, kein alltäglicher Mensch sei. Obwohl ... seit so vielen Jahren könnte man bei mir nicht einmal mit dem Mikroskop etwas entdecken, das nicht alltäglich ist.

Ich weiß gar nicht, was meine Eltern an meiner Verwandlung so beunruhigte. Gut, die beiden Ulpius verlangten unbedingte Anpassung, und ich gehorchte gern, ja, mit Begeisterung. Ich gewöhnte mir das Lernen ab. Ich revidierte meine Meinungen und begann eine Menge Dinge abstoßend zu finden, die mir bis dahin gefallen hatten: das Militär und der Ruhm auf dem Schlachtfeld, meine Klassenkameraden, typisch ungarische Gerichte, alles, was in der Schule als ›stramm‹ und ›gelungen‹ bezeichnet wurde. Ich gab das Fußballspiel auf, das bis dahin eine Leidenschaft gewesen war; Fechten war der einzige erlaubte Sport, und das übten wir drei mit um so größerem Eifer. Ich las ungeheuer viel, um mit Tamás Schritt zu halten, was mir allerdings nicht schwer fiel. Aus dieser Zeit stammt mein Interesse für Religionsgeschichte, die ich mir später, als ich seriös wurde, wieder an den Hut stecken mußte, wie so vieles andere auch.

Und doch hatte ich gegenüber den beiden Ulpius ein schlechtes Gewissen. Ich hatte das Gefühl, sie zu hintergehen. Denn was für sie eine natürliche Freiheit war, war für mich eine schwere, verkrampfte Rebellion. Ich bin zu bürgerlich, zu sehr dazu erzogen, wie du ja weißt. Ich mußte tief einatmen, und es kostete mich große Überwindung, die Zigarettenasche auf den Boden zu streuen, während die beiden Ulpius nichts anderes kannten. Wenn ich mich zuweilen heldenhaft dazu durchrang, mit Tamás die Schule zu schwänzen, hatte ich den ganzen Tag Magenkrämpfe. Ich bin so eingerichtet, daß ich morgens früh aufwache und abends müde bin, daß ich mittags und abends Hunger habe, daß ich gern aus einem Teller esse und nicht gern mit der Beilage beginne, daß ich die Ordnung liebe und vor den Polizisten Schiß habe. Diese Eigenschaften, mein ganzes ordnungsliebendes, gewissenhaftes bürgerliches Wesen, mußte ich vor den Ulpius verheimlichen. Sie wußten zwar davon und hatten auch ihre Meinung darüber, aber sie waren taktvoll und sagten nichts, blickten großzügig weg, wenn hin und wieder der Ordnungssinn oder die Sparsamkeit mit mir durchgingen.

Am schwersten fiel mir, daß ich an ihren Spielen teilnehmen mußte. Mir fehlt jegliches Schauspielertalent, ich bin heillos verklemmt, und anfänglich starb ich fast, wenn sie mir die rote Weste des Großvaters anzogen, damit ich in einem Borgia-Fortsetzungsdrama den Papst Alexander VI. darstellte. Später lernte ich auch das; aber nie gelang es mir, so schöne barocke Texte zu improvisieren, wie sie das konnten. Hingegen erwies ich mich als ausgezeichnetes Opfer. Mich konnte man am besten vergiften oder in Öl braten. Oft war ich auch einfach die Menge, die der Grausamkeit Ivans des Schrecklichen zum Opfer fiel, und ich mußte fünfundzwanzigmal hintereinander auf verschiedene Arten und röchelnd die Seele aushauchen. Besonders meine Röcheltechnik hatte großen Erfolg.

Und ich muß dir auch gestehen, obwohl mir das sogar nach so viel Wein schwer fällt, aber meine Frau muß auch das wissen: daß ich sehr gern das Opfer war. Schon vom Morgen an freute ich mich darauf, ja ...«

»Warum warst du gern das Opfer?« fragte Erzsi.

»Naja ... aus erotischen Gründen, wenn du verstehst, was ich meine ... Später erfand ich selbst die Geschichten, in denen ich nach meinem Gusto das Opfer sein konnte. Zum Beispiel (das Kino begann damals schon, die Phantasie zu beeinflussen): Éva ist das Apachenmädchen (davon handelten die Filme damals), und sie lockt mich in ein Apachenlager, wo sie mich betrunken macht, worauf ich ausgeraubt und umgebracht werde. Oder das gleiche in Geschichtlich: Judit und Holofernes, das war auch nicht schlecht. Oder ich bin ein russischer General, Éva ist eine Spionin, sie gibt mir ein Schlafmittel und entwendet den Schlachtplan. Tamás ist ein geschickter Flügeladjutant, der die Spionin verfolgt und den Plan zurückholt, doch bis dahin wird auch er von Éva mehrmals außer Gefecht gesetzt, und die Russen erleiden entsetzliche Verluste. Dergleichen ergab sich aus dem Moment, während des Spiels. Und den beiden gefiel das, während ich mich für diese Spiele schämte, ich schäme mich auch jetzt noch, da ich davon rede, sie hingegen fanden nichts dabei. Éva war gern die Frau, die die Männer betrügt, verrät, umbringt, Tamás und ich waren gern die Männer, die betrogen, verraten, umgebracht oder fürchterlich gedemütigt werden ...«

Mihály verstummte und nahm einen Schluck. Nach einer Weile fragte Erzsi:

»Warst du in Éva Ulpius verliebt?«

»Nein, ich glaube nicht. Wenn du unbedingt willst, daß ich in jemanden verliebt war, dann eher in Tamás. Er war mein Ideal, Éva hingegen eher nur eine Zugabe, eine erotische Kraft in diesen Spielen. Aber ich möchte doch nicht sagen, ich sei in Tamás verliebt gewesen, weil das mißverständlich ist, am Ende denkst du noch, es hätte zwischen uns eine homoerotische Beziehung bestanden, und davon konnte nicht die Rede sein. Er war mein bester Freund, im vollen, jugendzeitlichen Sinn des Wortes, und was an der Sache ungut war, gehörte, wie ich vorhin gesagt habe, in eine ganz andere, tiefer liegende Kategorie.«

»Aber Mihály, ihr wart doch jahrelang zusammen, hat es da nie einen unschuldigen Flirt zwischen dir und Éva Ulpius gegeben? Schwer vorstellbar.«

»Nein, wirklich nicht.«

»Wie ist das möglich?«

»Wie?... ja, wie?... Wahrscheinlich so, daß wir ein derart intimes Verhältnis hatten, daß wir nicht flirten und nicht ineinander verliebt sein konnten. Für Verliebtheit braucht es Distanz, über die hinweg sich die Verliebten einander nähern. Das Sich-Nähern ist natürlich nur illusorisch, da Liebe in Wirklichkeit Entfernung bedeutet. Liebe ist Polarität – die beiden Liebenden sind die zwei gegensätzlich geladenen Pole der Welt ...«

»Du redest unheimlich klug, so spät in der Nacht. Ich verstehe die ganze Angelegenheit nicht. War das Mädchen häßlich?«

»Häßlich? Sie war die schönste Frau, die ich meiner Lebtag gesehen habe. Nein, das stimmt auch nicht. Sie war die schöne Frau, an der ich noch heute alle Schönheit messe. Alle meine späteren Lieben hatten etwas von ihr, die eine hatte ihre Beine, die andere hob den Kopf wie sie, die dritte hatte am Telephon die gleiche Stimme.«

»Ich auch?«

»Ja … du auch.«

»Inwiefern gleiche ich ihr?«

Mihály wurde rot und verstummte.

»Sag's doch … bitte.«

»Wie soll ich es nur sagen … Steh bitte auf und komm zu mir.«

Erzsi stellte sich neben Mihálys Stuhl, Mihály faßte sie um die Hüfte und blickte zu ihr auf. Erzsi mußte lächeln.

»Jetzt … das ist es«, sagte Mihály. »Wenn du mich so von oben anlächelst. So lächelte auch Éva, wenn ich das Opfer war.«

Erzsi machte sich los und setzte sich wieder an ihren Platz.

»Interessant«, sagte sie verdrossen. »Du verschweigst bestimmt etwas. Macht nichts. Es ist nicht deine Pflicht, alles zu erzählen. Ich habe auch keine Gewissensbisse, weil ich dir von meinen Jugendjahren nicht alles erzählt habe. Ich finde das gar nicht so wichtig. Aber du warst in das Mädchen verliebt. Es ist nur eine Frage der Bezeichnung. Bei uns nennt man das Verliebtheit.«

»Nein, ich sag's doch, ich war nicht in sie verliebt. Nur die anderen.«

»Welche anderen?«

»Ich wollte gerade auf sie kommen. Jahrelang hatte das Ulpius-Haus keinen anderen Besucher als mich. Als wir in die achte Klasse kamen, wurde das anders. Da erschienen auf einmal auch Ervin und János Szepetneki. Sie kamen zu Éva, nicht zu Tamás wie ich. Die Sache hatte sich ergeben, weil die Schule wie jedes Jahr ein Theaterstück aufführte, und da wir die Schüler der obersten Klasse waren, hatten wir dabei die Hauptrollen. Es handelte sich um irgendein Gelegenheitsstück, sehr schön, bloß eben auch mit einer ziemlich großen Frauenrolle darin. Die Jungen brachten zu diesem Zweck ihre kleinen Flammen vom Tanzkurs oder von der Eisbahn mit, doch der Lehrer, der das Stück inszenierte, ein sehr intelligenter, die Frauen von Herzen hassender junger Priester, fand sie alle ungeeignet. Irgendwie erwähnte ich die Sache vor Éva, und die geriet in Aufregung; das war doch die große Chance, ihre Schauspielerinnenkarriere anzutreten. Tamás wollte natürlich nichts davon hören, er fand es schauderhaft unvornehm, mit der Schule in eine solche enge, geradezu familiäre Beziehung zu treten. Doch Éva terrorisierte mich so lange, bis ich die Sache vor dem Lehrer, der mich übrigens gern mochte, zur Sprache brachte, und der beauftragte mich, Éva mitzubringen. Das tat ich dann auch. Éva brauchte bloß den Mund aufzutun, und schon sagte der Lehrer: ›Sie haben die Rolle, Sie und keine andere.‹ So daß Éva sogar noch Mätzchen machen konnte, indem sie sich auf die theaterfeindliche Einstellung ihres strengen Vaters berief und sich eine halbe Stunde lang bitten ließ, bis sie schließlich einwilligte.

Von der Aufführung selbst will ich jetzt nicht erzählen und bemerke nur nebenbei, daß Éva keinen Erfolg hatte. Die versammelten Eltern, unter ihnen auch meine Mutter, fanden sie zu kühn, zu wenig weiblich, ein bißchen ordinär und irgendwie komisch usw.; besser gesagt, sie spürten an ihr die Rebellion, und ohne daß an Évas Spiel oder an ihrer Kleidung oder an ihrem Benehmen etwas auszusetzen gewesen wäre, waren sie empört. Aber auch unter den Jungen hatte sie keinen Erfolg, umsonst war sie viel schöner als die kleinen Flammen vom Tanzkurs. Die Jungen erkannten zwar an, daß sie sehr schön war, ›aber irgendwie ...‹, sagten sie und zuckten mit den Schultern. In diesen gutbürgerlichen Jungen steckte schon der Keim einer Abwehr gegen jegliches Aufbegehren, so wie bei den Eltern. Nur Ervin und János erkannten in Éva die verzauberte Prinzessin, denn sie waren selbst Aufständische.

Du hast János Szepetneki heute gesehen. So war er schon immer. Er war der beste Rezitator, im Literaturzirkel brillierte er vor allem als Cyrano. Er trug einen Revolver bei sich, und als er noch kleiner war, erschoß er wöchentlich ein paar Einbrecher, die irgendwelche geheimnisvollen Dokumente seiner verwitweten

Mutter stehlen wollten. Er hatte großartige Frauengeschichten zu einer Zeit, da die anderen erst so weit gediehen waren, daß sie ihrer Tänzerin mit großem Eifer auf die Füße traten. Die Sommerferien verbrachte er auf dem Schlachtfeld und kam ruhmbedeckt zurück. Seine Kleider waren immer zerrissen, denn fortwährend fiel er von irgendwo herunter. Und sein größter Ehrgeiz war es, mir zu beweisen, daß er mir über war. Ich glaube, das rührte daher, daß wir mit dreizehn einen Lehrer gehabt hatten, der sich mit Schädelkunde befaßte und anhand der Höcker auf meinem Kopf feststellte, daß ich begabt war, während er von János' Kopf das Gegenteil ablas. Davon konnte sich János nie erholen; noch Jahre nach dem Abitur kam er darauf zurück, mit Tränen in den Augen. Er wollte mich in allem übertrumpfen: im Fußball, in der Schule, in Sachen Intelligenz. Als ich mir alle drei Dinge abgewöhnte, war er völlig verwirrt und wußte nicht mehr, was anfangen. Am Ende verliebte er sich in Éva, weil er dachte, Éva sei in mich verliebt. Das ist János Szepetneki.«

»Und wer ist Ervin?«

»Ervin war ein jüdischer Junge, der damals gerade zum Katholizismus übertrat, vielleicht unter dem Einfluß der geistlichen Lehrerschaft, aber doch eher aus innerem Bedürfnis, glaube ich. Mit sechzehn war er unter all den eingebildeten intelligenten Jungen der intelligenteste gewesen, die jüdischen Jungen sind ja frühreif. Tamás haßte ihn von Herzen für seine Intelligenz, und er wurde richtiggehend zum Antisemiten, wenn es um Ervin ging.

Von Ervin hörten wir zum ersten Mal vom Freudianismus, vom Sozialismus, vom Märzzirkel, er war der erste unter uns, der in sich jene seltsame Welt aufnahm, aus der später die Károly-Revolution wurde. Und er schrieb wunderschöne Gedichte, in Ady-Manier.

Dann veränderte er sich fast von einem Tag auf den andern. Er verschloß sich vor seinen Klassenkameraden, hatte nur noch mit mir Kontakt, wobei seine Gedichte über meinen damaligen Verstand gingen, und die langen, ungereimten Verse, die er auf einmal zu schreiben begann, gefielen mir auch nicht. Er zog sich zurück, las, spielte Klavier, und wir wußten nicht viel von ihm. Und dann sahen wir ihn eines Tages in der Kapelle mit uns zur Kommunion gehen. So erfuhren wir, daß er zum Katholizismus übergetreten war.

Warum er das getan hatte? Wahrscheinlich, weil er vom Katholizismus und seiner für Außenstehende exotischen Schönheit angezogen war. Und auch die unerbittliche Strenge der Dogmen und der Sittenlehre zog ihn an. Ich glaube, in ihm war etwas, das nach Askese strebte, so wie andere auf Genüsse aus sind. Also, all die Gründe, um deretwillen auch andere zu konvertieren und sich in eifrige Katholiken zu verwandeln pflegen. Und außerdem noch etwas, das ich damals noch nicht so klar sah. Auch Ervin liebte das Spiel, wie alle im Ulpius-Haus außer mir. Wenn ich zurückdenke, war es so, daß er von den unteren Klassen an fortwährend Rollen spielte. Er spielte den Intellektuellen und den Revolutionär. Er war überhaupt nie spontan, wie man es sein sollte, sondern seine Bewegungen und Reden waren stilisiert. Er verwendete archaisierende Wörter, er war verschlossen, während er dauernd auf den Moment des großen Auftritts wartete. Doch er spielte nicht so wie die beiden Ulpius, die ihre Rollen gleich wieder vergaßen, um ein neues Spiel anzufangen. Er wollte mit dem Einsatz seines ganzen Lebens spielen, und im Katholizismus fand er die große, schwere Glanzrolle. Danach experimentierte er nicht mehr mit seinen Attitüden, sondern vertiefte sich immer mehr in diese eine Rolle.

Er war ein so eifriger Katholik, wie es die Juden zuweilen sind, für die sich das Erschütternde am Katholizismus noch nicht in jahrhundertelanger Tradition verbraucht hat. Er war nicht auf die Art katholisch wie die frommen, armen Klassenkameraden, die täglich zur Kommunion gingen, Kongregationen besuchten und sich auf eine geistliche Laufbahn vorbereiteten. Ein solcher Katholizismus war Anpassung, während Ervins Katholizismus Rebellion war, Auflehnung gegen eine ungläubige oder gleichgültige Welt. Alles sah er aus der katholischen Perspektive, die Bücher, den Krieg, seine Klassenkameraden, das Butterbrot in der Pause. Er war viel intransigenter und dogmatischer als die strengsten unserer Lehrer. ›Niemand, der seine Hand auf den Pflug legt und zurück-

37

blickt, ist tauglich für das Reich Gottes‹, dieser biblische Spruch war sein Motto. Alles, was nicht ganz katholisch war, blendete er aus seinem Leben aus. Er hütete sein Seelenheil mit dem Revolver.

Das einzige, das er von seinem früheren Leben bewahrt hatte, war das Rauchen. Ich erinnere mich nicht, ihn je ohne Zigarette gesehen zu haben.

Obwohl er sehr vielen Versuchungen ausgesetzt war. Ervin war ein großer Frauenliebhaber. Er war der große Verliebte in der Klasse und im Lieben genauso monomanisch wie János im Lügen. Von seinen Liebschaften wußten wir alle, denn er spazierte ganze Nachmittage mit dem Mädchen seines Herzens auf dem Gellérthegy umher, und er schrieb Gedichte an sie. Aber die Klasse machte sich nicht darüber lustig, denn man spürte das Intensive und Poetische an der Sache. Doch als er katholisch wurde, entsagte er selbstverständlich auch der Liebe. Damals begannen die Jungen, ins Bordell zu gehen, was Ervin strengstens ablehnte. Obwohl die anderen, glaube ich, eher aus Großtuerei zu den Frauen gingen, während er der einzige war, der das körperliche Verlangen wirklich schon kannte.

In der Zeit lernte er Éva kennen. Bestimmt war es Éva, die mit ihm anbändelte. Denn Ervin war sehr schön, mit seinem elfenbeinfarbenen Gesicht, seiner hohen Stirn, den glühenden Augen. Und man spürte, daß er jemand Besonderer war, trotzig, rebellisch; es strömte aus ihm. Daneben war er freundlich und zartsinnig. Ich merkte erst, was da lief, als Ervin und János im Ulpius-Haus auftauchten.

Der erste Nachmittag war gräßlich. Tamás benahm sich reserviert wie ein Großherzog, ließ nur von Zeit zu Zeit völlig unpassende Bemerkungen fallen, um die Bourgeois zu schockieren. Aber Ervin und János waren nicht schockiert, denn sie waren keine Bourgeois. János redete den ganzen Nachmittag, von seinen Erfahrungen beim Walfang und von den Geschäftsplänen, die seine Kokusnußplantagen betrafen. Ervin schwieg, rauchte und betrachtete Éva. Die hingegen war völlig anders als sonst. Sie quengelte, tat heikel, war ganz die kleine Frau. Am unbehaglichsten war mir zumute. Ich fühlte mich wie ein Hund, der plötzlich merkt, daß er von nun an mit zwei anderen Hunden den Platz unter dem Eßtisch teilen muß. Ich knurrte, obwohl mir eher zum Weinen war.

Daraufhin blieb ich öfter weg, kam nur, wenn Ervin und János nicht da waren. Überhaupt standen wir vor dem Abitur, es wurde ernst, und ich versuchte, auch Tamás ein paar wesentliche Dinge einzubläuen. Irgendwie schafften wir es knapp. Ich mußte Tamás mit Gewalt zum Abitur schleppen, denn er hatte an dem Tag gar nicht aufstehen wollen. Nach dem Abitur begann im Ulpius-Haus das große Leben.

Denn es hatte sich alles zum Guten gewendet. Die Ulpius waren die stärkeren und hatten Ervin und János völlig assimiliert. Ervin war nicht mehr so abweisend, sondern nahm sehr nette, wenn auch affektierte Umgangsformen an; er sprach immer wie in Anführungszeichen, als ob er sich nie ganz mit dem identifizierte, was er sagte. János wurde stiller und sentimentaler.

Allmählich fanden wir auch zu den Spielen zurück, und die waren jetzt viel ausgefeilter, bereichert durch die abenteuerliche Phantasie von János und Ervins poetischen Schwung. János erwies sich natürlich als hervorragender Komödiant. Deklamierend und schluchzend spielte er die anderen an die Wand (seine Leibrolle war die des hoffnungslosen Liebhabers), so daß wir zwischendurch aufhören und warten mußten, bis er sich beruhigt hatte. Ervins Lieblingsrolle war die des wilden Tiers; er behauptete sich hervorragend als Bison, der von Ursus (mir) niedergerungen wird, und auch als Einhorn war er glänzend. Mit seinem mächtigen Horn zerfetzte er alles, was im Weg war – Vorhänge, Laken und was sonst sich fand.

Die Grenzen des Ulpius-Hauses begannen sich zu erweitern. Wir machten jetzt lange Spaziergänge auf den Hügeln von Buda, gingen in die Bäder, und dann begannen wir auch zu trinken. Auf János' Anregung, nachdem er schon seit Jahren seine Wirtshaus-Abenteuer zum Besten gegeben hatte. Neben ihm war Éva am trinkfestesten, man sah es ihr gar nicht an, wenn sie getrunken hatte, sie war dann einfach noch mehr sie selbst. Ervin machte sich mit der gleichen Leidenschaft ans Trinken, mit der er rauchte. Ich will keine Rassentheorien von mir geben, aber du weißt ja auch, daß es etwas Seltsames ist, wenn ein Jude trinkt. Mit dem Trinken hatte es Ervin genauso wie mit dem Katholizismus. Es war ein verbitterter Kopfsprung, als berauschte er sich nicht an schlichten ungarischen Weinen, sondern an etwas viel Stärkerem, an Haschisch oder Kokain. Und gleichzeitig schien er immer Abschied zu nehmen, als tränke er zum letzten Mal, und als täte er überhaupt alles zum letzten Mal auf dieser Welt. Ich gewöhnte mich rasch an den Wein, und die Gefühlslockerung, die Auflösung der Disziplin, die er bei mir bewirkt, wurden mir zu einem existentiellen Bedürfnis. Aber am folgenden Tag zu Hause schämte ich mich jedesmal entsetzlich für meinen Katzenjammer, und ich schwor mir, nie mehr einen Tropfen anzurühren. Und dann trank ich wieder, und immer mehr wuchs in mir das Bewußtsein, daß ich schwach war; es kam mir ein Untergangsgefühl, das den zweiten Teil der Ulpius-Zeit dominierte. Ich hatte das Gefühl, ›in mein Unglück zu rennen‹, besonders beim Trinken hatte ich es. Das Gefühl, ich falle gänzlich aus dem geordneten Leben heraus, aus dem Leben, das anständige Menschen führen und mein Vater von mir erwartete. Trotz schrecklicher Gewissensbisse liebte ich dieses Gefühl. Und um meinen Vater machte ich einen Bogen.

Tamás trank wenig und wurde dabei immer schweigsamer.

Dann begann Ervins Religiosität auf mich zu wirken. Die Welt, die Realität, vor der wir uns bis dahin verschlossen hatten, zeigte sich uns jetzt doch und erschreckte uns. Wir merkten, daß man nicht leben kann, ohne sich die Hände schmutzig zu machen, und wir hörten Ervin andächtig zu, wenn er sagte, das dürfe nicht geschehen. Auch wir begannen das Leben streng und dogmatisch zu beurteilen, so wie er. Eine Zeitlang war er der Platzhirsch, wir folgten ihm in allem, und János und ich versuchten einander mit guten Taten auszustechen. Täglich entdeckten wir neue Unglückliche, denen man helfen mußte, und neue große katholische Schriftsteller, die wir vor dem Vergessen bewahrten. Die Namen von Thomas von Aquin und Jacques Maritain, Chesterton und Sankt Anselm von Canterbury flogen im Zimmer umher wie

Fliegen. Wir gingen zur Messe, und János hatte selbstverständlich Visionen. Einmal schaute in der Morgenfrühe der Heilige Dominikus bei ihm zum Fenster herein und sagte mit erhobenem Zeigefinger: Auf dich haben wir ein besonderes Augenmerk. János und ich müssen in dieser Zeit unwiderstehlich komisch gewesen sein. Die beiden Ulpius hingegen ließen den Katholizismus mehr oder weniger auf sich beruhen.

Diese Zeit dauerte ungefähr ein Jahr, dann folgte der Zerfall. Womit er begann, läßt sich nicht genau sagen, irgendwie strömte allmählich die Alltagsrealität herein und mit ihr das Zersetzende. Es starb der Großvater Ulpius, nach wochenlangem Leiden, unter Röcheln und Atemnot. Éva pflegte ihn mit erstaunlicher Geduld, wachte die ganze Nacht an seinem Bett. Als ich ihr später einmal sagte, das sei schön gewesen von ihr, lächelte sie zerstreut und meinte, es sei eben sehr interessant, jemandem beim Sterben zuzuschauen.

Dann beschloß Vater Ulpius, mit seinen Kindern müsse etwas geschehen, so gehe es nicht weiter. Éva wollte er so rasch wie möglich verheiraten. Er schickte sie aufs Land zu einer Tante, die ein großes Haus führte, damit sie dort an Bällen und anderen Lustbarkeiten teilnahm. Éva war natürlich nach einer Woche wieder da, gab tolle Geschichten zum besten und kassierte gelassen die väterlichen Ohrfeigen. Tamás hatte kein so glückliches Naturell. Sein Vater steckte ihn in ein Büro. Grauenhafter Gedanke, noch heute kommen mir die Tränen, wenn ich daran denke, was Tamás in dem Büro zu leiden hatte. Er arbeitete in der Stadtverwaltung, zwischen gewöhnlichen Kleinbürgern, die ihn für nicht normal hielten. Man gab ihm die stupidesten, schablonenhaftesten Arbeiten zu verrichten, weil man nicht annahm, daß er etwas erledigen konnte, das selbständiges Denken erfordert. Vielleicht hatten sie ja recht. Er mußte von den Kollegen sehr viele Demütigungen über sich ergehen lassen: sie plagten ihn zwar nicht, aber sie bemitleideten und schonten ihn. Tamás beklagte sich nie bei uns, nur hin und wieder bei Éva, soviel ich weiß. Er wurde einfach bleich und verstummte, wenn wir das Amt erwähnten.

Zu dieser Zeit machte Tamás seinen zweiten Selbstmordversuch.«

»Den zweiten?« fragte Erzsi.

»Ja. Vom ersten hätte ich eigentlich schon erzählen sollen. Denn der war wichtiger und schrecklicher. Das war noch zu Anfang unserer Freundschaft gewesen, als wir sechzehn waren. Das war so: Eines Tages stelle ich mich bei ihnen ein, wie gewöhnlich. Finde Éva allein vor, die etwas zeichnet, ungewohnt vertieft. Sie sagt, Tamás sei auf den Dachboden gestiegen, ich solle warten, er komme gleich wieder. Tamás unternahm damals häufige Expeditionen auf den Dachboden, er fand dort viel alten Plunder, der seine nostalgische Phantasie beflügelte und den wir bei unseren Spielen verwenden konnten. Und überhaupt ist der Dachboden eines so alten Hauses ein hochromantischer Ort. Ich bin also überhaupt nicht erstaunt, sondern warte geduldig. Éva ist, wie gesagt, ungewöhnlich still.

Plötzlich wird sie blaß, springt auf und beginnt zu kreischen, wir müssen auf den Dachboden und nachsehen, was mit Tamás ist. Ich verstehe nichts, aber ihr Entsetzen steckt mich an. Auf dem Dachboden ist es schon ziemlich dunkel. Der Ort ist riesig und verwinkelt, überall geheimnisvolle Lattentüren, die Gänge immer wieder verstellt von Kisten und Brettern, man schlägt sich den Kopf an den niedrigen Dachbalken an und muß über unerwartete Stufen hinauf- und hinunterrennen. Doch Éva läuft ohne zu zögern durch das Dunkel, als wisse sie, wo Tamás ist. Am Ende eines Gangs befindet sich eine lange, schmale Kammer, ganz hinten sieht man die Helligkeit von einem kleinen runden Fenster. Éva bleibt plötzlich stehen und klammert sich schreiend an mich. Mir klappern auch die Zähne, aber es ist schon seit jeher so, daß mir die größte Angst am meisten Mut macht. Ich betrete die dunkle Kammer, Éva mitschleppend, die sich immer noch an mich klammert.

Neben dem kleinen runden Fenster hing Tamás, ungefähr einen Meter über dem Boden. ›Er lebt noch, er lebt noch‹, kreischte Éva und drückte mir ein Messer in die Hand. Also hatte sie gewußt, was Tamás plante. Eine Kiste stand dort, bestimmt war er auf sie gestiegen, um den Strick am Dachbalken festzumachen. Ich sprang hinauf, schnitt den Strick durch, umfaßte mit dem anderen Arm den hängenden Körper und ließ ihn zu Éva hinunter, die den Strick von seinem Hals löste.

Tamás kam bald zu sich, er hatte sicher nur kurz da gehangen, es fehlte ihm nichts. ›Warum hast du mich verraten?‹ fragte er Éva. Sie gab keine Antwort, sie schämte sich.

Einige Zeit später fragte ich ihn vorsichtig, warum er das getan hatte.

›Ich wollte wissen, wie es ist‹, sagte er lakonisch.

›Und wie ist es?‹ fragte Éva mit neugierig geweiteten Augen.

›Sehr gut.‹

›Macht es etwas, daß wir dich losgeschnitten haben?‹ fragte ich und hatte auch schon Gewissensbisse.

›Nein. Ich habe ja Zeit. Auf ein andermal.‹

Tamás vermochte damals noch nicht zu erklären, was er eigentlich wollte. Aber das war auch nicht nötig, ich verstand es auch so, dank unserer Spiele. Wir mordeten und starben ja dabei die ganze Zeit. All die Dramen drehten sich nur ums Sterben, es war für Tamás eine Dauerbeschäftigung. Aber versteh mich richtig, sofern man es überhaupt verstehen kann: Es ging nicht um Tod, Verwesung und Auflösung. Sondern um den Vorgang des Sterbens. Es gibt Menschen, die ›aus unwiderstehlichem Zwang‹ immer wieder einen Mord begehen, um die glühende Lust des Mordens zu erfahren. Ein solcher Zwang trieb Tamás zur letzten Ekstase seines eigenen Sterbens. Ich kann dir das wahrscheinlich nicht begreiflich machen, so wie man jemandem, der unmusikalisch ist, die Musik nicht erklären kann. Ich hingegen konnte die Sache nachvollziehen. Tamás und ich sprachen jahrelang nicht mehr von der Angelegenheit, wußten aber, daß wir einander verstanden.

Als wir zwanzigjährig waren, kam der zweite Versuch, an dem ich nun auch teilnahm. Erschrick nicht, du siehst ja, ich lebe noch.

Damals war ich sehr verbittert, vor allem wegen meines Vaters. Nach dem Abitur hatte ich mich an der philosophischen Fakultät eingeschrieben. Mein Vater fragte mehrmals, was ich denn werden wollte, worauf ich antwortete: Religionswissenschaftler. ›Und wovon willst du leben?‹ fragte mein Vater. Darauf wußte ich keine Antwort, mochte gar nicht darüber nachdenken. Mein Vater wollte, daß ich im Unternehmen arbeite. Gegen meine Universitätsstudien hatte er nichts einzuwenden, denn er dachte, es würde dem Unternehmen zur Ehre gereichen, wenn eine der Führungskräfte den Doktortitel hatte. Im Grunde betrachtete auch ich die Universität als einen Aufschub. Als ein Zeitschinden, bevor man erwachsen werden mußte.

Die Lebensfreude war in dieser Zeit nicht meine Stärke. Das Untergangsgefühl wurde immer heftiger, und damals bedeutete auch der Katholizismus keine Tröstung mehr, sondern machte mir im Gegenteil meine Schwäche noch mehr bewußt. Da ich keine Neigung zum Rollenspiel hatte, sah ich schon damals die unüberwindliche Entfernung zwischen meinen Anlagen und den katholischen Lebensidealen.

Ich war der erste in unserer Gruppe, der dem Katholizismus den Rücken kehrte. Das war einer von zahlreichen Verraten.

Eines Nachmittags stellte ich mich wieder einmal bei den Ulpius ein und schlug Tamás einen Spaziergang vor; es war ein schöner Frühlingstag. Wir gelangten nach Óbuda hinaus und setzten uns in ein leeres Wirtshaus, unter eine Statue des heiligen Florian. Ich trank viel und erging mich in bitteren Worten über meinen Vater, über meine Aussichten, über die ganze schreckliche Traurigkeit der Jugend.

›Warum trinkst du so viel?‹ fragte Tamás.

›Weil es mir gefällt.‹

›Es gefällt dir, wenn dir schwindlig wird?‹

›Klar.‹

›Es gefällt dir, dich zu verlieren?‹

›Klar. Das ist das einzige, das mir gefällt.‹

›Aber dann … verstehe ich dich nicht. Stell dir vor, was es erst für ein Genuß ist, richtig zu sterben.‹

Das sah ich auch ein. Wenn man betrunken ist, denkt man viel logischer. Ich hatte nur einzuwenden, daß ich mich vor jeglichem Schmerz und jeglicher Gewaltanwendung schrecklich scheute. Ich hätte keine Lust, mich zu erhängen oder zu erschießen oder in die kalte Donau zu springen.

›Ist auch nicht nötig‹, sagte Tamás. ›Ich habe hier dreißig Zehntelgramm Morphium; soviel ich weiß, reicht das für uns beide, obwohl man es ja auch allein nehmen kann. Ich meine, ich werde dieser Tage sowieso sterben, die Zeit ist jetzt gekommen. Aber wenn du mitmachen willst, um so besser. Ich will dich natürlich nicht beeinflussen. Ich sag's einfach nur. Falls du gerade Lust haben solltest.‹

›Woher hast du das Morphium?‹

›Von Éva. Sie hat es dem Arzt abgebettelt, sie hat gesagt, sie könne nicht schlafen.‹

Für uns beide war es von schicksalhafter Bedeutung, daß das Gift von Éva kam. Auch das gehörte zum Spiel, zu den krankhaften Spielen, die wir allerdings seit dem Auftauchen von Ervin und János einigermaßen hatten abwandeln müssen. Aber in jedem Fall bestand die Ekstase darin, daß wir wegen oder für Éva starben. Sie hatte das Gift gegeben, und deshalb mußte ich es auch nehmen. Und so geschah es.

Ich kann dir gar nicht sagen, wie einfach und selbstverständlich es war, Selbstmord zu begehen. Ich war ja auch betrunken, und damals löste der Alkohol bei mir immer eine Es-ist-sowieso-alles-egal-Stimmung aus. Und an dem Nachmittag hatte er in mir den Dämon befreit, der, glaube ich, im tiefsten Unterbewußten eines jeden Menschen lebt, der Dämon, der einen zum Tod verlockt. Überleg doch, wieviel leichter und natürlicher es ist zu sterben, als am Leben zu bleiben ...«

»Erzähl lieber weiter«, sagte Erzsi unruhig.

»Wir bezahlten den Wein und gingen spazieren, in großer, gerührter Heiterkeit. Wir sagten einander, wie sehr wir uns geliebt hatten und daß diese Freundschaft das Schönste in unserem Leben gewesen war. Eine Weile saßen wir am Donau-Ufer, dort draußen in Óbuda, neben den Schienen, und über den Hügeln ging die Sonne unter. Und wir warteten auf die Wirkung. Vorläufig spürten wir nichts.

Auf einmal kam mir das unwiderstehliche, weinerliche Bedürfnis, mich von Éva zu verabschieden. Zuerst wollte Tamás nichts davon hören, aber dann siegte auch in ihm das Gefühl, das ihn mit

Éva verband. Wir nahmen die Straßenbahn und rannten dann über die Treppen auf die Burg hinauf.

Heute weiß ich, daß ich in dem Augenblick, da ich Éva sehen wollte, Tamás und den Selbstmord schon verraten hatte. Unbewußt rechnete ich damit, daß wir irgendwie gerettet würden, wenn wir unter die Menschen zurückgingen. Im Grunde hatte ich keine Lust zu sterben. Ich war todmüde, so müde, wie man es nur mit zwanzig sein kann, und auch ich sehnte mich nach der geheimnisvollen dunklen Wonne des Sterbens, doch sobald sich das vom Wein verursachte Untergangsgefühl etwas verflüchtigt hatte, mochte ich irgendwie nicht mehr recht …

Im Ulpius-Haus saßen Ervin und János. Ich teilte ihnen fröhlich mit, wir hätten je fünfzehn Zehntelgramm Morphium genommen und würden binnen kurzem sterben, vorher aber wollten wir uns noch verabschieden. Tamás war schon ganz bleich und schwankte, mir sah man nur an, daß ich viel getrunken hatte. János stürzte zum Telephon und rief die Ambulanz, wobei er meldete, da seien zwei junge Männer, die je fünfzehn Zehntelgramm Morphium genommen hätten.

›Leben sie noch?‹ fragten die vom Notfalldienst.

János bejahte, worauf man ihm sagte, wir sollten sofort kommen. Ervin und János steckten uns in ein Taxi und fuhren mit uns in die Markóstraße. Ich spürte immer noch nichts.

Um so mehr spürte ich auf der Notfallstation, wo man mir unbarmherzig den Magen ausspülte und jegliche Lust am Selbstmord nahm. Im übrigen komme ich nicht vom Gedanken los, daß wir gar nicht Morphium geschluckt hatten. Entweder hatte Éva Tamás hereingelegt oder der Arzt Éva. Tamás' Übelkeit konnte auch Autosuggestion sein.

Éva und die beiden Jungen mußten die ganze Nacht aufpassen, daß wir nicht einschliefen, denn auf der Notfallstation hatte es geheißen, wenn wir einschliefen, würden wir nicht mehr erwachen. Es war eine seltsame Nacht. Wir waren alle sehr verlegen; aber ich war auch glücklich, weil ich Selbstmord begangen hatte, eine große Sache, und ebenso glücklich war ich, noch am Leben zu sein. Ich fühlte eine unglaublich angenehme Müdigkeit. Wir liebten uns alle sehr, ihre Wache war eine große, aufopfernde Geste, die ausgezeichnet zu unserer damaligen religiösen Schwärmerei und zur Vorstellung von edler Freundschaft paßte. Wir waren erschüttert, führten Gespräche à la Dostojewski und tranken einen Kaffee nach dem anderen. Es war so eine typische Jugendnacht, an die man sich als Erwachsener nur mit Ekel erinnert. Aber weiß der Kuckuck, offenbar bin ich schon alt, denn ich empfinde keinerlei Ekel, sondern bloß eine große Nostalgie.

Nur Tamás sagte in jener Nacht kein Wort und ließ es einfach über sich ergehen, daß wir ihn mit kaltem Wasser bespritzten und ihn kniffen, damit er ja nicht einschlief. Er fühlte sich tatsächlich nicht gut, und außerdem war er niedergeschmettert, weil es wieder nicht gelungen war. Wenn ich ihn anredete, wandte er sich ab und antwortete nicht. Er sah mich als Verräter an. Danach waren wir nicht mehr so gute Freunde. Später erwähnte er diese Episode nie, er war höflich und freundlich wie immer, aber ich weiß, daß er mir nicht verziehen hat. Als er starb, gehörte ich nicht mehr zu seinen engen Vertrauten ...«

Mihály verstummte und verbarg das Gesicht in den Händen. Dann stand er auf und starrte durch das Fenster ins Dunkel hinaus. Kam zurück und streichelte Erzsis Hand mit einem zerstreuten Lächeln.

»Tut das immer noch so weh?« fragte Erzsi leise.

»Ich habe seither keinen Freund gehabt«, sagte Mihály.

Wieder schwiegen sie. Erzsi dachte darüber nach, ob sich Mihály nur in weinseliger Sentimentalität so leid tat, oder ob in ihm damals wirklich etwas zerbrochen und er seither so distanziert und gleichgültig war.

»Und Éva?« fragte sie schließlich.

»Die war damals in Ervin verliebt.«

»Und ihr wart nicht eifersüchtig?«

»Nein, wir fanden es natürlich. Ervin war die herausragende Figur, das fühlten wir, und es schien uns richtig, daß Éva ihn liebte. Ich war sowieso nicht verliebt in Éva, und bei János konnte man überhaupt nie sicher sein. Die Gruppe war auch schon ein bißchen am Zerfallen. Ervin und Éva waren sich je länger je mehr genug, und sie suchten die Gelegenheiten, uns abzuhängen. Mich hingegen begannen die Universität und die Religionsgeschichte ehrlich zu interessieren. Ich war gepackt von wissenschaftlichem Ehrgeiz; die erste Begegnung mit der Wissenschaft ist ja so berauschend wie die Liebe.

Doch um auf Ervin und Éva zurückzukommen … Éva wurde in jener Zeit viel stiller, sie ging zur Messe, bei den Englischen Fräulein, wo sie auch zur Schule gegangen war. Wie ich schon gesagt habe, hatte Ervin eine ganz besondere Veranlagung für die Liebe; sie gehörte zu ihm wie das Abenteurertum zu Szepetneki. Ich konnte durchaus verstehen, daß da nicht einmal Éva kalt blieb.

Es war eine rührende Liebe, durchtränkt mit Gedichten, Spaziergängen auf der Burg und Zwanzigjährigkeit, so daß ich fast schon erwartete, die Leute würden den beiden respektvoll Platz machen, so wie wenn das Allerheiligste durch die Straßen getragen wird. Wir jedenfalls begegneten dieser Liebe mit grenzenloser Hochachtung. Irgendwie vollzog sich darin der Sinn unseres ganzen Zusammenseins. Und wie kurz sie dennoch war! Wie es genau zuging, habe ich nie erfahren, aber anscheinend hielt Ervin um Évas Hand an und wurde vom alten Ulpius rausgeschmissen. Und sogar geohrfeigt, wenn man János glauben will. Éva aber liebte Ervin um so mehr und wäre bestimmt gern seine Geliebte geworden, doch Ervin hielt sich eisern an das sechste Gebot. Er wurde noch blasser, noch schweigsamer und kam nicht mehr ins Ulpius-Haus; ich sah ihn kaum mehr. Und in Éva muß damals die große Veränderung vorgegangen sein, wegen der sie mir später so unverständlich wurde. Dann verschwand Ervin eines Tages. Von Tamás erfuhr ich, daß er Mönch geworden war. Den Abschiedsbrief, in dem er seinen Entschluß mitteilte, hat Tamás vernichtet. Ob er Ervins Mönchsnamen und sein Kloster kannte, ist ein Geheimnis, das er mit sich ins Grab genommen hat. Vielleicht hat er es Éva verraten.

Ervin war bestimmt nicht Mönch geworden, weil er Éva nicht heiraten durfte. Wir hatten zuvor schon oft über das mönchische Leben gesprochen, und ich weiß, daß Ervins Religiosität zu tief war, als daß er ohne ein deutliches Zeichen der inneren Berufung, bloß aus romantischer Verzweiflung diesen Schritt getan hätte. Wahrscheinlich sah er im Verbot, Éva zu heiraten, einen Fingerzeig von oben. Doch daß er uns so plötzlich verließ, war sicher eine Flucht vor Éva, vor der Versuchung, die sie für ihn darstellte. So tat er, fluchtartig zwar und vielleicht ein bißchen wie Joseph, aber immerhin, er tat, wovon wir damals so oft phantasiert hatten: Er brachte Gott seine Jugend als unbeflecktes Opfer dar.«

»Ich verstehe nur eines nicht«, sagte Erzsi, »wenn er doch für die Liebe so disponiert war, wieso mußte er dieses Opfer bringen?«

»Liebes, in der Seele gibt es Gegensätze. Die großen Asketen sind nicht leidenschaftslose, kalte Menschen, sondern die feurigsten, die schon wissen, worauf sie verzichten. Deshalb gestattet es die Kirche einem Eunuch nicht, Priester zu werden.«

»Und was sagte Éva zu alldem?«

»Éva blieb allein, und von da an war nichts mehr mit ihr anzufangen. Zu jener Zeit war Budapest in den Händen von Schiebern und Entente-Offizieren. Éva geriet irgendwie in den Kreis dieser Offiziere. Sie konnte Sprachen, und in ihrem Benehmen war nichts von ländlich-markigem Ungarntum, sondern etwas echt Weltstädtisches. Soviel ich weiß, stand sie hoch im Kurs. Und so wurde sie von einem Tag auf den andern vom kleinen Backfisch zu einer wunderschönen Frau. Und ihr Blick, bis dahin offen und kameradschaftlich, veränderte sich: Sie schaute immer drein, als horchte sie auf ferne, leise Stimmen.

Diese letzte Epoche wurde von János dominiert. Éva brauchte nämlich Geld, um unter den eleganten Menschen stilvoll auftreten zu können. Sie konnte sich zwar sehr geschickt aus nichts etwas Elegantes zusammenzaubern, aber auch für dieses Nichts brauchte es ein bißchen Geld. Da kam János Szepetneki ins Spiel. Er brachte es immer fertig, ihr Geld zu beschaffen. Wie, das wußte nur er. Oft machte er es genau bei den Offizieren locker, mit denen Éva tanzte. ›Ich kassiere das Honorar für die Eskorte‹, sagte er zynisch. Wir anderen redeten da auch schon so, wir paßten uns immer dem Stil des Anführers an.

János' skrupellose Methoden gefielen mir gar nicht. Zum Beispiel gefiel mir nicht, daß er eines Tages bei Herrn Reich, dem alten Buchhalter in der Firma meines Vaters, auftauchte und eine fürchterlich komplizierte Geschichte vortrug, in der meine Kartenschulden und mein geplanter Selbstmord vorkamen, womit er eine recht ansehnliche Summe aus ihm herauspreßte. Später mußte ich natürlich die Kartenschulden auf mich nehmen, obwohl ich in meinem Leben nie eine Karte in der Hand hatte.

Und ganz besonders mißfiel es mir, als er meine goldene Uhr stahl. Das geschah anläßlich einer großen Lustbarkeit, irgendwo draußen, in einer damals modischen Gartenwirtschaft, deren Namen ich vergessen habe. Wir waren viele, nämlich Évas Gesellschaft, dazu zwei, drei ausländische Offiziere, etliche durch die Inflation reichgewordene junge Männer, merkwürdige Frauen in der gewagten Aufmachung jener Jahre, und damit meine ich nicht nur die Kleider. Mein Untergangsgefühl war schon dadurch geweckt, daß Tamás und ich in eine so wenig zu uns passende Gesellschaft geraten waren, unter Menschen, mit denen wir nichts anderes gemeinsam hatten als das Gefühl, daß jetzt sowieso schon alles gleich war. Denn damals hatte nicht mehr nur ich dieses Gefühl, sondern die ganze Stadt, es lag in der Luft. Die Menschen hatten massenhaft Geld, und sie wußten, daß es nichts nützte, daß es von einem Tag auf den andern verlorengehen würde; wie ein Kronleuchter hing die Katastrophe über der Gartenwirtschaft.

Es waren apokalyptische Zeiten. Ich weiß gar nicht, ob wir noch nüchtern waren, als wir uns zum Trinken hinsetzten. Ich erinnere mich eher so, als wäre ich vom ersten Augenblick an betrunken gewesen. Tamás trank sehr wenig, aber die allgemeine Weltuntergangsstimmung entsprach seinem Seelenzustand so genau, daß er sich mit ungewohnter Lockerheit unter den Menschen und den Zigeunermusikanten bewegte. Er und ich redeten viel in jener Nacht, das heißt, wir redeten wenig mit Worten, aber was wir sagten, hatte eine ungeheure gefühlsmäßige Resonanz, und wir verstanden uns von neuem ausgezeichnet, am Rand des Abgrunds. Und auch mit den merkwürdigen Mädchen verstanden wir uns sehr gut, ich jedenfalls hatte das Gefühl, meine populär-religionsgeschichtlichen Ausführungen über Kelten und Toteninseln lösten bei der Schauspielschülerin, die meistens neben mir saß, ein lebhaftes Echo aus. Dann setzte ich mich mit Éva irgendwo abseits und machte ihr den Hof, als ob ich sie nicht seit ihrer mageren, großäugigen Backfischzeit kannte, und auch sie nahm meine Huldigung mit vollem fraulichem Ernst entgegen, mit halben Sätzen und Blicken in die Weite, in der ganzen Glorie ihrer damaligen Pose.

Gegen Morgen wurde mir gräßlich schlecht, und als ich danach etwas nüchterner war, merkte ich, daß meine goldene Uhr fehlte. Ich war über alle Massen verstört, geradezu ekstatisch verzweifelt. Versteh mich recht: Der Verlust einer goldenen Uhr ist an sich kein so großes Unglück, auch dann nicht, wenn man zwanzig ist und auf der Welt keinen anderen Wertgegenstand besitzt. Doch wenn man zwanzig ist und im Morgengrauen nüchtern wird, nur um zu merken, daß einem die Uhr gestohlen wurde, so ist man geneigt, diesem Verlust eine symbolische Bedeutung zuzuschreiben. Die Uhr hatte ich von meinem Vater bekommen, der sonst kein besonders schenkfreudiger Mensch war. Wie gesagt, das war mein einziger Wertgegenstand gewesen, mein einziger nennenswerter persönlicher Besitz, der zwar mit seiner klotzigen, protzigen Spießigkeit für mich immer all das repräsentiert hatte, was ich so gar nicht mochte, dessen Verlust aber jetzt, da er symbolische Bedeutung annahm, mich mit panischem Schrecken erfüllte. Ich hatte das Gefühl, nunmehr endgültig den Mächten der Unterwelt verfallen zu sein, nachdem man mir die Möglichkeit gestohlen hatte, doch noch einmal nüchtern zu werden und in die bürgerliche Welt zurückzukehren.

Ich wankte zu Tamás hin, um ihm von dem Uhrdiebstahl Mitteilung zu machen, ich sagte, ich wolle die Polizei rufen, und der Gastwirt müsse die Tore abschließen, und alle Gäste sollten durchsucht werden.

Tamás beruhigte mich auf seine Art:

›Lohnt sich nicht. Laß es. Klar, daß sie gestohlen worden ist. Dir wird man alles stehlen. Du wirst immer das Opfer sein. Das willst du ja.‹

Ich starrte ihn überrascht an, aber dann sagte ich tatsächlich niemandem etwas von der Uhr. Denn während ich Tamás angestarrt hatte, war mir plötzlich klargeworden, daß nur János Szepetneki die Uhr hatte stehlen können. Im Lauf des Abends hatte es irgendwie einen Ulk mit Verkleidungen gegeben, Szepetneki und ich hatten Jacke und Krawatte getauscht, und wahrscheinlich hatte ich danach die Jacke ohne Uhr zurückbekommen. Ich suchte János, um ihn zur Rede zu stellen, aber er war schon weg. Auch am nächsten und übernächsten Tag war er verschwunden.

Und am vierten Tag fragte ich der Uhr nicht mehr nach. Ich hatte begriffen, daß János, falls er es wirklich gewesen war, sie gestohlen hatte, weil Éva Geld brauchte. Und wahrscheinlich hatte Éva davon gewußt, denn der ganze Verkleidungs-Ulk war ihre Idee gewesen – und die Szene, da ich mit ihr zusammensaß, sollte vielleicht verhindern, daß ich das Verschwinden der Uhr gleich bemerkte. Als mir diese Möglichkeit einfiel, fand ich mich mit der Sache ab. Wenn sie um Évas willen geschehen war, dann war ja alles gut. Dann gehörte auch das zum Spiel, zu einem der alten Spiele des Ulpius-Hauses.

Von da an war ich verliebt in Éva.«

»Aber bisher hast du doch energisch bestritten, je in sie verliebt gewesen zu sein«, sagte Erzsi.

»Klar. Stimmt auch. Ich nenne das, was ich für Éva empfand, nur mangels eines besseren Wortes Verliebtheit. Dieses Gefühl glich in keiner Weise den Gefühlen, wie ich sie für dich habe, und, verzeih, für ein, zwei Vorgängerinnen von dir hatte. Es war irgendwie die genaue Verkehrung dieser Gefühle. Dich liebe ich, weil du zu mir gehörst, sie liebte ich, weil sie nicht zu mir gehörte – meine Liebe für dich gibt mir Kraft und Selbstvertrauen, meine Liebe zu ihr war eine Demütigung und Aufhebung meines Wesens … das sind natürlich bloß rhetorische Antithesen. Damals hatte ich das Gefühl, daß das alte Spiel Wirklichkeit wurde und ich in der großen Erfüllung allmählich zugrunde ging. Ich ging für Éva und durch Éva zugrunde, so wie wir das früher gespielt hatten.«

Mihály stand auf und begann unruhig im Zimmer auf und ab zu gehen. Jetzt, jetzt tat es ihm leid, so freimütig gewesen zu sein. Vor Erzsi … einer fremden Frau …

Erzsi sagte:

»Aber vorhin hast du doch gesagt, daß du in sie nicht verliebt sein konntest, weil ihr euch zu gut kanntet, weil zwischen euch die nötige Distanz fehlte.«

(Alles in Ordnung, sie versteht's nicht, dachte Mihály. Sie versteht nur so viel, wie ihre völlig primäre Eifersucht aufzunehmen vermag.)

»Gut, daß du das erwähnst«, sagte er beruhigt. »Bis zu jener denkwürdigen Nacht gab es in der Tat keine Distanz. Ich entdeckte erst, als wir wie eine Dame und ein Herr zu zweit dort saßen, daß Éva schon eine ganz andere Frau war, eine großartige, wunderschöne Frau, während sie doch auch noch die alte Éva war, die für immer die krankhafte, dunkle Süße meiner Jugend in sich trug.

Im übrigen pfiff sie auf mich. Es gelang mir nur selten, sie zu sehen, und auch dann kümmerte sie sich nicht um mich. Ihre Unruhe war schon pathologisch. Vor allem, nachdem der ernsthafte Bewerber auf der Bildfläche erschienen war. Es war ein bekannter, reicher, nicht mehr ganz junger Antiquitätensammler, der ein paarmal beim alten Ulpius vorbeigekommen war, hin und wieder Éva gesehen hatte und seit geraumer Weile plante, sie zu heiraten. Der alte Ulpius teilte Éva mit, er dulde keinerlei Widerspruch. Er habe sie schon lange genug am Hals gehabt. Sie solle heiraten oder sich zum Teufel scheren. Éva verlangte eine zweimonatige Bedenkzeit. Auf Bitten des Bräutigams war der Alte einverstanden.

Je weniger sich Éva um mich kümmerte, um so stärker wurde in mir das Gefühl, das ich behelfsmäßig Verliebtheit genannt habe. Offenbar hatte ich damals einen ganz besonderen Hang zur Hoffnungslosigkeit: nachts vor ihrem Tor herumstehen, um sie zu belauern, wenn sie mit lachender, lauter Begleitung nach Hause kam; meine Studien vernachlässigen; mein ganzes Geld für idiotische Geschenke ausgeben, die sie kaum zur Kenntnis nahm; unterwürfig sentimental werden und weibische Szenen machen, wenn ich sie traf – das war meine Sparte, da lebte ich wirklich auf, und keine Freude, die es seither gegeben hat, ist so tief gegangen wie jener Schmerz, jene glückliche Schmach: daß ich ihretwegen zugrunde gehen mußte, während sie mir ihre Tritte in den Hintern gab. Ob man das Liebe nennt?«

(Warum erzähle ich das, warum erzähle ich das... ich habe wieder zuviel getrunken. Aber ich mußte es einmal sagen, und Erzsi versteht es sowieso nicht.)

»Inzwischen näherte sich die Bedenkfrist ihrem Ende. Der alte Ulpius platzte manchmal in ihr Zimmer hinein und machte grauenhafte Szenen. Zu jener Zeit war er schon dauernd betrunken. Auch der Bräutigam tauchte auf, mit grauem Haar und verschämtem Lächeln. Éva erbat sich noch eine Woche. Um mit Tamás in Ruhe verreisen und von ihm Abschied nehmen zu können. Irgendwoher hatte sie sogar das Geld für die Reise.

Also verreisten sie. Nach Hallstatt. Es war Spätherbst, und außer ihnen war kein Mensch dort. Es gibt nichts Tödlicheres als diese alten, historischen Badeorte. Denn wenn eine Burg oder eine Kathedrale sehr alt und vollkommen unzeitgemäß und da und dort am Zerbröckeln ist, so ist das natürlich, das gehört eben so. Aber wenn ein Ort, der für Augenblicksfreuden geschaffen wurde, etwa ein Kaffeehaus oder eine Promenade, seine Vergänglichkeit zeigt ... das ist etwas vom Gräßlichsten.«

»Schon gut«, sagte Erzsi, »erzähl weiter. Was passierte mit den beiden Ulpius?«

»Liebes, ich zögere und philosophiere, weil ich von hier an nicht mehr weiß, was mit ihnen passiert ist. Ich habe sie nie mehr gesehen. Tamás Ulpius hat sich in Hallstatt vergiftet. Mit Erfolg diesmal.«

»Und was war mit Éva?«

»Was sie mit Tamás' Tod zu tun hatte? Vielleicht nichts. Ich weiß es nicht. Sie ist nie mehr nach Hause gekommen. Es hieß, nach Tamás' Tod sei sie von einem hohen ausländischen Offizier geholt worden.

Ich hätte sie vielleicht noch treffen können. In den folgenden Jahren hätte ich noch ein-, zweimal die Gelegenheit dazu gehabt. Hin und wieder kreuzte János auf und machte dunkle Anspielungen, daß er eventuell ein Treffen mit Éva arrangieren könnte, natürlich gegen ein entsprechendes Entgelt. Doch ich mochte Éva nicht mehr treffen; deshalb hat János heute gesagt, ich sei selber schuld, wenn ich von meiner Jugend abgeschnitten sei, ich hätte bloß die Hand auszustrecken brauchen … Da hat er recht. Als Tamás starb, dachte ich, ich würde wahnsinnig – und dann beschloß ich, mich zu ändern, mich von diesem Bann loszureißen, um nicht zu enden wie er, sondern ein anständiger Mensch zu werden. Ich verließ die Universität, lernte das Métier meines Vaters, ging ins Ausland, um noch dazuzulernen, und dann kehrte ich nach Hause zurück und gab mir Mühe zu sein wie die anderen Menschen.

Hingegen war mir das Ulpius-Haus nicht umsonst dem Untergang geweiht erschienen – es ist alles untergegangen, nichts ist geblieben. Der alte Ulpius lebte danach nicht mehr lange. Er wurde zusammengeschlagen, auf dem Heimweg aus einer Vorstadtkneipe. Das Haus war schon zuvor von einem reichen Herrn Munk gekauft worden, einem Geschäftsfreund meines Vaters. Ich war sogar einmal bei ihnen, fürchterlich … Sie haben das Haus wundervoll eingerichtet, so daß es viel älter geworden ist. In der Mitte des Hofs steht ein echter Florentiner Brunnen. Aus dem Zimmer des Großvaters ist ein altdeutsches Eßzimmer mit Eichenmöbeln geworden. Und unser Zimmer … ach Gott, das haben sie als altungarisches Gasthaus oder so was eingerichtet, mit tulpenbemalten Truhen, Krügen und Kinkerlitzchen. Das Zimmer von Tamás! Das nennt sich Vergänglichkeit … Gütiger Himmel, ist es spät! Sei mir nicht böse, Liebes, einmal mußte ich es erzählen … auch wenn es für Außenstehende vielleicht dumm klingt … na, aber jetzt gehe ich ins Bett.«

»Mihály, du hast versprochen zu erzählen, wie Tamás Ulpius gestorben ist. Aber du hast es nicht erzählt, auch nicht, warum er gestorben ist.«

»Ich habe es nicht erzählt, weil ich es nicht weiß. Und warum er gestorben ist? Hm. Naja, er war wohl lebensmüde, oder? Man kann des Lebens sehr müde werden, nicht?«

»Nein. Aber laß uns schlafen. Es ist wirklich sehr spät.«

5

Mit Florenz hatten sie kein Glück. Es regnete die ganze Zeit. Sie standen in ihren Regenmänteln vor dem Dom herum, und Mihály mußte plötzlich lachen. Er hatte mit einemmal die ganze Tragödie dieser Kirche verstanden. Daß sie in unvergleichlicher Schönheit dasteht, und niemand nimmt sie ernst. Sie ist zu einem touristischen und kunsthistorischen Kulturgut geworden, und niemand glaubt ihr mehr, daß sie zum Ruhme Gottes und der Stadt dasteht.

Sie fuhren nach Fiesole hinauf und sahen zu, wie ein Gewitter mit wichtigtuerischer Geschwindigkeit über die Berge gerannt kam, um sie noch rechtzeitig zu erreichen. Sie flüchteten ins Kloster und schauten sich das alte fernöstliche Sammelsurium an, das die biederen Fratres im Lauf der Jahrhunderte von den Missionen nach Hause gebracht hatten. Mihály bewunderte lange eine chinesische Bildserie, wobei er eine Weile brauchte, bis er herausbekam, was sie darstellte. Im oberen Teil eines jeden Bilds thronte ein wütender, schrecklicher Chinese, vor sich ein großes Buch. Sein Gesicht war besonders wegen der gesträubten Haare an den Schläfen so furchterregend. Im unteren Teil der Bilder geschahen schauderhafte Dinge: Menschen wurden mit Eisengabeln in eine unangenehm aussehende Flüssigkeit geworfen, einigen wurden gerade die Beine abgesägt, einem anderen zog man sorgfältig die strickartigen Eingeweide heraus, und an einer Stelle fuhr ein automobilartiges Vehikel, das von einem ebenfalls gesträubthaarigen Unhold gelenkt wurde, in eine Menge hinein, wobei die vorn an der Maschine angebrachten, rotierenden Beilklingen die Menschen auftranchierten.

Mihály begriff, daß es sich um ein Jüngstes Gericht handelte, so wie es sich ein chinesischer Christ vorstellte. Welche Fachkenntnis, welche Sachlichkeit!

Ihm wurde schwindlig, und er ging auf den Platz hinaus. Die Landschaft, die von der Eisenbahn aus, zwischen Bologna und Florenz, so zauberhaft gewesen war, sah jetzt naß und unsympathisch aus, wie eine Frau, die sich die ganze Schminke weggeweint hat.

Als sie wieder in der Stadt unten waren, ging Mihály zur Hauptpost; seit sie Venedig verlassen hatten, wurden ihm die Briefe hierher nachgeschickt. Auf einem der Umschläge erkannte er die Schrift von Zoltán Pataki, Erzsis erstem Mann. Vielleicht stehen Dinge darin, die Erzsi nicht zu lesen braucht, dachte er, und setzte sich vor ein Café. Da haben wir die männliche Solidarität, dachte er lächelnd.

Der Brief lautete wie folgt:

Lieber Mihály,

es mag eine Spur widerwärtig sein, daß ich Dir einen langen, freundschaftlichen Brief schreibe, nachdem Du meine Frau ver- und entführt hast, aber Du warst ja nie ein Freund der Konventionen, und vielleicht wirst Du Dich nicht daran stoßen, wenn ich, den Du zwar immer einen alten Konformisten genannt hast, mich diesmal auch nicht an die Regeln halte. Ich schreibe Dir, denn sonst habe ich keine Ruhe. Ich schreibe Dir, denn ehrlich gesagt wüßte ich nicht, warum ich Dir nicht schreiben sollte, da uns ja beiden klar ist, daß ich Dir nicht böse bin. Laß uns einfach den Schein wahren, denn Erzsis Selbstwertgefühl tut es bestimmt besser, wenn wir romantischerweise ihretwegen Todfeinde sind, doch unter uns, mein Bester, weißt Du ja, daß ich stets große Stücke auf Dich gehalten habe, und daran ändert auch die Tatsache nichts, daß Du meine Frau ver- und entführt hast. Es ist nicht so, daß diese Deine »Tat« mich nicht völlig erschüttert hätte, denn ich kann auch nicht leugnen — das soll natürlich ebenfalls unter uns bleiben —, daß ich Erzsi immer noch anbete. Aber es ist mir klar, daß Du für das alles nichts kannst. Überhaupt habe ich nicht das Gefühl, verzeih mir, daß Du für irgendeine Sache auf dieser Welt etwas könntest.

Gerade deswegen schreibe ich Dir. Ich mache mir, um ehrlich zu sein, ein bißchen Sorgen um Erzsi. Weißt Du, ich habe mir während langer Jahre angewöhnt, mich um sie zu kümmern, fortwährend auf sie aufzupassen, darauf zu achten, daß sie warm genug angezogen ist, wenn sie abends ausgeht, sie mit allem einzudecken, was sie braucht, und vor allem mit dem, was sie nicht braucht, und so kann ich mir diese Besorgtheit nicht von einem Tag auf den andern abgewöhnen. Sie ist es, was mich so eng an Erzsi bindet. Ich gestehe Dir, daß ich kürzlich einen ganz blöden Traum hatte: Erzsi lehnt sich weit zum Fenster hinaus, und wenn ich sie nicht festhalte, fällt sie. Und da ist mir in den Sinn gekommen, daß Du es vielleicht nicht merken würdest, wenn sich Erzsi zu weit aus dem Fenster lehnte, Du bist ja so ein zerstreuter, introvertierter Mensch. Deshalb habe ich gedacht, ich würde Dich bitten, auf ein paar Dinge besonders zu achten, ich habe alles auf einem Zettel notiert, so wie es mir in den Sinn kam. Sei mir nicht böse, es ist einfach eine unleugbare Tatsache, daß ich Erzsi viel länger kenne als Du, und das gibt mir gewisse Rechte.

1. Achte darauf, daß Erzsi ißt. Sie hat (das hast Du vielleicht selbst schon gemerkt) große Angst vor dem Zunehmen, und diese Angst überkommt sie manchmal panikartig, dann ißt sie tagelang nichts und bekommt davon ernstliche Probleme mit der Magensäure, was wiederum schlecht ist für ihre Nerven. Aber vielleicht fördert es ihre Essenslust, daß Du, unberufen, einen so guten Appetit hast. Ich selbst bin leider ein alter Magenkranker und habe nicht mit gutem Beispiel vorangehen können.

2. Paß auf mit den Manikürfrauen. Wenn Erszi sich unterwegs maniküren lassen möchte, erkläre Dich bereit, eine Maniküre zu suchen, und halte Dich nur an die besten Adressen. Bitte den Hotelportier um Informationen. Erzsi ist in dieser Hinsicht äußerst empfindlich, und es ist schon mehrmals vorgekommen, daß sie wegen der Ungeschicklichkeit der Maniküre entzündete Finger bekam. Das möchtest Du ja bestimmt auch nicht.

3. Laß nicht zu, daß Erzsi früh aufsteht. Ich weiß, daß auf einer Reise die Versuchung dazu groß ist; als wir das letzte Mal in Italien waren, habe ich selbst auch diesen Fehler gemacht, denn in Italien fahren die interurbanen Autobusse sehr früh. Vergiß die Autobusse. Erzsi schläft spät ein und wacht spät auf. Das frühe Aufstehen bekommt ihr sehr schlecht, noch Tage danach ist sie müde.

4. Laß nicht zu, daß sie scampi, frutti di mare und überhaupt Meergetier ißt, denn davon bekommt sie einen Ausschlag.

5. Eine sehr heikle Sache, ich weiß gar nicht, wie ich darüber schreiben soll. Vielleicht müßte ich annehmen, daß Du auf dem laufenden bist, aber ich weiß nicht, ob ein so abgehobener, philosophisch veranlagter Mensch

über solche Dinge Bescheid weiß, über die unermeßliche Zerbrechlichkeit der weiblichen Natur, und wie sehr gewisse körperliche Belange sie beherrschen. Ich bitte Dich, merke Dir Erzsis Tage genau. Eine Woche vor dem Eintreten der Sache mußt Du bis zum äußersten nachsichtig und geduldig sein. Erzsi ist in solchen Momenten nicht ganz zurechnungsfähig. Sie wird streitsüchtig. Am besten ist es, wenn Du wirklich mit ihr streitest, das führt die Gereiztheit ab. Aber streite nicht ernstlich. Denk daran, daß es sich nur um einen physiologischen Vorgang oder so was handelt. Laß Dich nicht hinreißen, etwas zu sagen, das Du später bereuen würdest, und vor allem laß nicht zu, daß Erzsi Dinge sagt, die sie später bereuen würde, denn das schadet ihren Nerven.

Sei mir nicht böse. Ich müßte noch über tausend Dinge schreiben, tausend Kleinigkeiten, auf die Du achten solltest – das waren nur die wichtigsten –, aber jetzt kommt mir nichts mehr in den Sinn, ich habe überhaupt keine Phantasie. Trotzdem, ich kann nicht leugnen, daß ich mir große Sorgen mache, nicht nur, weil ich Erzsi kenne, sondern vor allem, weil ich Dich kenne. Versteh mich bitte nicht falsch. Wenn ich eine Frau wäre und zwischen uns beiden wählen müßte, würde ich ohne zu zögern Dich wählen, und Erzsi liebt Dich bestimmt, weil Du bist, wie Du bist, so unendlich distanziert und abgehoben, daß Du mit nichts und niemandem etwas gemeinsam hast, als wärst Du ein Fremder auf Durchreise, ein Marsbewohner auf dieser Welt, daß Du Dir nie etwas genau merken kannst, daß Du nie jemandem ernsthaft böse sein kannst, daß Du nicht hinhörst, wenn andere reden, daß Du eher nur aus gutem Willen und Höflichkeit zuweilen so tust, als wärest auch Du ein Mensch. Wie gesagt, das alles ist sehr schön, und auch ich würde es, wenn ich eine Frau wäre, außerordentlich schätzen, bloß beunruhigt mich, daß Du jetzt doch immerhin Erzsis Mann bist. Und Erzsi ist gewöhnt, daß ihr Mann in allem für sie sorgt, sie vor jedem Luftzug schützt, so daß sie an gar nichts zu denken braucht, außer an ihr Geistes- und Seelenleben und nicht zuletzt an die Körperpflege. Erzsi ist von Grund auf ein Luxusgeschöpf, sie ist dazu erzogen worden, und ich habe das respektiert – und jetzt weiß ich nicht, ob sie an Deiner Seite nicht mit Realitäten konfrontiert sein wird, die ihr Vater und ich sorglich vor ihr verhüllt haben.

Ich muß noch eine heikle Frage berühren. Ich weiß, daß Du, beziehungsweise Dein verehrter Herr Vater, in dessen Firma Du Dich betätigst, daß ihr also wohlhabende Leute seid und Deine Frau keinerlei Mangel zu leiden haben wird. Trotzdem mache ich mir manchmal Sorgen, denn ich weiß, wie verwöhnt Erzsi ist, und ich fürchte, daß ein abgehobener Mensch wie Du Erzsis Ansprüchen nicht genügend Rechnung trägt. Du selbst bist ja auf liebenswürdig bohèmehafte Art anspruchslos, Du hast immer recht solid gelebt, auf einem anderen Niveau, als Erzsi gewöhnt ist. Und jetzt muß sich der eine von Euch an den Lebensstandard des andern anpassen. Wenn sich Erzsi an den Deinen anpaßt, wird sich das früher oder später rächen, denn sie wird sich deklassiert vorkommen, sobald sie mit ihrem alten Milieu wieder in Berührung kommt. Was weiß ich: Ihr könntet in Italien einer Freundin von ihr begegnen, die die Nase rümpft, wenn sie hört, daß Ihr nicht in einem ganz erstklassigen Hotel wohnt. Die andere Möglichkeit ist die, daß Du Dich an ihren Standard anpaßt; das hingegen wird früher oder später finanzielle Konsequenzen haben, denn, verzeih, ich kenne die Belastbarkeit Eurer Firma wahrscheinlich besser als Du, der doch so abgehoben ist, und außerdem seid Ihr vier Geschwister, und Dein verehrter Herr Vater ist ja auch ein bißchen konservativ, seine Auffassungen sind doch eher streng, und er ist mehr der Verfechter des Beisammenhaltens als der Belebung des Vermögens … kurz und gut, Du bist nicht in der Lage, Erzsi ihren gewohnten Lebensstandard zu garantieren. Da mir außerordentlich daran gelegen ist, daß Erzsi alles hat, was sie braucht, bitte ich Dich sehr, mir nicht übelzunehmen, wenn ich Dir sage, daß ich im Bedarfsfall unbedingt zu Deiner Verfügung stehe, es mag auch in Form eines langfristigen Darlehens sein. Ehrlich gesagt würde ich am liebsten eine monatliche Summe aussetzen, aber ich weiß, daß das eine Unverschämtheit wäre. Doch wenigstens das muß ich Dir klarmachen: falls irgendwo Not am Mann ist, wende Dich ruhig an mich.

Sei mir bitte nicht böse. Ich bin ein schlichter Geschäftsmann, ich habe nichts anderes zu tun, als Geld zu verdienen, und Gott sei Dank tue ich das auch gründlich. Ich meine, es ist doch zulässig, wenn ich mein Geld dort ausgebe, wo ich Lust dazu habe, nicht?

Also noch einmal: nichts für ungut. Laß es Dir gutgehen, es grüßt Dich herzlich und hochachtungsvoll

Zoltán

Der Brief regte Mihály tödlich auf. Er war zutiefst angewidert von Patakis unmännlicher »Güte«, die gar keine Güte war, sondern bloß Unmännlichkeit, und wenn es doch Güte war, so war sie deswegen nicht sympathischer, denn von der Güte hielt Mihály nicht viel. Und diese Höflichkeit! Umsonst, Pataki war nach wie vor ein kleiner Kaufmann, er mochte reich sein, wie er wollte.

Doch das alles war Patakis Sache, und ebenso war es sein Problem, wenn er immer noch in Erzsi verliebt war, die sich ihm gegenüber unsäglich verhalten hatte. Nicht das regte Mihály auf, sondern die Teile des Briefes, die sich auf ihn und Erzsi bezogen.

Zuerst einmal das Finanzielle. Mihály hatte eine grenzenlose Verehrung für die »wirtschaftlichen Notwendigkeiten«. Vielleicht gerade weil er selbst so wenig Gefühl dafür besaß. Wenn jemand sagte: »Aus finanziellen Gründen bin ich gezwungen, so und so zu handeln«, verstummte er gleich, und alle Gemeinheiten schienen ihm gerechtfertigt. Gerade deshalb beunruhigte ihn jener Aspekt der Sache, der schon früher vor seinen Augen aufgetaucht war, den aber Erzsi immer scherzhaft weggewischt hatte: nämlich daß sie finanziell gesehen ein sehr schlechtes Geschäft gemacht hatte, war sie doch zuvor die Frau eines reichen Mannes gewesen; und jetzt hatte sie einen Mann aus dem bürgerlichen Mittelstand, wofür sie sich früher oder später rächen würde, was der besonnene und in finanziellen Dingen so beschlagene Pataki jetzt schon voraussah.

Plötzlich fielen ihm eine Menge Dinge ein, die bisher, auch auf der Hochzeitsreise, den Unterschied in ihrer beider Lebensstandards deutlich gemacht hatten. Da war, um gleich beim Nächstliegenden zu bleiben, das Hotel. Nachdem Mihály in Venedig und Ravenna gesehen hatte, wieviel besser Erzsi Italienisch konnte als er und wieviel geschickter sie mit den Portiers verhandelte, vor denen ihm sowieso graute, vertraute er ihr in Florenz die Hotelfrage und die sonstigen irdischen Belange an. Darauf nahm Erzsi ohne Federlesens ein Zimmer in einem alten, aber sehr teuren kleinen Hotel am Arno-Ufer, mit der Begründung, daß man, wenn man schon einmal in Florenz sei, unbedingt am Arno-Ufer wohnen müsse. Der Zimmerpreis – Mihály ahnte es dumpf, da er zum Rechnen zu faul war – stand in keinem Verhältnis zu der Summe, die sie für die Italienreise veranschlagt hatten, er war wesentlich höher als der Preis des Zimmers in Venedig, und das hatte den an Sparsamkeit gewohnten Mihály einen Augenblick lang schmerzlich durchzuckt. Doch dann hatte er dieses kleinliche Gefühl mit Widerwillen von sich gewiesen. Schließlich sind wir auf der Hochzeitsreise, hatte er zu sich gesagt und nicht mehr daran gedacht. Jetzt aber, nach der Lektüre von Patakis Brief, stand auch das wieder wie ein Symptom vor seinen Augen.

Das größte Problem hingegen stellten nicht die finanziellen Angelegenheiten dar, sondern die moralischen … Nachdem Mihály ein halbes Jahr lang mit sich gerungen hatte, war er zu dem Entschluß gelangt, daß er Erzsi, mit der er schon seit einem Jahr ein Verhältnis hatte, ihrem Mann ausspannen und heiraten würde, und dieser folgenreiche Schritt geschah, um »alles wieder gutzumachen«. Aber nicht nur deswegen, sondern auch, um mit Hilfe des Ehestandes endgültig in die Reihen der ernsten, erwachsenen Menschen aufgenommen und als gleichwertig betrachtet zu werden, zum Beispiel gleichwertig mit einem Zoltán Pataki. Deshalb hatte er sich geschworen, nach allen Kräften ein guter Ehemann zu werden. Er wollte Erzsi vergessen machen, was für einen guten Mann sie um seinetwillen verlassen hatte, und überhaupt wollte er »alles gutmachen«, bis zurück in seine Jugendzeit. Patakis Brief hatte ihn jetzt von der Aussichtslosigkeit dieses Unternehmens überzeugt. Er würde nie ein so guter Ehemann sein können wie Pataki, der seine untreue, abwesende Frau sogar über Distanzen hinweg besser und kenntnisreicher zu beschützen vermochte als er, der mit ihr hier war und sich für eine Beschützerrolle so wenig eignete, daß er auch Angelegenheiten wie die des Hotels Erzsi aufhalste, mit der höchst fadenscheinigen Begründung, daß sie besser Italienisch konnte.

Vielleicht hat Pataki recht, dachte er, vielleicht bin ich wirklich ein abgehobener, introvertierter Mensch. Das ist natürlich eine Simplifizierung, man ist nie so eindeutig definierbar, aber wahr ist schon, daß ich in den Belangen der Welt außerordentlich ungeschickt und inkompetent bin, ich bin überhaupt nicht der Mann, dessen ruhiger Verantwortung sich eine Frau überlassen kann. Und Erzsi ist eine Frau, die sich gern völlig auf jemanden verläßt, sie braucht das Gefühl, daß sie bedingungslos zu jemandem gehört: Sie ist nicht der mütterliche Typ – vielleicht hat sie deshalb keine Kinder –, sondern eine von denen, die gern das Kind ihres Geliebten sind. Mein Gott, wie unglücklich wird sie früher oder später an meiner Seite sein, da ich, scheint mir, eher noch den General als den Vater spielen könnte; das ist ein Humanum, das mir gänzlich abgeht, unter anderem. Ich ertrage es nicht, wenn jemand von mir abhängt, und wenn es auch nur ein Bediensteter ist, deshalb habe ich ja als Junggeselle immer alles allein gemacht. Ich ertrage die Verantwortung nicht, und ich beginne regelmäßig alle zu hassen, die etwas von mir erwarten ...

Das Ganze ist ein Wahnsinn, ein Wahnsinn für Erzsi, die doch mit neunundneunzig von hundert Männern besser gefahren wäre als mit mir, jeder durchschnittliche, normale Mensch wäre ein besserer Ehemann als ich, und das sehe ich jetzt nicht von meinem Standpunkt her, sondern ausschließlich von ihrem. Warum habe ich an das alles nicht gedacht, bevor ich geheiratet habe, und kann es sein, daß Erzsi, die doch so klug ist, sich die Sache nicht besser überlegt hat?

Aber Erzsi hat sie sich nicht besser überlegen können, denn sie war in mich verliebt und also gar nicht klug, sondern sie hat meine Fehler übersehen, übersieht sie offenbar heute noch. Doch das ist bloß ein Spiel der Gefühle; Erzsi ist ganz hemmungslos, mit unersättlichem Appetit will sie das Liebesglück, das sie an Patakis Seite nicht gefunden hat, aber einmal wird sie sich satt gegessen haben, solche erotischen Leidenschaften dauern ja nie sehr lang ...

Als er nach langem Umherstreifen ins Hotel zurückkehrte, war er schon überzeugt, daß ihn Erzsi eines Tages verlassen würde, und zwar nach gräßlichen Krisen und Qualen, nach üblen Männergeschichten, bei denen sie »ihren Namen durch den Schmutz ziehen« würde, wie man so sagt. Bis zu einem gewissen Grad fand er sich sogar mit dem Unvermeidlichen ab, und als sie sich zum Abendessen setzten, betrachtete er Erzsi ein bißchen wie ein schönes Stück Vergangenheit, und eine feierliche Rührung ergriff ihn. Die Vergangenheit und die Gegenwart hatten bei Mihály schon immer auf merkwürdige Art ineinandergespielt, einander gefärbt und gewürzt. Er versetzte sich gern an einen Punkt seiner Vergangenheit zurück, um aus dieser Perspektive sein gegenwärtiges Leben neu zu gruppieren, zum Beispiel: Was hätte ich mit sechzehn zu Florenz gesagt – und dieser Rückwärtsschritt verlieh dem gegenwärtigen Augenblick jedesmal einen reicheren Gefühlsgehalt. Aber es ging auch umgekehrt, indem man aus der Gegenwart die Vergangenheit machte: Was für eine schöne Erinnerung wird es in zehn Jahren sein, daß ich einmal mit Erzsi in Florenz gewesen bin … was für eine Würze wird diese Erinnerung haben, was für ein Gefühlsumfeld, wie ich es heute noch nicht einmal ahne.

Seine feierliche Anwandlung drückte sich im Bestellen eines ungeheuer festlichen Menüs und teurer Weine aus. Erzsi kannte Mihály und wußte, daß das große Essen eine große Stimmung spiegelte, und sie gab sich Mühe, auf der Höhe der Situation zu bleiben. Sie lenkte das Gespräch geschickt, stellte ein paar Fragen zur Geschichte von Florenz, da sie wußte, daß Mihály von geschichtlichen Assoziationen noch stärker und feierlicher beschwingt wurde als vom Wein, ja, daß ihn das als einziges aus seiner Gleichgültigkeit herausriß. Und tatsächlich wartete Mihály mit begeisterten, farbigen und im einzelnen unzuverlässigen Erklärungen auf, dann versuchte er mit glänzenden Augen darzulegen, was genau, welche Wunder und Ekstasen, für ihn das Wort Toskana bedeutete. Denn da sei kein Stückchen Erde, über das nicht die prächtig kostümierten Truppen der Kaiser und französischen Könige getrampelt wären, jede Böschung führe hier zu einem ganz wichtigen Ort, und auf eine einzige Florentiner Straße entfalle mehr Geschichte als zu Hause auf sieben Komitate.

Erzsi hörte ihm entzückt zu. Die Geschichtsträchtigkeit der Toskana war ihr zwar im Augenblick völlig egal, aber sie liebte Mihály sehr, wenn er so feurig wurde; sie liebte es, daß er genau in solchen Momenten des Schwelgens in der Geschichte, also wenn er vom Hier und Jetzt am entferntesten war, seine Gleichgültigkeit abwarf und menschlich wurde. Erzsis Sympathie ging bald in stärkere Gefühle über, und sie dachte freudig an die zu erwartende Fortsetzung des Abends, um so mehr, als Mihály am vorangegangenen Abend schlechter Laune gewesen und gleich eingeschlafen war, oder jedenfalls so getan hatte.

Sie wußte, daß sie Mihálys feurige Stimmung mit Leichtigkeit von der Geschichte auf sich lenken konnte. Es genügte, die Hand auf seine Hand zu legen und ihm stark in die Augen zu blicken, und Mihály vergaß die Toskana, und sein vom Wein gerötetes Gesicht wurde von plötzlichem Verlangen ganz blaß. Danach begann er Erzsi den Hof zu machen und ihr zu schmeicheln, als kämpfe er zum ersten Mal um ihre Liebe.

Wie sonderbar, dachte Erzsi, nach einem Jahr der Intimität macht er mir immer noch auf eine Art den Hof, mit solcher innerer Unruhe, als wäre er unsicher, ob ich ihn erhöre. Ja, je mehr er mich begehrt, um so distanzierter und gewählter macht er mir den Hof, schmückt damit gewissermaßen das Begehren, erweist ihm die gebührende Ehre – und die größte Nähe, die Nähe der Körper, bringt ihn auch nicht näher. Er vermag mich nur zu lieben, wenn er eine Entfernung zwischen uns spürt.

Genauso war es. Mihálys Begehren galt der fernen Erzsi, jener, die ihn einmal verlassen würde und die eher nur noch als schöne Erinnerung in ihm lebte. Deshalb trank er auch so viel, um diese Stimmung zu bewahren, um sich glauben zu machen, er sei nicht mit Erzsi zusammen, sondern mit der Erinnerung an sie, mit Erzsi als Geschichte.

Doch inzwischen hatte auch Erzsi getrunken, und auf sie wirkte der Wein immer stark, sie wurde laut, fröhlich und sehr ungeduldig. Für Mihály war das ziemlich neu, denn vor ihrer Heirat hatte sie wenig Gelegenheit gehabt, sich in der Öffentlichkeit so ungehemmt zu geben. Mihály fand diese Erzsi höchst anziehend, und beide beeilten sich, ins Hotelzimmer zu kommen.

In dieser Nacht, da Erzsi eine neue Erzsi darstellte und gleichzeitig eine geschichtliche Figur, und da er von der Erinnerung an die Ulpius und von Patakis Brief erschüttert war, vergaß Mihály ein früheres Gelübde und führte in sein Eheleben Elemente ein, die er von Erzsi immer hatte fernhalten wollen. Wir denken dabei an die unter Burschen und jungfräulichen Mädchen beliebte Methode, mit der man über einen Umweg und ohne jegliche Verantwortung zum Genuß kommen kann. Es gibt Menschen, so etwa Mihály, die diesen verantwortungsfreien Genuß lieber haben als die ernsthaften, sozusagen offiziellen Wonnen. Wobei sich Mihály für diese Neigung maßlos schämte, denn das Unreife, das Halbwüchsige daran war ihm klar, und als er mit Erzsis durchaus ernsthafter, erwachsener Liebe in Berührung gekommen war, hatte er sich geschworen, mit ihr immer in den offiziellen Formen der Liebe zu verkehren, so wie es zwei erwachsenen Liebenden geziemt.

Diese Nacht in Florenz war die erste Ausnahme. Erzsi akzeptierte und erwiderte gern Mihálys ungewohnte Zärtlichkeiten, sie verstand die Sache nicht, und danach verstand sie nicht, warum er so unsäglich verdrossen war und sich schämte.

»Warum denn?« fragte sie. »Es war doch auch so sehr gut, und überhaupt liebe ich dich.«

Darauf schlief sie ein. Jetzt konnte Mihály lange nicht einschlafen. Er hatte das Gefühl, nun habe er endgültig und faktisch das Scheitern und den Zusammenbruch seiner Ehe anerkannt. Es war klar, er vermochte nicht einmal in der Ehe erwachsen zu sein, und das Gräßlichste war, daß ihm Erzsi noch nie einen solchen Genuß verschafft hatte wie jetzt, da er sie nicht wie eine reife, leidenschaftliche Frau geliebt hatte, sondern wie ein unentwickeltes junges Mädchen auf einem Frühlingsausflug.

Und so stand Mihály wieder aus dem Bett auf. Nachdem er sich überzeugt hatte, daß Erzsi schlief, trat er zum Toilettentisch, auf dem ihre Handtasche lag. Er suchte darin die Schecks – denn Erzsi war die Geldverwalterin. Er fand die beiden von der ungarischen Nationalbank ausgestellten Lira-Schecks, beide auf den gleichen Lira-Betrag lautend, einer auf seinen Namen, einer auf den Namen von Erzsi. Er nahm seinen Scheck heraus, schmuggelte an dessen Stelle ein Stück Papier gleichen Formats, verstaute den Scheck in seiner Brieftasche und legte sich wieder ins Bett.

6

Am nächsten Morgen reisten sie nach Rom weiter. Der Zug rollte aus Florenz hinaus und war mitten in der toskanischen Landschaft, zwischen grünen, frühlingshaften Hügeln. Er kam langsam voran, hielt an jeder Station zehn Minuten, die Reisenden stiegen aus und schwangen sich, wenn er anfuhr, mit südländischer Unbekümmertheit wieder aufs Trittbrett, wobei sie redeten und lachten.

»Schau«, sagte Mihály, »wieviel mehr Dinge man hier sieht, wenn man zum Fenster hinausblickt, als in einem anderen Land. Ich weiß nicht, wie sie das machen, entweder ist der Horizont weiter oder die Gegenstände sind kleiner, aber ich würde wetten, daß man hier fünfmal mehr Dörfer, Städte, Wälder, Flüsse, Himmel und Wolken sieht, als wenn man zum Beispiel in Österreich zum Fenster hinausschaut.«

»Stimmt«, sagte Erzsi. Sie war schläfrig, und Mihálys Italienschwärmerei ging ihr allmählich auf die Nerven. »Trotzdem ist Österreich schöner. Wir hätten dahin fahren sollen.«

»Nach Österreich?!« rief Mihály. Er war so beleidigt, daß er gar nicht weiterreden mochte.

»Steck deinen Paß ein«, sagte Erzsi. »Du hast ihn schon wieder auf dem Tischchen liegenlassen.«

Mihály blickte auf die toskanischen Hügelsiedlungen hinaus, und er hatte das Gefühl, einst schon viele solcher Orte gesehen zu haben, so daß er jetzt das Glück des Wiedersehens spürte.

»Warum habe ich das Gefühl, ich hätte einen Teil meiner Jugend in solchen Hügelstädten verbracht, sag?«

Aber Erzsi mochte nicht darauf eingehen.

»Mir ist diese Reiserei verleidet«, sagte sie. »Ich wünschte, wir wären schon in Capri. Dort könnte ich mich ausruhen.«

»Ach was, Capri! Es wäre viel interessanter, hier unterwegs auszusteigen. Ganz programmwidrig. Die nächste Station ist zum Beispiel Arezzo. Arezzo! Phantastisch, daß es Arezzo tatsächlich gibt und nicht einfach eine Erfindung von Dante ist, der die Turner von Arezzo mit Teufeln vergleicht, die aus ihren Hinterteilen Trompeten machen. Komm, laß uns in Arezzo aussteigen.«

»Was denn sonst noch? Ich soll aussteigen, weil Dante solche Schweinereien schreibt? Arezzo ist ein staubiges Kaff, bestimmt gibt es einen Dom aus dem 13. Jahrhundert, einen Palazzo Comunale, an jeder Ecke ein Bild des Duce mit den entsprechenden nationalistischen Aufschriften, viele Cafés und ein Hotel, das Stella d'Italia heißt. Ich bin nicht neugierig darauf. Es ist mit verleidet. Ich wäre gern schon in Capri.«

»Interessant. Vielleicht weil du schon oft in Italien gewesen bist, fällst du vor einem Bild des Fra Angelico oder einem Bel-Paese-Käse nicht in Ohnmacht. Ich hingegen habe noch das Gefühl, an jeder Station, an der ich nicht aussteige, eine Todsünde zu begehen. Es gibt nichts Frivoleres, als mit der Bahn zu reisen. Zu Fuß müßte man reisen, oder zumindest mit der Postkutsche wie Goethe. Es ist grauenvoll, daß ich in der Toskana war und doch nicht war. Daß ich an Arezzo vorbeigefahren bin und daß da irgendwo Siena ist und ich nicht hingegangen bin. Wer weiß, ob ich je noch nach Siena kommen werde, wenn ich jetzt nicht hinfahre?«

»Na und. Zu Hause hast du nie verraten, daß du ein solcher Snob bist. Was macht es schon, daß du die Primitiven von Siena nicht gesehen hast?«

»Wer redet von den Primitiven?«

»Was willst du dann in Siena?«

»Weiß ich doch nicht. Wenn ich es wüßte, würde es mich vielleicht gar nicht mehr hinziehen. Aber wenn ich das Wort ausspreche, Siena, so habe ich das Gefühl, ich könnte dort etwas sehen, wovon alles in Ordnung käme.«

»Du spinnst, das ist das Problem.«

»Kann sein. Hungrig bin ich auch. Hast du etwas da?«

»Mihály, es ist fürchterlich, was du zusammenißt, seit wir in Italien sind. Wir haben doch erst gefrühstückt.«

Der Zug hielt an einem Ort namens Terontola.

»Ich steige hier aus und trinke einen Kaffee.«

»Tu das nicht. Du bist kein Italiener. Du verpaßt noch den Zug.«

»Ach woher, er steht doch an jeder Station eine Viertelstunde. Servus, Lebwohl.«

»Servus, Quatschkopf. Schreib mir dann.«

Mihály stieg aus, bestellte den Kaffee, und während die Espressomaschine das vortreffliche heiße Getränk tropfenweise aus sich herauskeuchte, begann er mit einem Einheimischen ein Gespräch über die Sehenswürdigkeiten von Perugia. Dann trank er seinen Kaffee.

»Kommen Sie rasch«, sagte der Einheimische, »der Zug fährt schon.«

Tatsächlich, als sie auf den Bahnsteig traten, war die Hälfte des Zugs schon aus der Station hinausgefahren, er konnte sich gerade noch auf den letzten Wagen schwingen. Es war ein altmodischer Drittklasswagen ohne Gang, jedes Abteil separat.

Macht nichts, an der nächsten Station laufe ich nach vorn, dachte er.

»Fahren Sie zum ersten Mal nach Perugia?« fragte der freundliche Einheimische.

»Nach Perugia? Ich fahre nicht nach Perugia. Leider nicht.«

»Dann fahren Sie bestimmt nach Ancona weiter. Das ist schade. Steigen Sie lieber in Perugia aus; das ist eine ganz alte Stadt.«

»Aber ich fahre doch nach Rom«, sagte Mihály.

»Nach Rom? Der Herr belieben zu scherzen.«

»Was tue ich?« fragte Mihály, weil er dachte, er habe ein italienisches Wort falsch verstanden.

»Sie scherzen«, rief der Italiener. »Dieser Zug fährt nicht nach Rom. Na, Sie sind ein ganz Lustiger«, sagte er mit dem entsprechenden italienischen Ausdruck.

»Aber warum sollte dieser Zug nicht nach Rom fahren? Ich bin in Florenz eingestiegen, zusammen mit meiner Frau, es stand angeschrieben, daß er nach Rom fährt.«

»Aber das ist doch nicht der Zug«, sagte der Italiener so freudig, als hörte er den besten Witz seines Lebens. »Der Zug nach Rom ist vorhin schon abgefahren. Das ist der Zug nach Perugia und Ancona. Ganz großartig! Und die Signora reist seelenruhig nach Rom weiter!«

»Toll«, sagte Mihály und blickte ratlos zum Fenster hinaus, auf den Lago di Trasimeno, ob da vielleicht eine Lösung gerudert käme.

Als er in der Nacht seinen Scheck und seinen Paß an sich genommen hatte, war es im – natürlich nicht ganz ernstgemeinten – Gedanken gewesen, sie könnten sich unterwegs irgendwie verlieren. Als er in Terontola ausgestiegen war, hatte ihn der Gedanke wieder gestreift, er könne Erzsi doch allein weiterfahren lassen. Jetzt aber, da das tatsächlich geschehen war, fühlte er sich verunsichert und überrascht. Aber immerhin – es war geschehen!

»Und was machen Sie jetzt?« fragte der Italiener.

»Ich steige an der nächsten Station aus.«

»Aber das ist ein Schnellzug. Bis Perugia hält der nicht.«

»Dann steige ich eben in Perugia aus.«

»Na sehen Sie, ich hab's doch gleich gesagt, daß Sie nach Perugia fahren. Macht nichts, es lohnt sich. Eine ganz alte Stadt. Und schauen Sie sich auch die Umgebung an.«

»Gut«, sagte Mihály, »fahre ich eben nach Perugia.« Doch was fängt Erzsi an? Wahrscheinlich fährt sie weiter nach Rom und wartet dort auf den nächsten Zug. Aber möglicherweise steigt sie schon an der nächsten Station aus. Vielleicht fährt sie nach Terontola zurück. Auch da wird sie mich nicht finden. Es wird ihr kaum in den Sinn kommen, ich könnte nach Perugia gefahren sein.

Ja, das würde ihr schwerlich in den Sinn kommen. Wenn er jetzt in Perugia ausstieg, würde ihn ein, zwei Tage lang garantiert niemand finden. Oder noch länger nicht, wenn er nicht in Perugia blieb, sondern auf einer unwahrscheinlichen Strecke weiterzog.

Zum Glück habe ich den Paß. Und das Gepäck? Ich kaufe mir dann ein paar Hemden und solche Sachen, Unterwäsche ist in Italien billig und gut, ich wollte sowieso welche kaufen. Und das Geld … wie stehen wir eigentlich mit dem Geld?

Er nahm seine Brieftasche hervor und fand darin den Scheck der ungarischen Nationalbank.

Stimmt ja, letzte Nacht … Ich will den Scheck dann in Perugia einlösen, bestimmt gibt es dort eine Bank, die ihn akzeptiert. Ja genau.

Er zog sich in eine Ecke zurück und schlief tief ein. Der freundliche Italiener weckte ihn, als sie in Perugia ankamen.

Zweiter Teil

Der Flüchtige

> *Tiger, tiger burning bright*
> *In the forests of the night ...*
> William Blake

I

Das weite umbrische Land, wo auf einer Felsplatte Perugia liegt und etwas weiter südöstlich das imposante, an den Subasio gelehnte weiße Assisi, bedeckte sich innerhalb weniger Tage mit Blumen. Allerlei blühende Obstbäume verbreiteten den durchdringenden Jubel der Jahreszeit, dazu kamen Maulbeerbäume mit seltsam gewundenen Ästen, blasse, abgedämpft grüne Olivenbäume und die großen Bäume mit den lila Blüten, deren Namen niemand zu sagen wußte. Tagsüber konnte sich der Spaziergänger in Hemdsärmeln ergehen, die Nächte waren noch kühl, aber nicht auf unangenehme Art. Mihály gelangte, von Spello kommend, zu Fuß nach Assisi, stieg auf den höchsten Punkt der Stadt, auf die Rocca hinauf, hörte sich die geschichtlichen Erläuterungen eines schönen und klugen italienischen Bübchens an, setzte sich auf eine Mauer der uralten Burgruine, betrachtete stundenlang die umbrische Landschaft und war glücklich.

Umbrien ist ganz anders als die Toskana, dachte er, bäuerlicher, archaischer, heiliger und vielleicht auch einen Hauch abweisender.

Franziskanererde. Alles Hügelstädte. Bei uns hat man immer in die Täler gebaut, an den Fuß der Berge, hier hingegen sind alle Städte oben. Was für ein urzeitlicher Feind spukte wohl durch die Nerven der Gründer, vor was für einem Grauen flohen sie immer in die Höhe, in den Schutz steiler Felsen? Wo sich ein Hügel erhebt, da ist gleich eine Stadt gebaut worden.

Denn alle Orte sind Städte. Spello wäre zum Beispiel zu Hause ein armseliges Dorf, hier ist es eine richtige Stadt, mit Kathedrale und Café, viel mehr Stadt als etwa Szolnok oder Hatvan. Und bestimmt ist es der Geburtsort eines großen Malers, oder eine wichtige Schlacht ist in der Nähe verloren worden.

Die italienische Landschaft ist nicht so ausschließlich freundlich, so ausschließlich süß, wie ich mir das vorgestellt habe. Hier in Umbrien nicht. Da ist etwas Karges, etwas Dunkles und Rauhes, so wie der Lorbeerbaum – und genau dieses rauhe Italien ist anziehend. Vielleicht machen es die großen, kahlen Berge aus. Ich hätte nie gedacht, daß es in Italien so viele hohe, kahle Berge gibt. Auf dem Subasio liegt noch in Flecken der Schnee.

Er brach einen Zweig von dem Baum, dessen Namen er nicht kannte, und ging fröhlich und blumengeschmückt in die Stadt. Auf der Piazza, gegenüber dem Minervatempel, dem ersten antiken Tempel, den Goethe auf seiner italienischen Reise gesehen hat, setzte er sich vor ein kleines Café, bestellte einen Wermut und fragte das Servierfräulein, wie dieser Baum heiße.

»Sassifraga«, sagte das Fräulein nach einigem Zögern lispelnd. »Sassifraga«, wiederholte sie unsicher. »Jedenfalls bei uns oben, in Mailand, nennt man ihn so. Aber hier heißt ja alles anders«, fügte sie verächtlich hinzu.

Sassifraga, Quatsch, dachte Mihály. Sassifraga ist wahrscheinlich die Alpenrose. Sagen wir, das sei der Judasbaum.

Aber abgesehen davon fühlte er sich sehr wohl. Das umbrische Land verströmte Glück, ein bescheidenes, franziskanisches Glück. Wie im Traum so oft, hatte er auch jetzt das Gefühl, daß die wichtigen Dinge nicht hier geschahen, sondern anderswo, vielleicht dort oben, in Mailand, wo das lispelnde Fräulein als traurige Verbannte herkam. Oder dort, wo Erzsi war. Doch jetzt erfüllte ihn auch das mit einem Glücksgefühl, daß er nicht dort sein mußte, wo die wichtigen Dinge stattfanden, sondern ganz anderswo, hinter den sieben Bergen.

Als er nach Assisi gekommen war, hatte er gehofft, hier würde er vielleicht Ervin finden. Schließlich hatten sie in der Jugend, zu Ervins »Regierungszeit«, alles gelesen, was den großen Heiligen von Assisi betraf. Bestimmt war Ervin Franziskaner geworden. Doch er fand ihn nicht, und die Franziskanerkirchen vermochten die jugendzeitliche Ehrfurcht nicht heraufzubeschwören, nicht einmal Santa Maria degli Angeli mit der Cappella del Transito, wo der Heilige gestorben war. Mihály blieb nicht über Nacht, denn er befürchtete, man würde ihn in einem so touristischen Ort eher finden. Er reiste weiter und kam am Abend in Spoleto an.

Beim Abendessen fand er den Wein gar nicht gut, diese italienischen Rotweine haben die Tendenz, nach Spiritus zu schmekken oder nach Zwiebeln zu riechen, weiß Gott warum, wenn sie doch bei anderer Gelegenheit genauso unbegründet vortrefflich sind. Er verdüsterte sich noch mehr, als er beim Zahlen feststellen mußte, daß das in Perugia aufgenommene Geld aller Sparsamkeit zum Trotz nicht weit reichen würde, und was dann, das wußte er nicht. Die Außenwelt, die er in Perugia und der umbrischen Weite so leicht und gern vergessen hatte, begann zurückzusickern.

Er nahm in einem billigen Albergo ein billiges Zimmer – eine große Auswahl gab es in diesem kleinen Ort sowieso nicht –, und machte noch einen Spaziergang. Der Mond war von Wolken verdeckt, es war dunkel, und die Gassen der schwarzen Stadt verengten sich bedrohlich um ihn, statt ihn zu umarmen wie die rosaroten Gäßchen Venedigs. Irgendwie gelangte er in einen Teil der Stadt, wo es immer dunkler und enger wurde, die Freitreppen führten zu immer mehrdeutigeren Türen, Menschen sah man keine mehr, verirrt hatte er sich auch, und da merkte er plötzlich, daß ihm jemand folgte.

Er drehte sich um: Der Betreffende kam gerade um die Ecke, eine hochgewachsene, dunkel gekleidete Gestalt. Mihály wurde von unsäglicher Angst ergriffen, und er rannte plötzlich in ein Gäßchen hinein, das noch dunkler und schmaler war als die bisherigen.

Und es war eine Sackgasse, Mihály mußte umkehren, und da stand der Unbekannte schon am Eingang der Gasse. Mihály ging zögernd auf ihn zu und blieb dann entsetzt stehen, als er den Fremden besser sah. Dieser trug einen kurzen, rundgeschnittenen schwarzen Paletot, wie sie im vorigen Jahrhundert Mode gewesen waren, darüber einen weißen Seidenschal und auf seinem alten, über und über runzeligen, weichen, bartlosen Gesicht ein höchst sonderbares Lächeln. Er breitete die Arme aus und schrie mit Fistelstimme:

»Zacomo!« oder so was Ähnliches.

»Bin ich nicht«, sagte Mihály, und das sah der Fremde auch ein, worauf er sich nach heftigen Bitten um Entschuldigung entfernte. Das höchst sonderbare Lächeln auf dem Gesicht des Alten war, wie Mihály jetzt sah, ganz einfach nur idiotisch.

Doch daß sein Abenteuer auf einer gänzlich unbegründeten Angst beruht und einigermaßen komisch geendet hatte, beruhigte ihn nicht. Im Gegenteil, da er in allem ein Symbol zu sehen pflegte, schloß er auch aus dieser dummen Episode, daß man ihn verfolgte. In panischer Angst suchte er den Weg ins Hotel zurück, stürzte in sein Zimmer hinauf, schloß die Tür ab und schob eine Truhe davor. Auch so war das Zimmer noch beängstigend. Erstens war es zu groß für einen einzigen Menschen, zweitens hatte sich Mihály noch nicht damit anfreunden können, daß in Italien die Zimmer kleiner Hotels einen Steinfußboden haben – er fühlte sich wie ein Kind, das man in die Küche verbannt hat, eine so schreckliche Strafe, daß sie ihm gar nie auferlegt worden war. Drittens stand das Hotel am Rand des Bergstädtchens, und unter dem Fenster fiel die Felswand über zweihundert Meter ab. Und völlig unbegreiflicherweise gab es neben dem Fenster auch noch eine Glastür. Irgendwann war davor vielleicht ein Balkon gewesen, aber den hatte man wohl schon längst abgebrochen, oder er war in dumpfer Gleichgültigkeit von selbst in die Tiefe gestürzt, und so war nur noch die Tür da, und sie ging ins Leere, zweihundert Meter über dem Abgrund. Für Selbstmordkandidaten hätte das Zimmer den sicheren Tod bedeutet, dieser Tür hätten sie nicht widerstanden. Und zu alldem hing an den unermeßlichen Wänden nur ein einziges Bild, das aus irgendeiner Illustrierten stammte und eine stockhäßliche Frau darstellte, die nach der Mode der Jahrhundertwende gekleidet war und einen Revolver in der Hand hielt.

Mihály stellte fest, daß er auch schon in behaglicherer Umgebung geschlafen hatte, aber noch mehr als die Umgebung beunruhigte ihn die Tatsache, daß sein Paß unten lag, bei dem abweisenden und gleichzeitig duckmäuserisch wirkenden Hotelwirt, der auf Mihálys schlauen Vorschlag, er wolle das Anmeldeformular selbst ausfüllen, da doch sein Paß in einer unverständlichen Sprache geschrieben sei, nicht eingegangen war. Der Wirt bestand darauf, daß der Paß für die Dauer von Mihálys Aufenthalt bei ihm blieb. Offenbar hatte er so seine Erfahrungen. Überhaupt war das Hotel von der Art, daß man annehmen konnte, sein Wirt habe schon einiges erlebt. Tagsüber kamen wahrscheinlich lauter heruntergekommene Vertreter hierher, nachts spielten in der Sala da pranzo genannten, nach Küche riechenden Räumlichkeit die Geister von Pferdedieben unter Gelächter Karten …

Aber wie auch immer, der Paß war in jedem Fall eine Waffe gegen Mihály, dessen Name auf diese Art den Verfolgern preisgegeben war, und zu fliehen und den Paß zurückzulassen wäre genauso unangenehm gewesen wie in Unterhosen davonzurennen, wie man es im Traum oft tut. Mihály legte sich beklommen in das zweifelhaft saubere Bett, er schlief nicht viel, Schlaf, halbwacher Zustand und benommenes Wachsein vereinheitlichten sich zu dem Gefühl, daß man ihm auf den Fersen war.

Am frühen Morgen stand er auf, schlich hinunter, trommelte nach langem Kampf den Wirt heraus, bezahlte die Rechnung, bekam seinen Paß zurück und lief zum Bahnhof. Ein schläfriges Fräulein machte ihm an der Bar einen Kaffee, nach einer Weile trafen schläfrige italienische Arbeiter ein. Mihálys Beklommenheit wollte nicht aufhören. Dauernd fürchtete er, erwischt zu werden, jede nach Soldat oder Polizist aussehende Erscheinung war ihm suspekt, die ganze Zeit, bis endlich der Zug kam. Er atmete auf und wollte gerade seine Zigarette wegwerfen und einsteigen.

Da trat ein ganz junger und auffällig gutaussehender kleiner Faschist zu ihm und bat ihn um Feuer, bevor er die Zigarette wegwarf.

»Ecco«, sagte Mihály und hielt ihm die Zigarette hin. Er dachte nichts Böses. Und überhaupt stand ja der Zug schon da.

»Sie sind Ausländer«, sagte der kleine Faschist. »Ich habe das daran gehört, wie Sie ›ecco‹ gesagt haben. Ich habe ein gutes Ohr.«

»Bravo«, sagte Mihály.

»Sie sind Ungar!« sagte der kleine Faschist strahlend.

»Si, si«, sagte Mihály lächelnd.

In diesem Augenblick packte ihn der Faschist am Arm, mit einer Kraft, die Mihály diesem Männchen nicht zugetraut hätte.

»Ha! Sie sind der Herr, der in ganz Italien gesucht wird! Ecco! Hier ist ein Bild von Ihnen!« sagte er und holte mit der anderen Hand ein Papier hervor. »Ihre Frau sucht Sie.«

Mihály riß seinen Arm los, zog eine Visitenkarte heraus, kritzelte rasch darauf: *Es geht mir gut, sucht mich nicht,* und gab sie zusammen mit einem Zehn-Lire-Stück dem jungen Mann.

»Ecco! Schicken Sie dieses Telegramm an meine Frau. Arrivederci!«

Wieder riß er sich von dem Faschisten los, der ihn wiederum gepackt hatte, sprang auf den anfahrenden Zug auf und warf hinter sich die Tür zu.

Der Zug fuhr nach Norcia, in die Berge. Als er ausstieg, standen die Monti Sibillini mit ihren mehr als zweitausend Metern hohen Gipfeln vor ihm und rechts der Gran Sasso, der höchste Berg Italiens.

Mihály wurde von seiner Angst auf die Berge hinaufgetrieben, so wie einst die italienischen Stadtgründer. Dort oben in Eis und Schnee würde man ihn nicht finden. Jetzt dachte er nicht mehr an Erzsi, ja, er hatte sogar das Gefühl, er habe sie, was sie persönlich betraf, mit seinem Telegramm raffiniert außer Gefecht gesetzt. Doch Erzsi war nur eine unter vielen, und er wurde gar nicht so sehr von Menschen verfolgt wie von den Institutionen und dem schrecklichen Terrortrupp der vergangenen Jahre.

Denn was war in den letzten fünfzehn Jahren sein Leben gewesen? Er hatte zu Hause und im Ausland das Handwerk erlernt, nicht sein Handwerk, sondern das seines Vaters und der Firma, ein Handwerk, das ihn nicht interessierte, dann trat er in die Firma ein, dann versuchte er sich mit den Vergnügungen, die einem Firmenmitglied ziemten, Skilaufen, Autofahren und Bridge, dann gab er sich alle Mühe, in standesgemäße Liebesaffären verwickelt zu werden, und schließlich fand er Erzsi, dank der man in der besseren Gesellschaft so viel von ihm redete, wie einem jungen Mitglied einer vornehmen Firma an Klatsch zustand, und am Ende heiratete er auch noch diese schöne, kluge, reiche Frau, die sich ja bereits einen Namen gemacht hatte, indem sie mit ihm verbandelt gewesen war. Wer weiß, vielleicht noch ein Jahr, und er würde tat-

sächlich ein Glied der Firma, eingegliedert in die Verhältnisse, so
wie man von N. N., der zufällig Ingenieur ist, zum Ingenieur
wird, der zufällig N. N. heißt.

Er machte sich ans Besteigen des Bergs. Strich um kleine Berg-
dörfer herum, sah, daß sich die Einwohner beruhigend verhielten,
daß ihn niemand verfolgte. Er war einfach der verrückte Tourist.
Doch wenn ihm jemand Gutbügerlicher am dritten oder vierten
Tag seines Umherstreunens begegnet wäre, hätte er ihn bestimmt
nicht für einen Touristen gehalten, sondern bloß für einen Verrückten. Er rasierte sich nicht mehr, wusch sich nicht, zog sich
zum Schlafen nicht aus, war immer nur auf der Flucht. Und auch
in seinem Inneren geriet alles durcheinander, hier im kargen, un-
barmherzigen Gebirge, in der Menschenleere und Verlassenheit.
Nicht die leiseste Andeutung eines Ziels tauchte in seinem Bewußtsein auf, er wußte nur, daß es kein Zurück gab. Die vielen
ihn verfolgenden Personen und Dinge, die Jahre und die Institutionen, wurden in seinem zu Visionen neigenden Hirn zu kon-
kreten Ungeheuern, die väterliche Fabrik sah er als riesiges, zum
Schlag erhobenes Stahlrohr, aber er vermochte auch sein eigenes
Altwerden zu sehen, die langsamen, aber sichtbaren Vorgänge in
seinem Körper, er sah seine Haut verschrumpeln, im Tempo des
großen Zeigers einer Uhr. Das waren bereits die Symptome eines
Nervenfiebers.

Später stellten die Ärzte fest, daß das Nervenfieber von Erschöp-
fung verursacht war. Kein Wunder, schließlich hatte sich Mihály
fünfzehn Jahre lang überanstrengt. Damit, daß er versuchte, anders
zu sein, als er war, daß er nie nach seinen eigenen Neigungen lebte,
sondern so, wie man es von ihm erwartete. Seine letzte und hel-
denhafteste Anstrengung war die Heirat gewesen. Danach führten
die Aufregungen der Reise und der wundersame Lockerungs-
prozeß, den die italienische Landschaft in ihm auslöste, sowie die
Tatsache, daß er praktisch die ganze Zeit trank und sich nie aus-
schlief, den Zusammenbruch herbei. Und vor allem: Solange man
in Bewegung ist, merkt man nicht, wie müde man ist, sondern erst,
wenn man sich hinsetzt. Auch über Mihály war die in den vergangenen fünfzehn Jahren aufgestaute Müdigkeit erst gekommen, als

er in Terontola willenlos, aber nicht unabsichtlich den falschen Zug genommen hatte, den Zug, der ihn von Erzsi immer weiter entfernte, auf das Alleinsein und Bei-sich-selbst-Sein zu.

An einem der Abende gelangte er zu einer größeren Ortschaft. Zu dem Zeitpunkt war er schon in einem so irrealen Seelenzustand, daß er sich nach dem Namen der Stadt gar nicht mehr erkundigte, um so weniger, als er am Mittag desselben Tags festgestellt hatte, daß ihm kein einziges italienisches Wort einfiel. So brauchen auch wir den Namen des Städtchens nicht zu notieren. Auf der Piazza stand ein ganz nett aussehender Albergo, da kehrte er ein und aß mit gutem, normalem Appetit zu Abend, Gnocchi mit Tomatensauce, Ziegenkäse aus der Gegend, Orangen und Weißwein. Doch als er zahlen wollte, kam es ihm so vor, als betrachte ihn die Wirtstochter mißtrauisch und flüstere mit den beiden Leuten, die außer ihm noch im Saal saßen. Sofort rannte er weg und streifte unruhig durch eine Art Macchia auf den Hängen hinter der Stadt, doch wegen des starken Winds konnte er da nicht bleiben, und so stieg er über einen Steilhang hinunter.

Er gelangte in ein tiefes Tal, wie ein Brunnen war es, und hier wehte der Wind zwar nicht, aber das Gelände war so eng und dunkel und öde, daß er nicht erstaunt gewesen wäre, wenn er auf menschliches Gebein und dazwischen auf eine Königskrone oder sonst auf ein blutbeflecktes Symbol vergangener Macht und alter Tragödie gestoßen wäre. Schon in seinem normalen Seelenzustand war er für die Stimmung von Landschaften äußerst empfänglich, und jetzt war er es noch zehnmal mehr. Er rannte entsetzt aus dem Tal hinaus, schon mehr oder weniger erschöpft. Eine leichte Steigung führte auf einen kleinen Hügel. Oben angekommen, blieb er an einem niedrigen Mäuerchen stehen. Hier schien die Gegend lieblich und einladend. Er kletterte über das Mäuerchen, und soweit er im schwachen Licht der Sterne sehen konnte, befand er sich in einem Garten mit schönen Zypressen. Ein kleiner Erdhaufen zu seinen Füßen bot sich als natürliches Kissen an. Er legte sich hin und schlief sofort ein.

Später wurde das Sternenlicht viel stärker, so stark, als wäre das Himmelsgewölbe von einer ungewohnten Unruhe ergriffen, und

Mihály erwachte. Er richtete sich auf und blickte in dem ungeheuren Sternenlicht unsicher um sich. Hinter einer Zypresse trat Tamás hervor, bleich und schlecht gelaunt.

»Ich muß nach Hause«, sagte er, »ich kann in diesem wahnsinnigen Licht nicht schlafen.« Darauf ging er weg, und Mihály wollte ihm nachlaufen, konnte aber nicht aufstehen, so sehr er es auch versuchte.

In der Morgenfrühe wachte er auf, es war kalt und schon fast hell, und er blickte in dem Garten schläfrig um sich. Unter den Zypressen standen allerlei Kreuze: Er war auf den Camposanto geraten, den Friedhof des Städtchens. Das wäre an sich zwar noch nichts Schreckliches gewesen; die Städte der italienischen Toten sind vielleicht noch freundlicher und einladender als die der Lebenden, sowohl tagsüber als auch im Mondlicht. Aber für Mihály hatte auch das eine gräßliche symbolische Bedeutung. Wieder lief er fluchtartig davon, und in dem Augenblick, kann man sagen, brach seine Krankheit aus. Was danach mit ihm geschah, wußte er später nicht mehr.

Am vierten, fünften oder sechsten Tag überraschte ihn die Abenddämmerung auf einem Berghang. Die rosaroten und goldenen Farbtöne des Sonnenuntergangs ergriffen ihn auch jetzt, in seinem fiebrigen Zustand, ja, vielleicht jetzt noch mehr als normalerweise; denn in seinem normalen Zustand hätte er sich geschämt, von den altgewohnten, ziellosen Himmelsfarben so hingerissen zu sein. Als die Sonne hinter dem Berg verschwunden war, hatte er plötzlich die wahnhafte Idee, er müsse auf einen Felsen klettern, um von dort oben die Sonne noch eine Weile zu sehen. Doch seine ungeschickten Hände griffen daneben, er rutschte in den Straßengraben und hatte nicht mehr die Kraft aufzustehen. Er blieb dort liegen.

Zum Glück kamen gegen Morgen Hausierer mit ihren Maultieren des Wegs, sie sahen im Mondlicht die liegende Gestalt, erkannten in ihr den vornehmen Fremden und brachten ihn mit respektvoller Anteilnahme ins Dorf hinunter. Darauf wurde er von den Behörden umständlich weiterspediert, bis zum Krankenhaus von Foligno. Wie gesagt, von dem allem wußte er nichts.

Als er zu sich kam, konnte er noch immer kein Wort Italienisch. Er stellte der Krankenschwester auf ungarisch und mit müder, erschrockener Stimme die übliche Fragen, wo bin ich, wie bin ich hierhergekommen. Die Krankenschwester konnte zwar nicht antworten, aber er begriff auch so – es war ja auch nicht schwer –, daß er im Krankenhaus war. Dann erinnerte er sich, wie komisch er sich in den Bergen gefühlt hatte, und er beruhigte sich. Nur daß er gern gewußt hätte, was ihm fehlte. Schmerzen hatte er nicht, er war nur sehr schwach und müde.

Zum Glück gab es im Krankenhaus einen Arzt, der halb Engländer war, den holte man herbei. Mihály hatte längere Zeit in England gelebt, und die englische Sprache war ihm so sehr ins Blut übergegangen, daß er sie auch jetzt nicht vergessen hatte. Sie verständigten sich bestens.

»Ihnen fehlt nichts«, sagte der Arzt, »abgesehen davon, daß Sie vollkommen erschöpft sind. Wie haben Sie das fertiggebracht?«

»Ich?« fragte Mihály erstaunt. »Ich habe nichts gemacht. Ich habe gelebt.«

Und er schlief ein.

Als er aufwachte, fühlte er sich viel besser. Der englische Arzt kam wieder zu ihm, untersuchte ihn und wiederholte, es fehle ihm nichts, er könne in ein paar Tagen aufstehen.

Der Arzt kam oft zu Mihály, um mit ihm zu plaudern, denn er fand ihn interessant. Und er hätte gern gewußt, was ihn so ermüdet hatte. Allmählich fiel ihm auf, daß Mihály von der Aussicht, in ein paar Tagen wieder gesund zu sein und das Krankenhaus zu verlassen, höchst beunruhigt war.

»Haben Sie hier in Foligno oder in der Umgebung etwas zu tun?«

»Aber nein. Ich habe nicht einmal gewußt, daß es auf der Welt ein Foligno gibt.«

»Wohin wollen Sie dann von hier aus? Zurück nach Ungarn?«

»Nein, nein. Ich möchte in Italien bleiben.«

»Und was wollen Sie hier tun?«

»Keine Ahnung.«

»Haben Sie Angehörige?«

»Nein, niemanden«, sagte Mihály und begann vor nervöser Schwäche zu weinen. Der weichherzige Arzt bekam großes Mitleid mit dem einsamen Menschen und behandelte ihn von da an noch liebevoller. Obwohl Mihály ja nicht geweint hatte, weil er niemanden hatte, sondern im Gegenteil, weil er zu viele hatte und fürchtete, er würde sein Inkognito, das er hier im Krankenhaus so genoß, nicht lange wahren können.

Er erzählte dem Arzt, er habe sich sein Leben lang danach gesehnt, im Krankenhaus liegen zu dürfen. Natürlich nicht als Schwerkranker und Leidender, sondern so wie jetzt, in hilf- und willenloser Müdigkeit, umsorgt, ohne Wunsch und Ziel, jenseits der menschlichen Belange.

»Ja, Italien schenkt mir alles, wonach ich mich gesehnt habe.«

Es stellte sich heraus, daß der Arzt die historischen Bezüge ebenso liebte wie Mihály. Mit der Zeit verbrachte er jede freie Minute an Mihálys Bett, bei geschichtlichen Erörterungen, die müde hin und her schwappten. Mihály erfuhr viel über Angela da Foligno, heilige Mystikerin und namhaftestes Kind der Stadt, die man jedoch in Foligno im allgemeinen gar nicht kannte. Und er erfuhr auch viel über den Arzt selbst, der eine abenteuerliche Familiengeschichte hatte, wie jeder Engländer. Sein Vater war Marineoffizier gewesen, hatte in Singapur Gelbfieber bekommen und dabei so entsetzliche Visionen gehabt, daß er, kaum war er wieder gesund, zum Katholizismus übertrat, um den geschauten Qualen der Hölle zu entgehen. Seine religiöse und zu einem großen Teil aus anglikanischen Geistlichen bestehende Familie wandte sich von ihm ab, worauf der Vater zum Engländerhasser wurde, der Marine den Rücken kehrte, sich bei einer italienischen Handelsfirma anstellen ließ und später eine italienische Frau heiratete. Richard Ellesley – so hieß der Arzt – hatte seine Kindheit in Italien verbracht. Von seinem italienischen Großvater hatten sie ein beträchtliches Vermögen geerbt, der Vater schickte den jungen Ellesley nach Harrow und Cambridge. Im Krieg kehrte der Alte in die britische Marine zurück, fiel in der Schlacht am Skagerrak, das Vermögen versickerte, und seither verdiente Ellesley sein tägliches Brot als Arzt.

»Von meinem Vater habe ich nichts anderes geerbt als die Angst vor der Hölle«, sagte er lächelnd.

Hier vertauschten sich die Rollen. Mihály hatte vor sehr vielem Angst, vor der Hölle aber überhaupt nicht, er hatte kein Gefühl für das Jenseits, und so versuchte er den Arzt zu heilen. Das war auch dringend nötig, denn der kleine englische Arzt wurde fast jeden dritten Tag von entsetzlichen Ängsten befallen.

Sie wurden nicht etwa durch Schuldgefühle ausgelöst: Der Arzt war eine reine, gutartige Seele und konnte sich auch keiner nennenswerten Sünde anklagen.

»Warum glauben Sie dann, daß Sie in die Hölle kommen?«

»Ach Gott, wenn ich das wüßte. Ich werde ja nicht von mir aus hingehen, sondern hingeschleppt werden.«

»Der Satan hat nur über die Bösen Macht.«

»Das kann man nicht wissen. Schließlich heißt es im Gebet (Sie kennen es ja auch): ›Heiliger Erzengel Michael, verteidige uns in unseren Kämpfen; vor der Schlechtigkeit und den Verlockungen des Satans gewähre uns Schutz. Gott weise ihn in seine Schranken, so bitten wir kniefällig; und du, Anführer der himmlischen Heerscharen, stürze den Satan und die anderen bösen Geister, die in dieser Welt die Seelen bedrohen, mit Gottes Kraft ins Verderben.‹«

Das Gebet beschwor für Mihály die Kapelle der Schule und den Schauder herauf, den dieses Gebet damals bei ihm immer ausgelöst hatte. Aber nicht der Satan und das Verderben hatten ihn schaudern lassen, sondern die strenge, bis in uralte Zeiten zurückreichende Geschichtlichkeit des Gebets – im übrigen war für ihn der Katholizismus etwas weitgehend Zeitgemäßes; einzig dieses Gebet schien aus längst verschütteten Zeiten übriggeblieben zu sein.

Wenn Ellesley von seinen Höllenängsten gepackt war, lief er zu Priestern und Mönchen, um von seinen Sünden freigesprochen zu werden. Doch das half nicht viel. Teils, weil er sich gar nicht sündig fühlte und die Absolution also wirkungslos war. Teils, weil seine Beichtiger zumeist primitive Landgeistliche waren, die es sich nicht nehmen ließen, die Schrecken der Hölle liebevoll auszumalen und die Sache damit noch schlimmer zu machen. Am ehesten halfen Amulette und andere Zaubermittel. Einmal hatte ihn eine alte Geistheilerin mit irgendwelchen Kräutern beräuchert, und danach hatte er zwei Monate lang Ruhe gehabt.

»Ja und Sie?« fragte er. »Haben Sie denn gar keine Angst? Was meinen Sie denn, was mit den Seelen nach dem Tod geschieht?«

»Nichts.«

»Und Sie hoffen nicht auf die Unsterblichkeit und das ewige Leben?«

»Die Namen der Großen bleiben ewig bestehen. Ich bin keiner von den Großen.«

»Und wie halten Sie das Leben aus?«

»Das ist eine andere Frage.«

»Ich verstehe nicht, wie Sie glauben können, daß jemand, der gestorben ist, gänzlich aufhört zu existieren. Es gibt doch tausend Beispiele, die das Gegenteil beweisen. Jeder Italiener und jeder Engländer wird Ihnen das sagen. In diesen zwei Nationen gibt es keinen Menschen, dem noch nie ein Toter begegnet ist, und trotzdem sind es die beiden anständigsten Völker der Welt. Ich verstehe nicht, was ihr Ungarn für Menschen seid.«

»Ist Ihnen auch schon ein Toter begegnet?«

»Natürlich. Mehr als einmal.«

»Wie denn?«

»Ich erzähle es nicht, weil Sie sich dann vielleicht aufregen. Obwohl die eine Begegnung so unkompliziert war, daß es Sie gar nicht aufregen kann. Während des Krieges ging ich in Harrow zur Schule. Eines Tages liege ich im Bett – ich hatte die Grippe – und starre zum Fenster hinaus. Plötzlich steht mein Vater auf dem Fenstersims, in seiner Marineuniform, und salutiert. Seltsam war nur, daß an seiner Offiziersmütze zwei Flügel waren. So wie bei

Merkur. Ich sprang aus dem Bett und machte das Fenster auf. Doch da war er weg. Das geschah an einem Nachmittag. Am Morgen desselben Tags war mein Vater am Skagerrak gefallen. So lange hatte die Seele gebraucht, um von dort nach Harrow zu fliegen.«

»Und die andere Geschichte?«

»Die ist viel geheimnnisvoller, sie ist in Gubbio passiert, vor gar nicht langer Zeit. Aber die kann ich jetzt wirklich nicht erzählen.«

»Gubbio? Warum kommt mir der Name so bekannt vor?«

»Wahrscheinlich wegen der Franziskus-Legende aus den *Fioretti*.«

»Natürlich, der Wolf von Gubbio … mit dem der Heilige Franziskus einen Pakt schließt, damit er die Bewohner der Stadt nicht behelligt, dafür soll er aber mit dem Nötigen versorgt werden …«

»Und abends kann man den Wolf sehen, wie er mit einem kleinen Korb um den Hals bei den Häusern von Gubbio vorbeigeht, um der Reihe nach die Liebesgaben einzusammeln.«

»Und Gubbio gibt es immer noch?«

»Sicher, es ist hier in der Nähe. Besuchen Sie es dann, wenn Sie gesund sind. Es lohnt sich, nicht nur wegen der Geschichte mit dem Wolf …«

Sie sprachen auch viel von England, der anderen Heimat des Dr. Ellesley, nach der er sich sehnte. Auch Mihály liebte England. Er hatte dort zwei sehr ernste, verträumte Jahre verbracht, bevor er nach Paris und dann nach Hause ging. In London hatte er in einer Orgie des Alleinseins geschwelgt, hatte manchmal wochenlang mit niemandem geredet, außer mit den Arbeitern in den Pubs der Vorstädte, und auch mit denen nur ein paar Worte. Er hatte das schauderhafte Londoner Klima gemocht, jene nasse, gedunsene, neblige Weichheit, in der man so gut versinken kann und die so getreulich das Alleinsein und den Spleen umfängt.

»Der Londoner November ist kein Monat, sondern ein Seelenzustand.«

Ellesley pflichtete bei.

»Sehen Sie, jetzt fällt mir ein«, sagte Mihály, »daß ich im Londoner November auch einmal etwas erlebt habe, das einen Menschen wie Sie bestimmt im Glauben an das Leben der Toten bestärkt hätte. Mich hat es nur im Gefühl bestärkt, daß mit meinen Nerven etwas nicht in Ordnung ist. Hören Sie. Eines Vormittags bin ich bei der Arbeit in der Fabrik (wie gesagt, es war November), und da werde ich ans Telephon gerufen. Eine unbekannte weibliche Stimme bittet mich, am Nachmittag unbedingt, in einer äußerst wichtigen Angelegenheit, da und dahin zu kommen – und sie nennt eine mir unbekannte Adresse und einen Namen. Ich sage, da liege bestimmt ein Irrtum vor. ›Nein‹, sagt die Frauenstimme, ›ich suche einen ungarischen Gentleman, der in den Buthroyd-Werken als Volontär arbeitet – gibt es dort mehrere solche?‹ Nein, sage ich, und auch mein Name stimmt. Aber sie solle doch sagen, worum es geht. Nein, das könne sie nicht ... So redeten wir lange hin und her, am Ende versprach ich hinzugehen.

Das habe ich dann auch getan, denn ich war neugierig. Wo gibt es schon den Mann, den eine angenehme Frauenstimme am Telephon nicht in Schwung bringt? Wenn die Frauen die Männer kennten, würden sie von ihnen alles telephonisch und unbekannterweise verlangen. Die genannte Straße – die Roland Street – lag in dem unsympathischen Teil Londons, hinter der Tottenham Court Road, nördlich von Soho –, wo die Künstler und die Prostituierten wohnen, die es nicht einmal nach Soho oder Bloomsbury geschafft haben. Ich bin nicht sicher, halte es aber für sehr wahrscheinlich, daß hier die Sektengründer, die Gnostiker und die bescheideneren Spiritisten zu wohnen pflegten. Dahin war ich also bestellt. Sie müssen wissen, daß ich für die Stimmung von Straßen und Landschaften über alle Maßen empfänglich bin. Wie ich auf der Suche nach der Roland Street durch die dunklen Straßen ging, im Nebel – es war kein *fog*, sondern nur *mist*, der weiße, körnige, milchige Dunst, so richtig November – da packte mich das Gefühl dieser religiösen Verwahrlosung so stark, daß ich fast seekrank wurde.

Endlich fand ich das Haus und neben der Tür auf einer Tafel den Namen, den mir die unbekannte Telephonstimme angegeben hatte. Ich klingelte. Nach einer Weile waren schlurfende Schritte zu hören, ein schläfriges, schlampiges Dienstmädchen machte auf.

»Was wollen Sie?« fragte sie.

Da schien von weit weg jemand herunterzurufen. Das Dienstmädchen dachte nach und sagte eine Weile gar nichts. Dann führte sie mich zu einer schmutzigen kleinen Treppe und sagte nach englischer Sitte: ›Gehen Sie einfach geradeaus weiter.‹ Sie selbst blieb unten.

Oben fand ich eine offene Tür und ein dämmriges leeres Zimmer, dessen gegenüberliegende Tür aber in dem Augenblick zugemacht wurde, so, als wäre jemand gerade hinausgegangen. Die Anweisung des Dienstmädchens befolgend ging ich geradeaus durch das Zimmer und machte die erwähnte Tür wieder auf. Ich trat in ein weiteres halbdunkles, altmodisch geschmackloses, staubiges Zimmer, wo niemand war, während wiederum die gegenüberliegende Tür gerade zuging. Ich durchquerte auch dieses Zimmer und betrat ein drittes, dann ein viertes. Und jedesmal ging leise eine Tür zu, als gehe mir jemand voran. Im fünften Zimmer schließlich … nein, ›schließlich‹ ist eine Übertreibung, denn auch da war niemand, aber wenigstens ging keine gegenüberliegende Tür zu. Dieses Zimmer hatte bloß die eine Tür, durch die ich eingetreten war. Aber die Person, die mir vorangegangen war, befand sich nicht in dem Zimmer.

Im Zimmer brannte eine Lampe, und an Möbeln waren nur zwei Sessel da. An den Wänden Bilder, Teppiche, allerlei wertloses, altmodisches Zeug. Ich setzte mich zögernd in den einen der Sessel und begann zu warten. Und blickte unruhig um mich, denn es war mir klar, daß hier seltsame Dinge vor sich gingen.

Ich weiß nicht, wie lange ich so saß, aber auf einmal begann mein Herz heftig zu klopfen, denn ich war hinter etwas gekommen, das ich die ganze Zeit unbewußt gesucht hatte. Vom ersten Moment an hatte ich gespürt, daß mich in dem Zimmer jemand beobachtete. Jetzt wußte ich, aus welcher Richtung. An einer Wand hing ein japanischer Teppich mit Drachen und undefinierbaren Tieren, und die Augen der Tiere bestanden aus großen farbigen Glaskugeln. Jetzt sah ich, daß die Augen des einen Tiers keine Glaskugeln waren, sondern echte Augen, die mich anschauten. Beziehungsweise, daß hinter dem Teppich jemand stand und mich beobachtete.

Unter anderen Umständen wäre mir gleich etwas Kriminalromanartiges in den Sinn gekommen, es gibt doch die vielen Geschichten von den Fremden, die in London spurlos verschwinden, und diese Geschichte begann genau so, wie man sich den Anfang dazu vorstellt. Wie gesagt, es wäre nur natürlich gewesen, wenn ich erschrocken wäre und ein Verbrechen gewittert und mich auf Verteidigung eingestellt hätte. Aber es war nicht so. Ich blieb reglos und starr sitzen. Denn jene Augen kamen mir bekannt vor …«

»Nein wirklich?«

»Die Augen gehörten einem Jugendfreund von mir, einem gewissen Tamás Ulpius, der ganz jung unter tragischen und ungeklärten Umständen gestorben ist. Und so verging nach ein paar Augenblicken mein Schreck, und eine blasse, gespenstische Freude, ein Gespenst der Freude, kam über mich. ›Tamás!‹ rief ich und wollte zu ihm hinlaufen. Doch in dem Moment verschwanden die Augen.«

»Und dann?«

»Dann eigentlich nichts mehr. Was danach kam, ist völlig unverständlich. Eine ältere Frau, eine seltsame, altmodische, unsympathische Erscheinung mit großen Augen, trat ins Zimmer und fragte mich etwas mit einem völlig ausdruckslosen Gesicht. Ich verstand sie nicht, sie sprach nicht englisch. Ich versuchte es mit Französisch, Deutsch, Ungarisch, doch die Frau schüttelte traurig den Kopf. Dann sagte sie wieder etwas in der fremden Sprache, diesmal schon lebhafter, dann begann sie mich mit Fragen zu bestürmen. Ich horchte krampfhaft, um wenigstens herauszufinden, in welcher Sprache sie redete. Ich habe ein gutes Ohr für Sprachen, auch für solche, die ich nicht verstehe, und ich stellte fest, daß die Frau weder eine romanische noch eine germanische noch eine slawische Sprache sprach, ja nicht einmal ein finno-ugrische. Und plötzlich war ich ganz sicher, daß nur sie als einzige auf der Welt diese Sprache konnte. Warum ich das dachte, weiß ich nicht. Aber ich erschrak so sehr, daß ich aufsprang und durch all die Zimmer hindurch zurücklief, aus dem Haus hinaus.«

»Und die Erklärung?« fragte Ellesley.

»Ich weiß keine andere Erklärung, als daß es November war. Ich muß aufgrund eines merkwürdigen Mißverständnisses in das Haus geraten sein. Unsere Leben sind voller unerklärlicher Koinzidenzen …«

»Und die Augen?«

»Die Augen habe ich mir bestimmt nur eingebildet, unter der Wirkung der sonderbaren Umgebung und des Londoner Novembers. Denn ich bin nach wie vor überzeugt, daß die Toten tot sind.«

3

Die Zeit war um. Mihály war wieder gesund und mußte die Klinik verlassen. Der Gefangene, der nach zwanzig Jahren Haft auf freien Fuß gesetzt wird, fühlt sich wohl nicht abgeschnittener und zielloser, als Mihály es war, als er mit seinen Habseligkeiten an den niedrigen Häusern Folignos vorüberging.

Nach Hause reisen konnte er nicht, das fühlte er. Vor seiner Familie hatte er sich mit seiner absurden Flucht unmöglich gemacht. Und die Vorstellung, nach Budapest zu fahren, ins Büro zu gehen, sich mit Geschäftsbelangen abzugeben und zwecks Entspannung Bridge zu spielen und zu plaudern, war grauenvoll.

Warum nicht all die vielen italienischen Städte besichtigen, da war doch bestimmt noch etliches verborgen. Er beschloß, nach Hause zu schreiben und um Geld zu bitten.

Doch er schob es von Tag zu Tag auf. Bis dahin blieb er in Foligno, da war ja immerhin Dr. Ellesley, der einzige Mensch, mit dem er etwas gemeinsam hatte. Er mietete ein Zimmer und lebte still vor sich hin, las die englischen Bücher, die ihm der Arzt lieh, und freute sich auf das Mittag- und das Abendessen. Der Geschmack der italienischen Speisen war das einzige, das ihn in diesen Tagen der Apathie mit der Wirklichkeit verband. Er mochte die unverhüllte Sentimentalität der italienischen Küche. Die französisch inspirierte Küche schätzt im allgemeinen den gedämpften, zarten, bloß angedeuteten Geschmack, sie ist diszipliniert wie die Farben der Männerkleidung. Die Italiener hingegen mögen das sehr Süße, sehr Saure, sehr Charakteristische, und sogar die vielen Teigwaren haben eine sentimentale Prägung.

Eines Abends saß er mit Ellesley vor dem Hauptcafé des Städtchens. Wie gewohnt sprachen sie englisch. Da trat mit einemmal eine junge Frau an ihren Tisch, redete sie auf amerikanisch an und setzte sich zu ihnen.

»Verzeihen Sie die Störung«, sagte sie, »aber ich irre schon den ganzen Tag in diesem verfluchten Nest umher und kann mich mit niemandem verständigen. Ich möchte Sie um eine Information bitten. Es ist sehr wichtig; deswegen bin ich hier.«

»Wir stehen zur Verfügung.«

»Es ist so, ich studiere Kunstgeschichte in Cambridge.«

»Ach, in Cambridge«, rief Ellesley beglückt aus.

»Ja, in Cambridge, Massachusetts. Warum? Haben Sie vielleicht auch dort studiert?«

»Nein, in Cambridge, England. Womit können wir dienen?«

»Also, ich studiere Kunstgeschichte, und ich bin nach Italien gekommen, weil es hier sehr viel Bilder gibt, wissen Sie, die es anderswo nicht gibt. Ich habe auch alle angeschaut.«

Sie nahm ein kleines Notizbuch hervor und fuhr mit seiner Hilfe fort: »Ich war in Florenz, Rom, Neapel, Venedig und sonst noch an einem Haufen Orte, deren Namen ich jetzt nicht lesen kann, weil die Beleuchtung schlecht ist. Als letztes war ich in Per… Perugia. Spreche ich es richtig aus?«

»Ja.«

»Dort im Museum habe ich einen französischen Herrn kennengelernt. Er war zwar Franzose, aber sehr anständig. Er hat mir alles erklärt, und am Ende hat er gesagt, ich müsse unbedingt nach Foligno fahren, denn da gebe es ein ganz berühmtes Bild von Leonardo da Vinci, sie wissen doch, der mit dem Letzten Abendmahl. Also bin ich hergefahren. Und ich habe den ganzen Tag das Bild gesucht und nicht gefunden. Und niemand hat mir helfen können in diesem widerlichen Nest. Seien Sie doch so gut und verraten Sie mir, wo das Bild steckt.«

Mihály und der Arzt blickten einander an.

»Ein Bild von Leonardo? Das hat es in Foligno nie gegeben«, sagte der Arzt.

»Das kann nicht sein«, sagte das Mädchen gekränkt. »Der französische Herr hat es gesagt. Er hat gesagt, es sei eine sehr schöne Kuh darauf und eine Gans und eine Katze.«

Mihály mußte lachen.

»My dear lady, die Sache ist ganz einfach: Der französische Herr hat Sie auf den Arm genommen. In Foligno gibt es kein Leonardo-Gemälde. Und ich verstehe zwar nichts davon, aber ich habe das Gefühl, daß es überhaupt keinen Leonardo gibt mit einer Kuh, einer Gans und einer Katze darauf.«

»Warum hat er es dann gesagt?«

»Wahrscheinlich, weil die zynischen Europäer mit diesen Tieren die Frauen zu vergleichen pflegen. Selbstverständlich nur die europäischen Frauen.«

»Das verstehe ich nicht. Sie wollen doch nicht etwa sagen, der französische Herr habe sich über mich lustig gemacht?« fragte sie errötend.

»So könnte man es leider auch sagen.«

Das Mädchen verfiel ins Grübeln. Dann fragte sie Mihály:

»Sie sind kein Franzose?«

»Nein. Ich bin Ungar.«

Das Mädchen winkte ab, darauf kam es nicht mehr an. Dann wandte sie sich an Ellesley:

»Aber Sie sind Engländer?«

»Ja. Zum Teil.«

»Und sind Sie der gleichen Meinung wie Ihr Freund?«

»Ja«, sagte Ellesley und nickte traurig.

Das Mädchen dachte wieder eine Weile nach, dann ballten sich ihre Hände zu Fäusten.

»Und ich war so nett zu ihm! Wenn ich wenigstens wüßte, wie der Schweinekerl heißt.«

Ihre Augen füllten sich mit Tränen. Ellesley tröstete sie:

»Es ist ja nichts passiert. Jetzt können Sie wenigstens notieren, daß Sie auch in Foligno gewesen sind.«

»Habe ich schon«, sagte das Mädchen schniefend.

»Na, sehen Sie«, sagte Mihály. »Und morgen fahren Sie schön nach Perugia zurück und setzen Ihre Studien fort. Ich werde Sie zum Bahnhof begleiten, denn ich habe auch schon den falschen Zug genommen …«

»Es geht nicht darum. Die Schande, die Schande! Mit einer

armen, schutzlosen Frau so umzugehen! Man hat mir immer gesagt, ich solle mich vor den Europäern in acht nehmen. Aber ich bin ein so offener Mensch. Kann man hier Whisky bekommen?« Und so blieben sie bis Mitternacht beisammen.

Auf Mihály wirkte die Gegenwart des Mädchens belebend, auch er trank Whisky und wurde gesprächig, wobei er das Plaudern doch eher ihr überließ. Der kleine Doktor hingegen wurde schweigsam, denn er war schüchtern, und das Mädchen gefiel ihm.

Das Mädchen – Millicent Ingram hieß sie – war großartig. Vor allem als Kunsthistorikerin. Von Luca della Robbia wußte sie, daß es eine Stadt am Arno war, und sie behauptete, sie habe in Paris Watteaus Atelier besucht. »Ein sehr lieber alter Herr, bloß hat er schmutzige Hände, und ich mag es nicht, wenn man mich im Flur auf den Hals küßt.« Sie redete die ganze Zeit von Kunstgeschichte, leidenschaftlich und selbstbewußt.

Allmählich stellte sich heraus, daß sie aus Philadelphia stammte, aus einer reichen Familie, daß sie sich, soviel sie wußte, zu Hause in der High Society großer Beliebtheit erfreute, und daß Europa für sie Einsamkeit und Natur bedeutete, wofür sie offenbar einen rousseauistischen Hang hatte. Und obwohl sie in Paris, Wien und an den anderen besseren Orten jeweils ein Semester Kunstgeschichte gehört hatte, war an der amerikanischen Unverdorbenheit ihres Gemüts nichts hängengeblieben.

Doch als Mihály wieder zu Hause war, summte er während des Zubettgehens gutgelaunt vor sich hin, und seine Apathie war weg. Millicent, sagte er. Daß jemand tatsächlich so heißen kann. Millicent.

Millicent Ingram war nicht das sinnenverwirrende, atemraubend schöne amerikanische Mädchen, wie sie nach dem Krieg in Paris umherliefen, als außer ihnen alles auf dieser Welt häßlich war. Millicent gehörte eher zur zweiten Garnitur der amerikanischen Schönheiten. Aber auch sie war schön, was zwar vielleicht doch eine Übertreibung ist, denn ihr Gesicht war völlig ausdruckslos. Doch immerhin war sie sehr hübsch mit ihrer kleinen Nase, ihren üppigen und auch noch auf groß geschminkten Lippen und ihrer ausgezeichneten, sportlichen Figur. Ihre Muskeln schienen elastisch wie Gummi.

Und sie war Amerikanerin. Also doch immerhin von der Sorte, die in Mihálys Jugendtagen in bezaubernden Exemplaren nach Paris exportiert worden war. Die »fremde Frau«, das ist ein Teil der Jugendzeit, der Wanderjahre. Danach bleibt ein Bedauern zurück, denn in jenen Jahren ist man jung und feige und läßt sich die besten Gelegenheiten entgehen. Und da Mihály schon seit vielen Jahren wieder in Budapest lebte und alle seine Liebschaften dort abwickelte, beschwor diese fremde Frau die Jugend herauf. Die Befreiung. Nach Erzsi, nach dem ernsten Eheleben, nach all den ernsten Jahren. Endlich ein Abenteuer, endlich etwas Unerwartetes mit einem ungewissen Ende.

Und auch Millicents Dummheit zog ihn an. In der tiefen Dummheit ist etwas Schwindelerregendes, etwas wirbelhaft Anziehendes, so wie in der Verwesung. Die Anziehungskraft des Vakuums.

So kam es, daß er anderntags, als er Millicent zum Bahnhof begleitete, noch vor dem Lösen der Fahrkarte zu ihr sagte:

»Warum reisen Sie nach Perugia zurück? Foligno ist auch eine Stadt. Bleiben Sie doch hier.«

Millicent schaute ihn mit ihren stumpfsinnig-ernsten Augen an und antwortete:

»Sie haben recht.«

Und sie blieb da.

Es war ein heißer Tag, und sie aßen fortwährend Eis und plauderten. Mihály hatte eine Fähigkeit, für die die englischen Diplomaten gefürchtet sind: Er konnte im Bedarfsfall ganz dumm sein. Millicent fiel keinerlei intelligenzmäßiger Unterschied zwischen ihnen auf, ja, aufgrund ihrer kunstgeschichtlichen Kenntnisse kam sie sich überlegen vor, und das tat ihr außerordentlich wohl.

»Sie sind der erste Europäer, der mich intellektuell richtig einschätzt«, sagte sie. »Die meisten Europäer sind so abgestumpft und haben kein Gefühl für das Schöne.«

Er gewann ihr volles Vertrauen. Bis zum Abend wußte er schon alles über sie, auch wenn man nicht sagen kann, daß es wissenswert gewesen wäre.

Abends trafen sie sich mit Ellesley im Café. Der Arzt staunte nicht schlecht, daß Millicent noch in Foligno war.

»Wissen Sie, ich habe gedacht«, sagte sie, »daß man sich nicht die ganze Zeit immer nur mit der Kunst beschäftigen kann. Ein Bekannter von mir, ein Arzt, hat gesagt, das ständige intensive Nachdenken schade der Haut. Nicht wahr? Also, ich habe beschlossen, ein bißchen auszuspannen. Ich gewähre mir eine geistige Pause. Ihr Freund hat eine so beruhigende Wirkung auf mich. Er ist eine so liebe, einfache, harmonische Seele. Nicht wahr?«

Ellesley nahm resigniert zur Kenntnis, daß sein Patient dem amerikanischen Mädchen den Hof machte, und wurde noch stiller. Denn Millicent gefiel ihm noch immer. Sie war so anders als die italienischen Frauen. Nur eine Angelsächsin konnte so rein, so unschuldig sein. Millicent – innocent, das wäre doch ein schöner Reim. Na ja. Hauptsache, die vom Himmel gefallene Ablenkung tat dem netten ungarischen Patienten gut.

Am folgenden Tag machte Mihály einen großen Spaziergang mit dem Mädchen. In einem kleinen Dorfgasthaus aßen sie sich mit Pasta voll, danach legten sie sich in einem klassisch wirkenden kleinen Hain nieder und schliefen ein. Als sie aufwachten, sagte Millicent:

»Es gibt einen italienischen Maler, der genau solche Bäume gemalt hat. Wie hieß er gleich?«

»Botticelli«, sagte Mihály und küßte sie.

»Ooh!«sagte Millicent erschrocken, dann küßte sie ihn zurück.

Jetzt, da Mihály das Mädchen in den Armen hielt, stellte er erfreut fest, daß er sich nicht getäuscht hatte. Ihr Körper war tatsächlich elastisch wie Gummi. Oh, der Körper der fremden Frau, was bedeutet er für den, der in der Liebe Phantasien nachjagt und nicht den physiologischen Gegebenheiten! Schon während des vorläufigen und durchaus noch unschuldigen Küssetausches spürte Mihály, daß Millicents Körper in allen seinen Teilen fremd, anders, vortrefflich war. Ihr gesunder Mund war amerikanisch (oh, die Prairie) und genauso fremd waren ihr Hals mit den

Härchen und die Berührung ihrer großen, starken Hände und die überirdisch-unvorstellbare Geschrubbtheit ihres Körpers (oh, Missouri-Mississippi, Norden gegen Süden, and the blue Pacific Sea!...).

Die Geographie ist das stärkste Aphrodisiakum, dachte er.

Doch am Abend war für Millicent ein Brief auf der Post, nachgeschickt aus Perugia. Der Brief stammte aus der Feder von Miss Rebecca Dwarf, Professorin für die Kunstgeschichte des Mittelalters an der Universität Cambridge (Massachusetts), Millicents Meisterin und geistige Führerin. Beim Abendessen sagte Millicent unter Tränen, Miss Dwarf sei sehr zufrieden mit ihrem letzten Brief, in welchem sie vom Fortgang ihrer Studien berichtet hatte, doch jetzt verlange sie, daß Millicent unverzüglich nach Siena reise, um die berühmten Primitiven anzuschauen.

»Obwohl es doch so schön war mit Ihnen«, sagte sie weinend und legte ihre Hand in die von Mihály.

»Muß denn das unbedingt sein?«

»Aber ja. Wenn Miss Dwarf es so will ...«

»Der Teufel soll die alte Schreckschraube holen«, brach es aus Mihály heraus. »Millicent, hören Sie auf mich. Vergessen Sie die Primitiven von Siena. Die sind wahrscheinlich genau gleich wie die umbrischen Primitiven, die Sie in Perugia gesehen haben. Und überhaupt, ist es nicht egal, ob man zehn Bilder mehr oder weniger gesehen hat?«

Millicent blickte ihn verblüfft an und zog ihre Hand zurück.

»Aber Mike, wie können Sie so reden? Ich dachte, Sie hätten ein Gefühl für das Schöne, obwohl Sie Europäer sind.«

Und sie wandte sich ab.

Mihály merkte, daß er den falschen Ton angeschlagen hatte; er mußte wohl oder übel wieder zur stupiden Tonlage zurückkehren. Doch es fiel ihm kein dummes Argument ein. Er probierte es also mit Sentimentalität:

»Aber Sie werden mir unendlich fehlen, wenn Sie jetzt abreisen. Vielleicht sehen wir uns nie wieder im Leben.«

»Ja«, sagte Millicent, »Sie werden mir auch entsetzlich fehlen. Und ich habe doch schon nach Philadelphia geschrieben, an Doris und Ann Mary, wie gut Sie mich verstehen. Und jetzt müssen wir uns trennen.«

»Dann bleiben Sie doch da.«

»Das geht nicht. Aber kommen Sie doch mit nach Siena. Hier haben Sie ja sowieso nichts zu tun.«

»Das stimmt. So besehen könnte ich.«

»Also?«

Mihály gestand nach einigem Zögern:

»Ich habe kein Geld.«

Es war die Wahrheit. Sein Geld war fast aufgebraucht, denn er hatte zu Millicents Ehre ein paar anständigere Kleidungsstücke gekauft, und daneben war es für Millicents überaus reichhaltige Verpflegung draufgegangen. Allerdings würde er nach einigen Tagen auch kein Geld mehr haben, um in Foligno zu bleiben … doch wenn man an einem Ort sitzt, spürt man den Geldmangel weniger, als wenn man umherreist.

»Sie haben kein Geld?« fragte Millicent. »Wie ist das möglich?«

»Ich habe es aufgebraucht«, sagte Mihály lächelnd.

»Und Ihre Eltern schicken Ihnen keins?«

»Doch. Das werden sie tun. Wenn ich ihnen schreibe.«

»Na also. Bis dahin leihe ich Ihnen welches«, und sie holte ihr Scheckbuch hervor. »Wieviel brauchen Sie? Genügen fünfhundert Dollar?«

Mihály schwindelte es von der Summe und vom Angebot. Sein ganzer bürgerlicher Anstand und seine ganze romantische Veranlagung sträubten sich dagegen, Geld anzunehmen vom Abenteuer, vom Mädchen, das vom Himmel gefallen war und das er an dem Tag zum ersten Mal geküßt hatte. Doch Millicent beharrte mit liebenswürdiger Unschuld auf ihrem Angebot. Sie leihe ihren Freundinnen und Freunden immer Geld. In Amerika sei das normal. Und überhaupt würde Mihály es ja zurückgeben. Am Ende einigten sie sich darauf, daß er es sich bis zum nächsten Tag überlegen würde.

Eigentlich hatte er große Lust, nach Siena zu fahren, mit oder ohne Millicent. Foligno war ihm schon verleidet, er sehnte sich nach Siena, denn jetzt, wo seine Apathie aufgehört hatte, began-

nen die italienischen Städte erneut süß und quälend zu locken, er
solle sie alle besichtigen und ihr Geheimnis entdecken, bevor es
zu spät war. Wie zu Beginn seiner Hochzeitsreise trug er das Etwas, das für ihn Italien bedeutete, wie einen zerbrechlichen Schatz
in sich, den er ja nicht fallen lassen durfte. Außerdem war Millicent, seit er sie geküßt hatte, viel begehrenswerter als zuvor, und
solche Abenteuer wollen doch bis zum Ende ausgelebt werden.

Aber darf sich ein erwachsener, ernsthafter Mann, Mitglied
einer bekannten Budapester Firma, von einem jungen Mädchen
Geld leihen? Nein, das darf er nicht. Daran bestand kein Zweifel.
Aber war er noch ein ernsthafter Mann? War er mit seiner Flucht
und seinem Untertauchen nicht auf ein früheres Niveau zurück-
gesunken, in eine Lebensform, in der das Geld nichts anderes war
als Silberscheiben und Papierschnitzel? War er nicht zur Ethik des
Ulpius-Hauses zurückgekehrt?

Mihály schauderte es bei diesem Gedanken. Nein, er durfte das
nicht, auch das Paradies der Jugend war an der Realität geschei-
tert, mit der sie nicht gerechnet hatten und deren hauptsächliche
Erscheinungsform das Geld ist.

Nur: Wenn man etwas sehr möchte, betäubt man sein Gewissen
problemlos. Es ging ja nur um ein sehr kurzfristiges Darlehen, eine
kleine Summe, er würde ja auch nicht fünfhundert Dollar annehmen, hundert wären auch genug, oder sagen wir zweihundert oder
vielleicht doch dreihundert … Jetzt gleich würde er nach Hause
schreiben und dann das Geld binnen kurzem zurückzahlen.

Und er setzte sich tatsächlich hin und schrieb den Brief. Er
schrieb nicht an seinen Vater, sondern an den jüngsten seiner Brüder, an Tivadar. Das war der leichtfertige Lebemann der Familie,
der zu Pferderennen ging und angeblich einmal mit einer Schauspielerin ein Verhältnis hatte. Tivadar würde die Sache vielleicht
verstehen und verzeihen.

Er schrieb: Wie Tivadar wahrscheinlich schon wisse, hätten sich
Erzsi und er getrennt, in bestem Einvernehmen, und er würde die
Angelegenheit demnächst ordnen, wie es sich für einen Gentleman gehört. Über die Gründe der Trennung wolle er mündlich
berichten, es würde den Rahmen eines Briefs sprengen. Er schrei-

be erst jetzt, weil er bis vor kurzem schwerkrank im Krankenhaus von Foligno gelegen habe. Jetzt gehe es ihm wieder besser, aber die Ärzte seien der Meinung, daß er noch unbedingt Ruhe brauche, und so würde er gern die Zeit der Rekonvaleszenz hier in Italien verbringen. Er müsse also Tivadar bitten, ihm Geld zu schikken. Und zwar so rasch und so viel wie möglich. Denn sein Geld sei aufgebraucht, und er habe sich von einem hiesigen Freund dreihundert Dollar leihen müssen, die er so bald wie möglich zurückerstatten wolle. Tivadar solle das Geld direkt an die Adresse seines Freundes schicken, an Dr. Richard Ellesley. Er hoffe, es gehe zu Hause allen gut, und ebenso hoffe er auf ein baldiges Wiedersehen. Auch die Briefe möge man an Dr. Ellesleys Adresse in Foligno schicken, da er von hier aus weiterreisen werde, wobei er noch nicht genau wisse, wohin und für wie lange Zeit.

Er gab den Brief am nächsten Morgen per Luftpost auf und eilte zu Millicent.

»Nicht wahr, Sie haben es sich überlegt, Mike, und kommen mit?«

Mihály nickte und nahm heftig errötend den Scheck entgegen. Dann ging er zur Bank, kassierte das Geld, kaufte einen schönen Koffer, und nachdem sie sich von Ellesley verabschiedet hatten, reisten sie ab.

Sie waren im Erstklassabteil allein und küßten sich so gewissenhaft wie die Franzosen. Das hatten sie beide in ihren Studienjahren in Paris gelernt. Später stieg zwar ein vornehmer alter Herr zu, aber auch da ließen sie sich nicht stören, sondern genossen das Vorrecht, das den fremden Barbaren zusteht.

Am Abend kamen sie in Siena an.

»Ein Zimmer für die Signora und den Signore?« fragte der Portier des Hotels zuvorkommend. Mihály nickte, während Millicent, die kein Wort verstand, erst oben begriff, was gespielt wurde. Aber sie hatte nichts dagegen.

Im übrigen war sie nicht im Entferntesten so unschuldig, wie sich das Dr. Ellesley ausgemalt hatte. Aber auch in der Liebe frisch und still erstaunt, so wie immer. Mihály fand, es habe sich sehr gelohnt, nach Siena zu kommen.

4

Siena war die schönste italienische Stadt, die Mihály bis dahin gesehen hatte. Schöner als Venedig, schöner als das edle Florenz und das sanfte Bologna mit seinen Bögen. Vielleicht spielte es auch eine Rolle, daß er nicht mit Erzsi, nicht offiziell gekommen war, sondern mit Millicent und zufällig.

Die Stadt mit ihren steilen, rosaroten Straßen lag in lockeren, sorglosen Wellen auf sternförmig angeordneten Hügeln; und in den Gesichtern ihrer Bewohner war zu lesen, daß sie zwar arm, aber auch glücklich waren, glücklich auf ihre unnachahmliche lateinische Art. Ihre heitere Märchenhaftigkeit hat die Stadt daher, daß man von jedem ihrer Punkte den Dom sehen kann, der wie ein zebrastreifiger, mit Türmen versehener Zeppelin über ihr schwebt.

Die eine Wand des Doms steht vom Bauwerk getrennt, in gut zweihundert Schritt Entfernung, als großartiges Symbol der Eitelkeit aller menschlichen Pläne. Mihály war hingerissen von der Unbeschwertheit, mit der diese alten Italiener ihre Kathedralen zu bauen begannen. »Wenn die in Florenz eine haben, müssen wir auch eine haben, und wenn möglich eine größere«, hatten sie gesagt und gleich schon mal die äußerste Wand gebaut, damit die Florentiner einen Schreck bekämen über die Riesenkirche, die da in Siena am Entstehen war. Dann war das Geld ausgegangen, die Bauleute hatten mit einer beiläufigen Geste ihr Werkzeug hingelegt und die Kathedrale keines Blickes mehr gewürdigt. Ja genau, dachte Mihály, so muß man eine Kirche bauen. Die Bewohner des Ulpius-Hauses hätten es wahrscheinlich auch so gemacht.

Dann gingen sie zum Campo hinunter, zu dem muschelförmigen Hauptplatz, der schon wegen seiner Gestalt aussieht wie das

Lächeln der Stadt. Mihály konnte sich kaum losreißen, Millicent hingegen war störrisch:

»Davon hat Miss Dwarf nichts geschrieben«, sagte sie, »und es ist auch nicht primitiv.«

Am Nachmittag gingen sie von einem Stadttor zum anderen, traten hinaus, und Mihály sog die Aussicht ein, die liebliche Enge der Toskana.

»Das ist eine menschliche Landschaft«, sagte er zu Millicent. »Hier ist jeder Berg gerade so hoch, wie ein Berg sein muß. Hier ist alles maßvoll, alles nach menschlichem Zuschnitt.«

Millicent dachte nach.

»Woher weißt du, wie hoch ein Berg sein muß?« fragte sie.

Über einem der Tore lautete die Inschrift: *Cor magis tibi Sena pandit*, Siena weitet dir dein Herz ... Hier redeten sogar die Tore weise: Siena weitet dein Herz, damit es sich mit dem schlichten und leichten Zauber des Lebens und mit Sehnsucht fülle, so wie es der verschleierten Schönheit der Jahreszeit gebührt.

In der Morgenfrühe des nächsten Tags stellte sich Mihály ans Fenster und starrte hinaus. Das Fenster ging auf die Landschaft, in Richtung der Berge. Leichte violette Nebel schwammen über dem toskanischen Land, und nur langsam und zögernd kündigte Goldfarbe den Tag an. Sonst war da nichts, nur dieser violett-goldene Dämmer vor den fernen Bergen.

Wenn diese Landschaft die Wirklichkeit ist, dachte er, wenn es diese Schönheit tatsächlich gibt, dann ist alles, was ich bisher gemacht habe, eine Lüge. Und diese Landschaft ist wirklich.

Er sagte laut die Verse von Rilke:

> *Denn da ist keine Stelle,*
> *Die dich nicht ansieht. Du mußt dein Leben ändern.*

Dann drehte er sich erschrocken nach Millicent um, aber die schlief ungestört weiter. Und er merkte plötzlich, daß sie keinerlei Realität besaß. Sie war nicht mehr als ein Vergleich, der einem zufällig in den Sinn kommt. Sonst nichts. Nichts.

Cor magis tibi Sena pandit. Auf einmal überfiel ihn eine heftige Sehnsucht, wie er sie nur ganz jung gekannt hatte, jetzt aber war sie reflektierter und brennender: Er sehnte sich nach der Sehnsucht seiner Jugend, und zwar so sehr, daß er aufschrie.

Jetzt wußte er, daß das Abenteuer, der Rückfall in die Wanderjahre, nur eine Stufe war, über die er noch weiter hinunter mußte, noch tiefer hinab in seine Vergangenheit, seine eigene Geschichte. Die fremde Frau blieb fremd, so wie die Wanderjahre bloß ein nutzloses Umherstreunen gewesen waren, während er hätte nach Hause gehen sollen, zu jenen, die ihm nicht fremd waren. Nur waren die ... schon lange tot, verweht von allen Winden der Welt.

Millicent wachte auf, als Mihály schluchzend seinen Kopf in ihre Schulter grub. Sie schnellte hoch und fragte entgeistert:

»Was ist, Mike? Was hast du?«

»Nichts«, sagte Mihály, »ich habe geträumt, ich sei ein kleiner Junge, und ein großer Hund kommt und frißt mein Butterbrot.«

Er umarmte Millicent und zog sie an sich.

An dem Tag hatten sie sich nichts mehr zu sagen. Er ließ das Mädchen die Sieneser Primitiven allein studieren, und am Mittag hörte er ihr nur mit halbem Ohr zu, während sie ihre umwerfenden Dummheiten von sich gab.

Am Nachmittag blieb er zu Hause, lag angezogen auf dem Bett.

... Was nützt die ganze Zivilisation, wenn wir das vergessen haben, was der hinterste Negerstamm kann: die Toten herbeibeschwören ...

So fand ihn Millicent.

»Hast du Fieber?« fragte sie und legte ihm ihre schöne, große Hand auf die Stirn. Mihály kam von dieser Berührung ein wenig zu sich.

»Laß uns spazierengehen, Mike. Es ist ein so wunderschöner Abend. Und alle Italiener sind auf der Straße, und alle haben sechs Kinder, mit phantastischen Namen wie Emerita und Assunta. Und es gibt welche, die sind ganz klein und heißen schon Annunziata.«

Er rappelte sich hoch, und sie gingen hinaus. Mihály bewegte sich unsicher und mit Mühe, er sah alles durch einen Schleier, und in seinen Ohren war Wachs, das die Töne des italienischen Abends dämpfte. Seine Beine waren bleischwer. Das Gefühl kannte er doch. Woher bloß?

Sie gelangten auf den Campo, und Mihály starrte auf den Torre del Mangia, den mehr als hundert Meter hohen Turm des Stadthauses, der sich wie eine Nadel in den Abendhimmel bohrte. Sein Blick folgte ihm langsam bis in schwindelerregende Höhe, und der Turm selbst schien den schallenden, dunkelblauen Gefilden des Himmels entgegenzuwachsen.

Da passierte es. Neben dem Brunnen tat sich die Erde auf, der Wirbel war wieder da. Es dauerte nur einen Augenblick, dann war alles wieder an seinem Platz und der Torre del Mangia einfach ein sehr hoher Turm. Millicent hatte nichts gemerkt.

Doch in der Nacht, nachdem sich ihre Körper gesättigt voneinander gelöst hatten und Mihály in der schweren Einsamkeit zurückblieb, die sich einstellt, wenn man eine Frau umarmt hat, die einen nichts angeht, tat sich wieder der Wirbel auf (oder dachte er nur an ihn?). Jedenfalls dauerte er sehr lange. Er wußte, daß er bloß die Hand auszustrecken brauchte, um die wohltuende Wirklichkeit des anderen Körpers zu spüren, doch er quälte sich einsam und, wie ihm vorkam, stundenlang.

Am folgenden Tag hatte er Kopfschmerzen, und seine Augen brannten übernächtigt.

»Ich bin krank, Millicent«, sagte er. »Ich habe wieder das gleiche wie in Foligno, als ich im Krankenhaus war.«

»Und das wäre?« fragte Millicent mißtrauisch.

»Weiß man nicht so recht. Eine sporadisch auftretende kataleptisch-apodiktische Angelegenheit.«

»Ach so.«

»Ich muß nach Foligno zurück, zu dem braven Dr. Ellesley. Vielleicht weiß er etwas. Und ihn kenne ich wenigstens. Was machst du, Millicent?«

»Wenn du krank bist, begleite ich dich selbstverständlich. Ich werde dich doch nicht allein lassen. Überhaupt habe ich alle Primitiven schon gesehen.«

Mihály küßte ihr gerührt die Hand. Bereits am späten Nachmittag waren sie in Foligno.

Sie nahmen separate Zimmer, auf Mihálys Vorschlag. Ellesley brauche ja nicht alles zu wissen, sagte er.

Der Doktor kam gegen Abend vorbei und hörte sich seine Beschwerden an. Zum Wirbel-Phänomen brummte er nur etwas.

»Das ist eine Form der Agoraphobie. Ruhen Sie sich vorläufig aus. Dann wollen wir sehen.«

Mihály lag tagelang im Bett. Der Wirbel kam zwar nicht wieder, aber er hatte nicht die geringste Lust aufzustehen. Wenn er aufstünde, so hatte er das Gefühl, würde ihn der Wirbel gleich packen. Die Beruhigungs- und Schlafmittel, die Ellesley brachte, nahm er allesamt ein. Wenn er schlief, gelang es ihm hin und wieder, von Tamás und Éva zu träumen.

»Ich weiß, was mir fehlt«, sagte er zu Ellesley. »Ich habe eine akute Nostalgie. Ich möchte wieder jung sein. Gibt es dafür ein Mittel?«

»Hm«, sagte Ellesley, »schon, aber davon darf man nicht reden. Denken Sie an Faust. Vergessen Sie Ihren Wunsch nach Jugend. Die Erwachsenenjahre und das Alter sind auch gottgegeben.«

Millicent kam fleißig, wenn auch gelangweilt, zu Besuch. Abends ging sie mit Ellesley zusammen weg.

»Sagen Sie es ehrlich«, sagte Ellesley, als er eines Tages allein bei Mihály saß, »haben Sie nicht einen lieben Toten?«

»Doch.«

»Und Sie denken oft an ihn?«

»Ja.«

Von da an entsprachen Ellesleys Methoden immer weniger den Regeln der ärztlichen Kunst. Einmal brachte er eine Bibel mit, einmal einen Rosenkranz und einmal eine Heilige Madonna von Lourdes. Einmal bemerkte Mihály, während er mit Millicent plauderte, daß Ellesley ein Kreuz an die Tür zeichnete. Und eines Tages stellte er sich mit einem Knoblauchkranz ein.

»Legen Sie sich das um, bevor Sie einschlafen. Knoblauchgeruch stärkt die Nerven.«

Mihály mußte lachen.

»Doktor, ich habe den Dracula auch gelesen. Ich weiß schon, wozu ein Knoblauchkranz dient. Um die Vampire fernzuhalten, die einem nachts das Herzblut absaugen wollen.«

»Richtig. Es freut mich, daß Sie das wissen. Denn Sie können noch lange meinen, daß die Toten nicht existieren. Sie kranken eben doch an Ihren Toten, die zu Ihnen kommen und Ihre Lebenskraft absaugen. Die ärztliche Wissenschaft hilft hier nichts.«

»Aber nehmen Sie Ihren Knoblauch nur wieder mit. Meine Toten lassen sich durch so was nicht abschrecken. Sie sind in mir drin.«

»Natürlich. Heutzutage arbeiten auch die Toten mit psychologischen Methoden. Das ändert aber nichts am Wesentlichen. Irgendwie muß man sich gegen sie schützen.«

»Lassen Sie mich in Frieden«, sagte Mihály gereizt. »Sagen Sie lieber, ich hätte zu wenig Blut im Hirn, verschreiben Sie mir Eisenpräparate und für meine Nerven Brom. Darin besteht Ihre Aufgabe.«

»Ja, sicher. Mehr kann ich tatsächlich nicht tun. Gegen die Toten nützt die Medizin nichts. Aber es gibt stärkere, übernatürliche Mittel ...«

»Sie wissen doch, daß ich nicht abergläubisch bin. Der Aberglaube hilft nur denen, die ihn haben.«

»Ein überholter Standpunkt. Und überhaupt, warum probieren Sie es nicht? Sie riskieren nichts.«

»Doch. Mein Selbstwertgefühl, meine menschliche Würde, meine Rationalität.«

»Das sind komplizierte, nichtssagende Wörter. Sie müssen es probieren. Sie müssen nach Gubbio gehen, dort gibt es einen wundertätigen Mönch, im Kloster Sant' Ubaldo oben.«

»Gubbio? Diesen Ort haben Sie doch auch schon erwähnt. Wenn ich mich recht erinnere, haben Sie gesagt, da sei Ihnen etwas sehr Unheimliches zugestoßen.«

»Ja. Und jetzt will ich es auch erzählen, weil Sie dann vielleicht überzeugt sind. Es geht nämlich genau um diesen Mönch.«

»Lassen Sie hören.«

»Wissen Sie, ich war in Gubbio Stadtarzt, bevor ich hier ans Krankenhaus kam. Einmal wurde ich zu einer Kranken gerufen, die offenbar ein schweres Nervenleiden hatte. Sie wohnte in der Via dei Consoli, einer ganz und gar mittelalterlichen Straße, in einem dunklen alten Haus. Es war eine junge Frau, keine Einheimische, nicht einmal Italienerin, sondern von weiß Gott woher. Jedenfalls sprach sie gut Englisch. Eine sehr schöne Frau. Die Hausbesitzer, deren zahlender Gast sie war, sagten, sie werde seit einiger Zeit von Halluzinationen heimgesucht. Es sei ihre fixe Idee, daß die Totentür nicht geschlossen sei.«

»Die was?«

»Die Totentür. Diese mittelalterlichen Häuser von Gubbio haben nämlich zwei Türen. Eine gewöhnliche für die Lebenden und daneben eine schmalere für die Toten. Diese Tür wird nur aufgebrochen, wenn der Sarg aus dem Haus getragen wird. Dann wird sie wieder zugemauert, damit die Toten nicht zurückkommen können. Denn die Toten können ja nur dort zurückkommen, wo sie hinausgegangen sind. Und die Tür befindet sich nicht auf Straßenhöhe, sondern ungefähr einen Meter darüber, damit man den Sarg hinausreichen kann. Die Dame, von der ich rede, wohnte in einem solchen Haus. Eines Nachts erwacht sie, weil die Totentür aufgeht und jemand hereinkommt, jemand, den sie sehr geliebt hat und der vor langer Zeit gestorben ist. Und von da an kam der Tote jede Nacht.«

»Na, dem hätte man leicht abhelfen können, die Dame hätte ausziehen sollen.«

»Das haben wir auch gesagt, aber sie wollte nicht. Sie war über die Besuche des Toten sehr glücklich. Den ganzen Tag lag sie im Bett, so wie Sie, und wartete auf die Nacht. Unterdessen magerte sie rapide ab, und die Hausbewohner machten sich große Sorgen um sie. Und sie waren auch nicht gerade erfreut, daß jede Nacht Männertotenbesuch kam. Es war eine Patrizierfamilie von strengen Sitten. Mich hatten sie eigentlich gerufen, damit ich als ärztliche Respektsperson die Dame überrede auszuziehen.«

»Und was haben Sie gemacht?«

»Ich habe versucht, der Dame zu erklären, daß sie Halluzinationen habe und eine Kur brauche, aber sie lachte mich aus. ›Halluzinationen, ach was‹, sagte sie, ›er ist wirklich jede Nacht hier, so echt und unzweifelhaft wie jetzt Sie. Wenn Sie es nicht glauben, so bleiben Sie hier und schauen Sie selbst.‹«

»Das wollte mir nicht recht gefallen, ich bin ja für Derartiges ein bißchen zu empfänglich, aber es blieb mir nichts anderes übrig, ich mußte bleiben, in Erfüllung meiner ärztlichen Pflicht. Im übrigen war die Wartezeit gar nicht unangenehm, die Dame war weder verstört noch überdreht, sondern gab sich völlig gefaßt, um nicht zu sagen kokett, worauf ich mir aber gar nichts einbilden möchte … Ich hatte schon beinahe vergessen, warum ich eigentlich da war und daß es auf Mitternacht ging. Doch plötzlich packte sie meine Hand, nahm mit der anderen Hand einen Leuchter und führte mich ins Erdgeschoß, in den Raum mit der Totentür.

Ich muß gestehen, ich habe den Toten nicht gesehen. Aber aus eigenem Verschulden: Ich bekam kalte Füße. Alles, was ich spürte, war ein eisiger Luftzug, in dem die Flamme des Leuchters flackerte. Und außerdem spürte ich, spürte es mit dem ganzen Körper, daß noch jemand im Zimmer war. Da wurde es mir, ehrlich gesagt, zuviel, und ich stürzte hinaus, nach Hause, schloß die Tür ab und zog mir die Decke über den Kopf. Natürlich werden Sie sagen, ich sei der Suggestionskraft der Dame erlegen. Mag sein …«

»Und was geschah mit der Dame?«

»Ach ja, genau das wollte ich gerade erzählen. Als man sah, daß ein Arzt, jedenfalls einer wie ich, da nicht helfen konnte, ließ man Pater Severinus vom Kloster Sant' Ubaldo kommen. Dieser Pater ist ein sonderbarer, heiliger Mensch. Er ist aus einem fernen Land nach Gubbio gekommen, niemand weiß woher. In der Stadt sieht man ihn sehr selten, nur an hohen Festtagen und bei Beerdigungen, sonst kommt er nie vom Berg herunter, wo er in strenger Askese lebt. Aber man überredete ihn irgendwie, zu kommen und die kranke Dame zu besuchen. Es muß eine erschütternde, dramatische Begegnung gewesen sein. Die Dame habe aufgeschrien und sei zusammengebrochen, als sie Pater Severinus erblickte. Auch der Pater sei blaß geworden und habe geschwankt. Er schien zu fühlen, daß er vor einer sehr schweren Aufgabe stand. Aber dann ist sie ihm doch gelungen.«

»Wie denn?«

»Das weiß ich nicht. Anscheinend hat er den Geist mit Exorzismus ausgetrieben. Nachdem er mit der Dame eine Stunde lang in einer unbekannten Sprache gesprochen hatte, kehrte er auf den

Berg zurück; die Dame ihrerseits beruhigte sich, reiste von Gubbio weg und ward nicht mehr gesehen, weder sie noch der Geist.«

»Interessant. Aber sagen Sie«, sagte Mihály von einer plötzlichen Ahnung gepackt, »dieser Pater Severinus, der stammt aus einem fremden Land? Und Sie wissen wirklich nicht, aus welchem?«

»Nein, tut mir leid. Niemand weiß es.«

»Was für ein Mensch ist er, ich meine, wie sieht er aus?«

»Ziemlich groß, hager … So wie Mönche auszusehen pflegen.«

»Und er ist immer noch in dem Kloster?«

»Ja. Zu ihm müssen Sie gehen. Nur er kann Ihr Problem lösen.«

Mihály wurde sehr nachdenklich. Das Leben ist voller unerklärlicher Zufälle. Dieser Pater Severinus, das war vielleicht tatsächlich Ervin, und die Dame war Éva gewesen, die von der Erinnerung an Tamás heimgesuchte Éva …

»Wissen Sie was, Doktor, ich fahre morgen nach Gubbio. Wenn Sie es raten, wird es schon richtig sein. Ich bin auch auf die Totentüren neugierig, ich als Kunstliebhaber und Religionshistoriker.«

Das freute Ellesley sehr.

Mihály packte am nächsten Tag. Zu Millicent, die ihn besuchen kam, sagte er:

»Ich muß nach Gubbio fahren. Der Doktor sagt, ich würde nur dort gesund.«

»Wirklich? Ich fürchte, dann müssen wir uns verabschieden. Ich bleibe noch eine Weile in Foligno. Die Stadt ist mir ans Herz gewachsen. Wenn ich denke, wie wütend ich auf den Franzosen gewesen bin, der mich hierher gehetzt hat, weißt du noch? Aber jetzt macht es mir nichts mehr. Und der Doktor ist ein sehr lieber Mensch.«

»Millicent, ich bin dir leider immer noch Geld schuldig. Es ist mir unendlich peinlich, aber weißt du, bei uns macht nur die Nationalbank Geldüberweisungen ins Ausland, und das ist sehr kompliziert. Ich muß dich also um Nachsicht bitten. Es kann sich nur noch um Tage handeln, bis das Geld eintrifft.«

»Laß doch. Und wenn du ein schönes Bild siehst, schreib mir.«

5

Nach Gubbio fährt man mit einer Schmalspur-Motorbahn, die zwischen Fossato di Vico und Arezzo verkehrt. Trotz der geringen Distanz dauerte die Fahrt ziemlich lange, heiß war es auch, und Mihály kam sehr müde an. Doch die Stadt, die bald in Sicht kam, als er vom Bahnhof aus bergan stieg, bezauberte ihn augenblicklich.

Sie duckt sich am Hang eines kahlen, sehr italienischen Bergs, als wäre sie bei der Flucht nach oben zusammengebrochen. Daß da kein Haus stand, das nicht mehrere hundert Jahre alt war, sah man gleich.

Inmitten des Gassengewirrs türmt sich ein unglaublich hohes Gebäude empor, man versteht gar nicht, von wem und warum es mitten in diesen gottverlassenen Ort gebaut worden ist. Ein ungeheurer, melancholischer, mittelalterlicher Wolkenkratzer. Das ist der Palazzo dei Consoli, von hier aus lenkten die Konsuln den kleinen Städtebund von Gubbio bis zum 14. Jahrhundert, als die Stadt in den Besitz der Herzöge von Urbino, der Montefeltro, kam. Über der Stadt, fast auf dem Gipfel des Monte Ingino, steht ein weißer Gebäudekomplex, das Kloster Sant' Ubaldo.

An der Straße, die vom Bahnhof in die Stadt führt, gibt es einen besser aussehenden kleinen Albergo, wo Mihály ein Zimmer nahm, zu Mittag aß und sich ein bißchen ausruhte. Dann machte er sich zu einem Endeckungsspaziergang auf. Er besichtigte den Palazzo dei Consoli, der innen wie ein riesiges leeres Atelier aussieht und die uralten Bronzetafeln von Iguvium enthält, mit den aus vorrömischer Zeit stammenden sakralen Texten der Umbrer. Auch den Dom besichtigte er. Andere Sehenswürdigkeiten gibt es eigentlich nicht, die Stadt selbst ist die Sehenswürdigkeit.

Die meisten italienischen Städte dieser Gegend sehen aus, als wären sie am Auseinanderbröckeln, noch ein paar Jahre, und der Verfall ist komplett. Das rührt daher, daß die Italiener dort, wo sie aus Naturstein bauen, die Wände nicht verputzen, während der mitteleuropäische Betrachter meint, von sämtlichen Häusern sei der Verputz abgefallen und das Ganze sei schon halbwegs eine Ruine. Gubbio ist noch viel unverputzter, noch viel bröckelnder als die anderen Städte. Gubbio ist geradezu in einem desolaten Zustand. Es liegt abseits des Touristenverkehrs, Gewerbe und Handel gibt es kaum, und wovon die paar Menschen zwischen seinen Mauern leben, ist ein Rätsel.

Vom Dom kommend bog Mihály in die Via dei Consoli ein. Von dieser Straße hat Ellesley gesprochen, dachte er. Sie sah einschlägig aus, das konnte man sagen. In ihren vor Alter schwarzen, kahlen, würdevoll armen Häusern vermutete man Bewohner, die schon seit Jahrhunderten nur noch von der Erinnerung an glorreiche Zeiten lebten, bei Wasser und Brot …

Und tatsächlich, schon am dritten Haus gab es eine Totentür. Neben der gewöhnlichen Tür, einen Meter über dem Boden, eine zugemauerte schmale gotische Öffnung. Fast alle Häuser der Via dei Consoli haben eine solche Tür, anderes gibt es kaum in dieser Straße, und merkwürdigerweise waren auch keine Menschen zu sehen.

Er ging durch einen engen Durchgang in die Parallelstraße, die auch nicht jünger war, nur etwas weniger düster-vornehm und vielleicht doch von Lebewesen bewohnt. Und offenbar auch von Toten. Denn vor einem Haus stand eine höchst merkwürdige Menschengruppe. Hätte Mihály nicht gleich gewußt, worum es sich handelte, hätte er gedacht, er sehe nicht recht. Vor dem Haus standen Kapuzengestalten, eine Kerze in der Hand. Eine Beerdigung war es, bei der die Toten noch nach altem italienischem Brauch von den kapuzenverhüllten Mitgliedern der Confraternitas hinausgetragen wurden.

Mihály nahm den Hut ab und trat hinzu, um die Zeremonie zu sehen. Die Totentür war offen, man sah ins Haus hinein, in einen dunklen Raum, wo die Bahre stand. Priester und Ministranten mit Weihrauchgefäßen standen singend darum herum. Dann wurde der Sarg aufgehoben und den Kapuzengestalten auf die Straße hinausgereicht.

Da erschien ein Priester im Meßgewand in der gotischen Türöffnung. Er wandte sein trauriges, elfenbeinfarbenes Gesicht blicklos zum Himmel, neigte den Kopf seitwärts und faltete mit einer unglaublich liebenswerten, an alte Zeiten erinnernden Bewegung die Hände.

Mihály stürzte nicht zu ihm hin. Er war jetzt ein Priester, ein ernster, blasser Mönch, der gerade eine kirchliche Funktion erfüllte ... nein, er konnte nicht zu ihm hinstürzen wie ein Gymnasiast, wie ein Junge ...

Der Zug setzte sich mit dem Sarg in Bewegung, hinter ihm der Priester und die Trauergemeinde. Mihály schloß sich an und trottete mit gezogenem Hut in Richtung des Camposanto bergaufwärts. Sein Herz klopfte so stark, daß er von Zeit zu Zeit stehenbleiben mußte. Ob sie wohl noch miteinander reden konnten, nach so vielen Jahren und so verschiedenen Wegen?

Er fragte einen der Trauernden, wie der Priester heiße.

»Das ist Pater Severinus«, sagte der Italiener, »ein ganz heiliger Mann.«

Sie kamen auf dem Camposanto an, der Sarg wurde ins Grab hinuntergelassen, die Beerdigung war zu Ende, und die Leute gingen auseinander. Pater Severinus machte sich mit einigen Begleitern wieder in Richtung der Stadt auf.

Mihály konnte sich immer noch nicht entschließen, zu ihm hinzugehen. Er dachte, Ervin, der heilige Mann, schäme sich bestimmt für seine weltliche Jugend und denke mit edlem Widerwillen an sie zurück, so wie der heilige Augustinus. Bestimmt hatte er jetzt ganz andere Werte, und Mihály existierte für ihn vielleicht gar nicht mehr, vielleicht nicht einmal als Erinnerung. Sollte er nicht einfach abreisen und sich mit dem Wunder begnügen, daß er Ervin gesehen hatte?

Da ließ Pater Severinus seine Begleiter weiterziehen und kehrte um. Er kam geradewegs auf Mihály zu. Dieser vergaß, daß er sich hatte erwachsen benehmen wollen, und rannte zu Ervin hin.

»Mischi!« rief Ervin und umarmte ihn. Dann hielt er mit priesterlicher Zärtlichkeit die rechte, dann die linke Wange an Mihálys Wangen.

»Ich habe dich schon bei der Beerdigung gesehen«, sagte er leise. »Wie kommst du an diesen Ort, wo sich Fuchs und Hase gute Nacht sagen?«

Doch er fragte das nur aus Freundlichkeit, man hörte seiner Stimme an, daß er überhaupt nicht staunte. Eher schien er eine solche Begegnung schon lange erwartet zu haben.

Mihály brachte kein Wort heraus. Er mußte Ervins Gesicht anschauen, das schmal und lang geworden war, und seine Augen, in denen das jugendliche Feuer fehlte und die hinter der momentanen Freude so traurig dreinblickten wie die Häuser Gubbios. »Mönch« war bis dahin für Mihály nur ein Wort gewesen, jetzt begriff er, daß Ervin wirklich ein Mönch war, und Tränen traten ihm in die Augen. Er wandte das Gesicht ab.

»Nicht weinen«, sagte Ervin. »Du hast dich seither auch verändert. Ach, wie oft habe ich an dich gedacht, Mischi, Mischi!«

Plötzlich wurde Mihály von Ungeduld gepackt. Er mußte Ervin alles erzählen, alles, auch Dinge, die er nicht einmal Erzsi erzählen konnte ... Ervin würde für alles ein Mittel wissen, auf ihm lag ja schon dieses Licht, dieser Glorienschein aus einer anderen Welt ...

»Ich habe gewußt, daß du hier in Gubbio sein mußt. Deshalb bin ich gekommen. Sag, wann könnte ich mit dir sprechen? Kannst du jetzt in mein Hotel mitkommen? Können wir gemeinsam zu Abend essen?«

Ervin mußte über Mihálys Naivität lächeln.

»Das geht nicht. Und in diesem Augenblick habe ich leider auch keine Zeit, mein Lieber. Ich bin bis zum Abend beschäftigt. Ich muß jetzt gleich weiter.«

»Habt ihr denn so viel zu tun?«

»Über alle Maßen. Das könnt ihr euch gar nicht vorstellen. Ich bin heute mit einer Menge Gebete im Rückstand.«

»Wann hast du dann Zeit, und wo können wir uns treffen?«

»Das können wir nur auf eine Art, Mischi, aber ich fürchte, es wird für dich sehr unbequem sein.«

»Ervin! Wie kannst du so etwas denken, wie könnte für mich etwas unbequem sein, wenn es darum geht, mit dir zu sprechen?«

»Du mußt nämlich ins Kloster heraufkommen. Wir dürfen es nicht verlassen, außer in Ausübung der seelsorgerischen Pflicht, wie zum Beispiel heute. Und im Kloster hat jede Stunde ihre strenge Bestimmung. Es gäbe nur eine Möglichkeit, in Ruhe miteinander zu sprechen. Weißt du, wir gehen um Mitternacht in die Kirche zum Psalmengebet. Um neun gehen wir zu Bett und schlafen bis Mitternacht. Doch das ist nicht obligatorisch. Für diese Zeit schreibt die Regel nichts vor, auch nicht das Schweigen. Da könnten wir also miteinander reden. Am besten stellst du dich nach dem Abendessen im Kloster ein. Komm als Pilger, denn Pilgern gewähren wir Gastfreundschaft. Bring Sant' Ubaldo ein kleines Geschenk mit, auch um der Brüder willen. Vielleicht ein paar Kerzen, das ist so das Übliche. Und bitte den Bruder Pförtner, daß er dich für die Nacht im Pilgersaal unterbringe. Der ist nicht gerade bequem, gemessen an deinen Verhältnissen, aber ich habe nichts Besseres zu bieten. Ich möchte nämlich nicht, daß du um Mitternacht losziehst, in die Stadt zurück, ohne den Berg zu kennen. Die Gegend ist sehr unwirtlich für den, der sie nicht kennt. Laß dich von einem Burschen hinaufführen. Ginge das?«

»Ja, Ervin, das geht sehr gut.«

»Also bis dahin Gott mit dir. Ich muß mich beeilen, ich bin schon verspätet. Wir sehen uns am Abend. Gott mit dir.«

Und er ging raschen Schrittes weg.

Mihály spazierte in die Stadt hinunter. Neben dem Dom fand er ein Geschäft, wo er ein paar sehr schöne Kerzen für Sant' Ubaldo kaufte, dann ging er ins Hotel, aß zu Abend und zerbrach sich den Kopf, was für eine Ausrüstung Pilger haben. Am Ende machte er aus den Kerzen, seinem Pyjama und seiner Zahnbürste ein hübsches kleines Paket, das man mit etwas gutem Willen als das Bündel eines Pilgers ansehen konnte. Dann gab er dem Kellner den Auftrag, ihm einen Führer zu verschaffen. Der Kellner kam nach kurzer Weile mit einem Burschen zurück, und sie machten sich auf den Weg.

Unterwegs erkundigte sich Mihály nach den örtlichen Besonderheiten. Er fragte, was aus dem Wolf geworden sei, der dank der Vermittlung des heiligen Franziskus mit der Stadt im Vertrag stand.

»Das muß vor langer Zeit gewesen sein«, sagte der Bursche nachdenklich. »Noch vor Mussolini. Seit er Duce ist, gibt es keine Wölfe mehr.« Doch irgendwie schwante ihm etwas von einem Wolfskopf, der in einer entfernter gelegenen Kirche begraben war.

»Gehen viele Pilger zum Kloster hinauf?«

»Ja. Sant' Ubaldo ist sehr gut gegen Knie- und Rückenschmerzen. Hat der Herr auch Rückenschmerzen?«

»Rückenschmerzen nicht gerade ...«

»Er ist aber auch sehr gut gegen Blutarmut und Nervosität. Besonders viele kommen am 15. Mai, das ist ein Tag vor dem Ubaldo-Tag. Dann werden von der Piazza della Signoria die Ceri, hohe Figuren aus Holz, in einer Prozession zum Kloster hinaufgetragen. Aber das ist keine Prozession wie zu Auferstehung oder Fronleichnam. Die Ceri müssen im Laufschritt hinaufgetragen werden ...«

»Was stellen die Holzfiguren dar?«

»Das weiß niemand. Sie sind sehr alt.«

In Mihály erwachte der Religionshistoriker. Hochinteressant, daß sie im Laufschritt hinaufgetragen werden ... auch die thrakischen Bacchantinnen liefen am Fest des Dionysios auf den Berg hinauf. Überhaupt ist dieses Gubbio wundersam urzeitlich: die Bronzetafeln, die Totentürcn ... Vielleicht war auch der vom heiligen Franziskus gezähmte Wolf eine uralte italische Gottheit, die auf diese Art in der Legende weiterlebt, ein Verwandter der Wölfinmutter von Romulus und Remus. Wie seltsam, daß es Ervin ausgerechnet hierher verschlagen hatte ...

Nach einer Stunde steilen Aufstiegs gelangten sie zum Kloster. Die Gebäude waren von einer starken Mauer umschlossen, sie mußten an einer kleinen Tür klingeln. Nach längerer Zeit ging an der Tür ein Fensterchen auf, und ein bärtiger Mönch schaute heraus. Der Bursche erklärte beflissen, der Herr sei ein Pilger und wolle zu Sant' Ubaldo. Die Tür ging auf. Mihály bezahlte den Jungen und trat in den Hof ein.

Der Bruder Pförtner musterte erstaunt Mihálys Kleidung.

»Der Herr ist Ausländer?«

»Ja.«

»Macht nichts, es gibt hier einen Pater, der ist auch Ausländer und kann ausländisch sprechen. Ich will ihn benachrichtigen.« Mihály wurde in ein Gebäude geführt, wo noch Licht brannte. Nach ein paar Minuten trat Ervin ein, diesmal nicht im Meßgewand, sondern in der braunen Kutte der Franziskaner. Erst jetzt fiel Mihály auf, wie franziskanisch Ervin war. Die Tonsur verlieh seinem Gesicht ein ganz anderes Aussehen, sie hatte genügt, alle Weltlichkeit, alles Diesseitige darin abzutöten und es in die Sphäre Giottos und Fra Angelicos zu erheben, und doch hatte Mihály das Gefühl, das sei Ervins wahres Gesicht, er habe sich von Anfang an auf dieses Aussehen vorbereitet, und auch die Tonsur sei immer auf seinem Kopf gewesen, damals allerdings verdeckt von krausem schwarzem Haar … Es gab keinen Zweifel, Ervin hatte sich gefunden, so entsetzlich das war. Und bevor er sich's versah, grüßte er Ervin auf die Art, wie man es ihn in der Schule gelehrt hatte:

»Laudeatur Jesus Christus.«

»In aeternum«, antwortete Ervin. »Du hast also hier heraufgefunden. Komm, wir gehen ins Empfangszimmer. In meiner Zelle darf ich keine Besuche empfangen. Wir halten die Klausur streng ein.«

Er zündete einen Leuchter an und führte Mihály durch riesige, weißverputzte und völlig leere Räume, durch Gänge und Zimmerchen, wo kein Mensch war und nur ihre Schritte widerhallten.

»Wieviele seid ihr in diesem Kloster?« fragte Mihály.

»Sechs. Platz haben wir genug, wie du siehst.«

Das war unheimlich. Sechs Personen in einem Haus, wo zweihundert bequem Platz gehabt hätten. So viele waren es bestimmt einmal auch gewesen.

»Hast du hier nie Angst?«

Ervin ging lächelnd über die kindische Frage hinweg.

So gelangten sie ins Empfangszimmer, einen riesigen, gewölbten leeren Saal, wo in einer Ecke ein Tisch und ein paar wacklige Stühle standen. Auf dem Tisch ein Krug Rotwein und ein Glas.

»Dank der Güte des Pater Prior bin ich in der glücklichen Lage, dir etwas Wein anbieten zu können«, sagte Ervin. Mihály wurde bewußt, daß Ervin ein bißchen komisch redete. Er sprach ja seit so vielen Jahren nicht mehr ungarisch ...»Ich will dir auch gleich einschenken. Es wird dir gut tun nach dem langen Weg.«

»Und du?«

»Ach nein, ich trinke nicht. Seit ich in den Orden eingetreten bin ...«

»Ervin ... am Ende rauchst du auch nicht mehr?«

»Nein.«

Mihálys Augen füllten sich wieder mit Tränen. Das konnte er sich nun wirklich nicht vorstellen. Er war bereit, von Ervin alles anzunehmen, bestimmt trug er unter der Kutte ein härenes Gewand, und noch vor seinem Ableben würde er die Stigmata bekommen ... aber daß er nicht mehr rauchte!

»Ich habe auf viel größere Dinge verzichten müssen«, sagte Ervin, »so daß mir dieses Opfer gar nicht auffiel. Aber trink du nur ruhig und zünde dir eine an.«

Mihály kippte ein Glas hinunter. Man macht sich große Illusionen über den Wein der Mönche, den sie für spezielle Gäste in spinnwebenverhangenen Flaschen aufbewahren. Na, der war nicht so. Sondern ein gewöhnlicher, ganz reiner Landwein, dessen Geschmack hervorragend zur Schlichtheit des weißen Raums paßte.

»Ich weiß nicht, ob das ein guter Wein ist«, sagte Ervin. »Wir haben keinen Keller. Wir sind ein Bettelorden, und das muß man weitgehend wörtlich verstehen. Jetzt erzähle.«

»Ervin, von uns beiden hast du doch ein viel seltsameres Leben. Meine Neugier ist viel größer als deine. Du mußt zuerst erzählen ...«

»Was könnte ich dir erzählen, Mischi? Wir haben keine Biographie. Jeder hat die gleiche Geschichte wie der andere, und das Ganze verschmilzt mit der Geschichte der Kirche.«

»Aber wie bist du nach Gubbio gekommen?«

»Zuerst war ich Novize zu Hause in Ungarn, in Gyöngyös, und danach war ich lange im Kloster von Eger. Dann mußte der ungarische Ordenszweig in einer bestimmten Angelegenheit einen

Pater nach Rom schicken, und da haben sie mich geschickt, weil ich bis dahin Italienisch gelernt hatte. Nachdem ich die Angelegenheit erledigt hatte, holte man mich wieder nach Rom, weil man mich dort irgendwie schätzte, was wirklich nicht mein Verdienst ist, und man wollte mich dabehalten, auf dem Generalat. Doch ich fürchtete, das würde dahin führen, daß ich mit der Zeit ... Karriere machte, natürlich nur im franziskanischen Sinn des Wortes, indem ich irgendwo Abt wurde oder auf dem Generalat einen Rang bekleidete. Und das wollte ich nicht. Ich habe den Pater Generalminister gebeten, mich hierher zu versetzen, nach Gubbio.«

»Warum ausgerechnet hierher?«

»Ich weiß gar nicht recht. Vielleicht wegen der alten Legende, wegen des Wolfs von Gubbio, erinnerst du dich, als Studenten schwärmten wir doch dafür. Wegen der Legende bin ich einmal von Assisi herübergekommen, und das Kloster hat mir sehr gefallen. Weißt du, das ist ein Ort, wo sich Fuchs und Hase gute Nacht sagen ...«

»Und du fühlst dich hier wohl?«

»Ja. Je mehr Zeit vergeht, desto größer wird in mir der Friede ... aber ich will nicht ›salbadern‹« – er setzte den Ausdruck mit einem komischen schmalen Lächeln in Anführungszeichen –, »denn ich weiß ja, daß du nicht zu Pater Severinus gekommen bist, sondern zu dem, der einmal Ervin war, oder?«

»Ich weiß es nicht so recht ... sag .... Es ist so schwer, nach diesen Dingen zu fragen ... ist es hier nicht sehr eintönig?«

»Überhaupt nicht. In unserem Leben gibt es genauso Freuden und Kummer wie im gewöhnlichen Leben, bloß sind die Maßstäbe anders, der Akzent liegt auf etwas anderem.«

»Warum willst du keine Ordenskarriere machen? Aus Demut?«

»Nein. Die Rangstufen, die ich erreichen könnte, sind mit der Demut vereinbar, um so mehr, als sie Gelegenheit gäben, den Hochmut niederzuringen. Ich habe aus einem ganz anderen Grund keine Karriere machen wollen. Nämlich weil ich den Aufstieg nicht meinen Qualitäten als Mönch verdanken würde, sondern Eigenschaften, die ich noch aus meinem weltlichen Leben, ja, von meinen Vorfahren her mitgebracht habe. Meiner Sprachbegabung und der Tatsache, daß ich gewisse Dinge rascher und besser formulieren kann als ein Teil meiner Ordensbrüder. Also meinen jüdischen Eigenschaften. Und das wollte ich nicht.«

»Und wie sehen das deine Ordensbrüder, daß du ein Jude gewesen bist? Ist es für dich ein Nachteil?«

»Nein, überhaupt nicht, es war nur ein Vorteil, denn es gab einige Ordensbrüder, die mich spüren ließen, wie sehr meine Rasse sie befremdet, und damit gaben sie mir Gelegenheit zur Übung der Sanftmut und der Selbstverleugnung. In Ungarn, wo ich in den Dörfern seelsorgerisch tätig war, wurde die Sache immer irgendwie ruchbar, und die wackeren Gläubigen betrachteten mich wie ein Wunderding und hörten mir mit viel größerer Aufmerksamkeit zu. Hier in Italien hingegen kümmert sich niemand darum. Hier habe ich selbst fast schon vergessen, daß ich ein Jude war.«

»Aber trotzdem, Ervin ... was machst du den ganzen Tag? Was für Aufgaben hast du?«

»Sehr viele. Hauptsächlich Gebete und Exerzitien.«

»Schreiben tust du nicht mehr?«

Ervin mußte wieder lächeln.

»Nein, schon lange nicht mehr. Aber es stimmt, als ich in den Orden eintrat, dachte ich, ich würde der Kirche mit der Feder dienen, ich würde ein katholischer Dichter ... doch dann ...«

»Dann? Hat dich die Inspiration verlassen?«

»Gar nicht. Ich habe die Inspiration verlassen. Ich habe begriffen, daß auch das vollkommen überflüssig ist.«

Mihály wurde nachdenklich. Jetzt erst begann er wirklich zu spüren, welche Welten ihn von Pater Severinus, dem einstigen Ervin, trennten.

»Seit wann bist du hier in Gubbio?« fragte er schließlich.

»Wart mal ... ich glaube, seit sechs Jahren. Vielleicht auch sieben.«

»Ervin, wenn ich an dich dachte, ist mir immer eine Frage gekommen: Fühlt ihr auch, daß die Zeit vergeht und daß jeder ihrer kleinsten Teile eine separate Wirklichkeit ist? Habt ihr eine Geschichte? Wenn dir ein Ereignis einfällt, kannst du dann sagen, daß es 1932 oder 1933 geschehen ist?«

»Nein. Uns Mönchen wird unter anderem die Gnade zuteil, daß uns Gott der Zeit enthebt.«

In diesem Augenblick begann Ervin heftig zu husten. Mihály erinnerte sich jetzt, daß er schon zuvor gehustet hatte; ein trockener, übler Husten.

»Sag, Ervin, hast du nicht irgendwie ein Lungenproblem?«

»Ja, in der Tat ist mit meiner Lunge etwas nicht ganz in Ordnung … man könnte sogar sagen, daß sie sich in einem sehr schlechten Zustand befindet. Weißt du, wir Ungarn sind so verwöhnt. In Ungarn wird immer so gut geheizt. Bestimmt haben mir diese italienischen Winter sehr zugesetzt, die ungeheizte Zelle, die kalte Kirche … und in Sandalen auf dem Steinfußboden … und auch diese Kutte ist nicht sehr warm.«

»Ervin, du bist krank … kümmert sich jemand um dich?«

»Du bist lieb, Mihály, aber du brauchst mich nicht zu bemitleiden«, sagte Ervin hustend. »Weißt du, daß ich krank bin, gereicht mir auch zum Segen. Deshalb hat man eingewilligt, daß ich nach Gubbio komme, weil die Luft hier so gut ist. Vielleicht werde ich von ihr tatsächlich gesund. Im übrigen gehört das physische Leiden ebenfalls zu unserer Ordensregel. Andere müssen sich kasteien, bei mir sorgt der Körper selbst für die Qualen … Aber lassen wir das. Du bist gekommen, um von dir zu sprechen, laß uns die kostbare Zeit nicht mit Dingen vergeuden, an denen weder du noch ich etwas ändern können.«

»Das stimmt aber nicht, Ervin … du müßtest anders leben, du müßtest irgendwohin gehen, wo man dich pflegt und dir Milch zu trinken gibt und du an der Sonne liegen mußt.«

»Mach dir keine Sorgen um mich, Mihály. Vielleicht werde ich das alles einmal tun. Auch wir müssen uns gegen den Tod wehren, denn wenn wir einfach zuließen, daß die Krankheit über uns siegt, wäre es eine Form des Selbstmords. Wenn es ernst wird, wird auch zu mir der Arzt kommen … aber bis dahin geht es noch lange, glaube mir. Und jetzt erzähle. Erzähl alles, was dir widerfahren ist, seit wir uns das letzte Mal gesehen haben. Aber zuerst erzähle, wie du mich gefunden hast.«

»Durch János Szepetneki. Er hat gesagt, daß du irgendwo in

Umbrien bist, wo genau, das wußte er auch nicht. Und dank seltsamer Zufälle, die wirklich wie Fingerzeige waren, ist mir die Ahnung gekommen, daß du hier in Gubbio lebst und der berühmte Pater Severinus bist.«

»Ja, ich bin Pater Severinus. Und jetzt erzähl von dir. Ich höre.«

Er neigte den Kopf mit der klassischen Bewegung des Beichtvaters in die Hände, und Mihály begann zu erzählen. Stockend zuerst, doch Ervins Fragen waren erstaunlich hilfreich. Ja, die lange Beichtpraxis, dachte Mihály. Und das Geständnis wollte sowieso aus ihm heraus. Während er sprach, wurde ihm alles bewußt, was ihn bei seiner Flucht eher instinktiv gesteuert hatte: wie sehr er sein erwachsenes oder pseudo-erwachsenes Dasein für verfehlt hielt, seine Ehe inklusive, und wie wenig er wußte, was er anfangen sollte, was er von der Zukunft noch zu erwarten hatte und was er machen sollte, um sich selbst zu finden. Und vor allem, wie sehr ihn die Sehnsucht nach seiner Jugend und den Freunden quälte.

Als er an diesem Punkt angelangt war, wurde er von den Emotionen übermannt. Er tat sich selbst leid, schämte sich aber auch für seine Sentimentalität, vor Ervin, vor Ervins Bergeshöhen-Gelassenheit. Und auf einmal fragte er verblüfft:

»Und du? Wie hältst du die Erinnerung aus? Tut sie dir nicht weh? Fehlt dir das alles nicht? Wie machst du das?«

Auf Ervins Gesicht erschien das schmale Lächeln, dann neigte er den Kopf und antwortete nicht.

»Antworte, Ervin, ich flehe dich an: Fehlt dir jene Zeit nicht?«

»Nein«, sagte er mit farbloser Stimme und verdüsterter Miene, »mir fehlt gar nichts mehr.«

Sie schwiegen lange. Mihály versuchte zu verstehen. Es war wahrscheinlich schon so: Ervin hatte tatsächlich alles in sich abgetötet. Er hatte sich von allem losreißen müssen, hatte in seiner Seele sogar die Wurzeln ausgegraben, aus denen die zwischenmenschlichen Gefühle herauszuwachsen pflegen. Jetzt tat ihm nichts mehr weh, aber da saß er auf seinem Berg oben, unbewegt, unberührt, unfruchtbar ... Mihály schauderte es.

Dann fiel ihm plötzlich etwas ein:

»Ich habe eine Geschichte über dich gehört ... daß du eine

Frau, die von Toten heimgesucht wurde, mit Exorzismus geheilt hast, hier, in einem Palazzo der Via dei Consoli. Nicht wahr, Ervin, die Frau war Éva?«

Ervin nickte.

Mihály sprang erregt auf und trank den Rotwein aus.

»O Ervin, erzähle … wie war das … und wie war Éva?«

Wie Éva war? Ervin dachte nach. »Wie sollte sie schon sein? Sehr schön. Sie war wie immer …«

»Wirklich? Hat sie sich nicht verändert?«

»Nein, ich jedenfalls habe an ihr keine Veränderung bemerkt.«

»Und was macht sie?«

»Das weiß ich nicht recht. Sie hat nur gesagt, es gehe ihr gut, und sie sei weit herumgekommen, im Westen.«

Hatte sich in Ervin doch noch etwas geregt, als sie sich begegneten? Aber das wagte er nicht zu fragen.

»Wo ist sie jetzt? Weißt du es?«

»Nein, wie auch? Ich glaube, es ist schon ein paar Jahre her, daß sie hier in Gubbio war. Aber wie gesagt, mein Zeitgefühl ist sehr unsicher.«

»Und sag … wenn du es sagen darfst … wie war das mit dem … wie hast du den toten Tamás weggeschickt?«

Man hörte Mihálys Stimme an, daß er von Grauen gepackt war. Wieder lächelte Ervin sein schmales Lächeln.

»Das war nicht schwer. Es lag am Palazzo, daß Éva zur Geisterseherin wurde, die Totentür hat andere auch schon verwirrt. Ich habe einfach erreichen müssen, daß sie von dort wegging. Und dann glaube ich, daß sie das Ganze auch ein bißchen spielte, du kennst sie ja … Ich fürchte, sie hat Tamás nicht wirklich gesehen, aber wer weiß. Ich habe im Lauf der Jahre mit so vielen Visionen und Gespenstern zu tun gehabt, vor allem hier in Gubbio, der Stadt der Totentüren, daß ich reichlich skeptisch geworden bin …«

»Trotzdem … wie hast du Éva geheilt?«

»Ich habe sie nicht geheilt. Das pflegt nicht so zu gehen. Ich habe einfach ernsthaft mit ihr geredet, habe ein bißchen gebetet, und sie hat sich beruhigt. Sie hat eingesehen, daß der Platz der Lebenden unter den Lebenden ist.«

»Bist du da sicher, Ervin?«

»Ganz sicher«, sagte Ervin sehr ernst. »Außer, jemand wählt ein Leben wie ich. Aber sonst gehört er zu den Lebenden. Doch was predige ich dir da? Du weißt das ja auch.«

»Hat sie nichts davon gesagt, wie Tamás gestorben ist?«

Ervin antwortete nicht.

»Könntest du die Erinnerung an Tamás und an Éva und an euch alle auch bei mir exorzieren?«

Ervin dachte nach.

»Das ist sehr schwer. Sehr schwer. Und ich weiß auch nicht, ob es richtig wäre, denn was bleibt dir dann? Es ist sehr schwer, dir überhaupt etwas zu sagen, Mihály. Ein so ratloser und dem Rat unzugänglicher Pilger wie du kommt selten zu Sant' Ubaldo. Wenn ich dir riete, was ich dir raten müßte, so würdest du es doch nicht befolgen. Die Schatzkammer der Gnade tut sich nur vor denen auf, die an ihr teilhaftig werden möchten.«

»Aber was wird aus mir? Was soll ich morgen und übermorgen tun? Ich habe von dir die wunderbare Antwort erwartet. Habe abergläubisch daran geglaubt. Soll ich nach Budapest heimkehren wie der verlorene Sohn, oder soll ich ein neues Leben beginnen, etwa als Arbeiter? Schließlich habe ich das Handwerk gelernt, ich könnte auch als Facharbeiter mein Geld verdienen. Laß mich nicht allein, ich bin sowieso sehr einsam. Was soll ich tun?«

Ervin fischte aus den Tiefen seiner Kutte eine riesige bäuerliche Uhr hervor.

»Geh jetzt schlafen. Es ist gleich Mitternacht, ich muß in die Kirche. Geh schlafen, ich bringe dich zu deinem Zimmer. Und während der Matutin will ich über dich nachdenken. Vielleicht tut sich vor mir etwas auf ... das ist durchaus schon vorgekommen. Morgen früh kann ich dir vielleicht etwas sagen. Jetzt geh schlafen. Komm.«

Er führte Mihály ins Ospizio. Dieser halbdunkle Raum, in den die Pilger vieler Jahrhunderte ihre Leiden, ihre Sehnsüchte und Hoffnungen hineingeträumt hatten, paßte zu Mihálys tiefer Erschütterung. Die Liegestätten waren weitgehend leer, zwei, drei Pilger schliefen in einem entfernteren Winkel des Saals.

»Geh ins Bett, Mihály, und schlaf wohl. Eine geruhsame, gute Nacht«, sagte Ervin.

Er machte das Kreuzzeichen über Mihály und eilte weg.

Mihály saß noch lange auf dem Rand des harten Betts, die Hände im Schoß übereinandergelegt. Er war nicht müde, aber sehr traurig. Gab es für ihn noch Hilfe? Führte sein Weg noch irgendwohin?

Er kniete sich nieder und betete, seit vielen Jahren zum ersten Mal.

Dann ging er ins Bett, konnte aber auf der harten Unterlage in der ungewohnten Umgebung lange nicht einschlafen. Die Pilger wälzten sich unruhig hin und her, seufzten und stöhnten im Traum. Der eine rief den Heiligen Joseph, die Heilige Katharina und die Heilige Agathe an. Es wurde schon hell, als Mihály endlich einschlief.

Am Morgen erwachte er mit dem Gefühl, von Éva geträumt zu haben. An den Traum erinnerte er sich zwar nicht, aber er spürte am ganzen Körper die weiche Euphorie, die nur der Traum und, ganz selten, die wache Liebe hervorzurufen vermag. Es war ein merkwürdiges, krankhaft süßes, sanftes Gefühl, das paradox wirkte im Vergleich zu dieser harten, asketischen Lagerstatt.

Er stand auf und wusch sich mit etlicher Selbstüberwindung in einem nicht gerade modern zu nennenden Waschraum, dann trat er auf den Hof hinaus. Es war ein strahlender, kühler, windiger Morgen, die Glocken läuteten gerade zur Messe, von allen Seiten eilten Mönche, Laien, Klosterdiener und Pilger herbei. Auch Mihály trat in die Kirche und hörte mit Andacht die unvergänglichen lateinischen Worte der Messe. Ein feierliches Glücksgefühl erfüllte ihn. Bestimmt würde ihm Ervin sagen, was er machen sollte. Vielleicht würde er Buße tun müssen. Ja, er würde ein einfacher Arbeiter werden, mit seiner Hände Arbeit das tägliche Brot verdienen … Etwas Neues, so fühlte er, begann in ihm, und der Gesang erscholl um seinetwillen, und um seiner Seele willen klangen die frischen, volltönenden Frühlingsglocken.

Nach der Messe ging er auf den Hof hinaus. Ervin kam ihm lächelnd entgegen.

»Wie hast du geschlafen?« fragte er.

»Gut, sehr gut. Ich fühle mich heute ganz anders als gestern, ich weiß gar nicht, warum.«

Er blickte erwartungsvoll auf Ervin. Als dieser nichts sagte, fragte er:

»Hast du darüber nachgedacht, was ich machen soll?«

»Ja, Mihály«, sagte Ervin leise. »Ich glaube, du solltest nach Rom gehen.«

»Nach Rom?« fragte Mihály verblüfft. »Warum? Wie bist du darauf gekommen?«

»Gestern nacht während des Chorgebets ... ich kann dir das nicht erklären, du kennst diese Art von Meditation nicht ... jedenfalls weiß ich, daß du nach Rom gehen mußt.«

»Aber warum, Ervin, warum?«

»So viele Pilger, Flüchtige und Flüchtlinge sind im Lauf der Jahrhunderte nach Rom gegangen, und dort ist so vieles geschehen ... im Grunde ist immer alles dort geschehen. Deshalb heißt es, alle Wege führen nach Rom. Geh nach Rom, Mihály, und dort siehst du dann. Mehr kann ich jetzt nicht sagen.«

»Und was soll ich in Rom tun?«

»Das spielt keine Rolle. Du kannst vielleicht die vier großen Basiliken der Christenheit besuchen. Fahr zu den Katakomben hinaus. Was du willst. In Rom wird es einem nicht langweilig. Und vor allem tu nichts. Überlaß dich dem Zufall. Ganz ohne Programm ... Machst du's?«

»Ja, Ervin, wenn du es sagst.«

»Dann fahr gleich los. Heute siehst du nicht so gehetzt aus wie gestern. Nutze diesen Glückstag für die Abreise. Geh. Gott mit dir.«

Und ohne eine Antwort abzuwarten, umarmte er Mihály, hielt wieder priesterlich die Wangen an sein Gesicht und eilte weg. Mihály stand eine Weile verblüfft an Ort und Stelle, ging dann sein Bündel schnüren und machte sich auf den Weg.

6

Nachdem Erzsi das Telegramm erhalten hatte, das mit Hilfe des kleinen Faschisten von Mihály gekommen war, blieb sie nicht länger in Rom. Nach Hause fahren wollte sie nicht, weil sie nicht wußte, wie sie in Budapest die ganze Geschichte darstellen sollte. Einer bestimmten geographischen Gravitation folgend fuhr sie nach Paris, so wie man es zu tun pflegt, wenn man hoffnungslos ist und ein neues Leben beginnen will.

In Paris suchte sie Sári Tolnai auf, ihre Kindheitsfreundin. Diese war schon in früher Jugend für ihre energische Persönlichkeit und große Brauchbarkeit berühmt gewesen. Zum Heiraten hatte sie keine Zeit gehabt, immer wurde sie im Geschäft, in der Firma oder bei der Zeitung, wo sie gerade arbeitete, allerdringendst benötigt. Ihr Liebesleben wickelte sie wie ein Handelsreisender nebenbei ab. Dann, als sie von allem genug hatte, emigrierte sie nach Paris, um dort ein neues Leben zu beginnen, worauf sie genau das gleiche tat wie in Budapest, bloß in französischer Variante, sei es Geschäft, Firma oder Zeitung. Als Erzsi nach Paris kam, war sie gerade Sekretärin in einem großen Filmunternehmen. Sie war die häßliche Frau des Hauses, der Fels, an dem die zum Metier gehörende erotische Atmosphäre abprallt, die Person, auf deren Besonnenheit und Unvoreingenommenheit immer Verlaß ist, die viel mehr arbeitet als die anderen und viel weniger verdient. Inzwischen war sie ergraut, und mit ihrem kurzen Haar hatte sie ein edles Kurfürstengesicht, über einem mädchenhaften, zerbrechlichen Körper. Alle drehten sich nach ihr um, worauf sie sehr stolz war.

»Wovon wirst du leben?« fragte sie, nachdem Erzsi die Geschichte ihrer Ehe kurz und auf Budapester Art nicht unironisch geschildert hatte. »Wovon wirst du leben? Hast du immer noch so viel Geld?«

»Ja, weißt du, das mit dem Geld ist so eine Sache. Bei unserer Scheidung hat Zoltán meine Mitgift und mein väterliches Erbe (das übrigens viel geringer ist, als die Leute meinen) ausgezahlt, und davon habe ich einen großen Teil in Mihálys Firma gesteckt und einen kleineren Teil für alle Eventualitäten auf ein Bankkonto gelegt. Zu leben hätte ich also, aber es ist sehr schwierig, an das Geld heranzukommen. Das auf der Bank kann man auf legalem Weg nicht herausbringen. Ich bin also auf die Summen angewiesen, die mir mein Ex-Schwiegervater zukommen läßt. Und auch das ist nicht einfach. Wenn es ums Geldausgeben geht, wird er bockig. Und wir haben auch keine Übereinkunft.«

»Hm. Vor allem mußt du dein Geld aus ihrer Firma herausholen.«

»Ja, aber dafür muß ich mich von Mihály scheiden lassen.«

»Natürlich mußt du dich von Mihály scheiden lassen.«

»So natürlich ist das nicht.«

»Aber hör mal, nach alldem?«

»Schon. Aber Mihály ist nicht wie andere Menschen. Deshalb habe ich ihn geheiratet.«

»Ist dir auch wohl bekommen. Ich mag Menschen nicht, die nicht so sind wie andere Menschen. Schon die anderen Menschen sind widerlich genug. Und erst noch die, die nicht so sind.«

»Schon gut, Sári, lassen wir das. Überhaupt will ich Mihály nicht den Gefallen tun und mich so mir nichts, dir nichts von ihm scheiden lassen.«

»Aber warum zum Kuckuck gehst du nicht nach Budapest zurück, wenn doch dein Geld da ist?«

»Ich will nicht nach Hause, solange diese Dinge nicht geklärt sind. Was sage ich den Leuten? Denk dir doch, was meine Cousine Juliska herumtratschen würde.«

»Die tratscht auch so, da kannst du Gift darauf nehmen.«

»Aber wenigstens höre ich es hier nicht. Und dann … nein, ich kann auch wegen Zoltán nicht nach Hause.«

»Wegen deines ersten Mannes?«

»Ja. Er würde mich schon am Bahnhof mit einem Blumenstrauß erwarten.«

»Wirklich? Ist er dir denn nicht böse, daß du ihn so schnöd hast sitzenlassen?«

»Keine Spur. Er gibt mir völlig recht und wartet demütig darauf, daß ich vielleicht doch einmal zu ihm zurückgehe. Und in seinem Kummer hat er bestimmt mit allen Tippfräuleins gebrochen und lebt keusch. Wenn ich nach Hause fahre, habe ich ihn gleich am Hals. Und das ist nicht auszuhalten. Ich ertrage alles, außer Güte und Nachsicht. Besonders wenn sie von Zoltán kommen.«

»Weißt du was, da bin ich mit dir einig. Ich hasse es, wenn die Männer gütig und nachsichtig sind.«

Erzsi nahm am selben Ort ein Zimmer, wo Sári wohnte, in jenem geschmacks- und geruchsneutralen Hotel hinter dem Jardin des Plantes, von wo aus man die große Libanonzeder sieht, die mit fremdartiger, östlicher Würde die gepolsterten Hände ihrer Äste in den aufgeregten Pariser Frühling streckt. Die Zeder tat Erzsi nicht gut. Ihre Fremdheit verwies auf ein anderes, großartiges Leben, auf das sie vergeblich wartete.

Zuerst hatte sie ein eigenes Zimmer, später zogen sie zusammen, weil das billiger war. Und abends picknickten sie dort verbotenerweise. Es stellte sich heraus, daß Sári im Zubereiten des Abendessens genauso geschickt war wie in allen anderen Dingen. Zu Mittag mußte Erzsi allein essen, weil Sári irgendwo in der Stadt rasch ein Sandwich verschlang, wonach sie gleich wieder ins Büro ging. Erzsi probierte anfänglich verschiedene bessere Restaurants aus, bis sie merkte, daß die Fremden dort gerupft werden, und so begann sie kleine Crèmeries zu frequentieren, »wo man das Gleiche bekommt, aber viel billiger«. Erst trank sie nach dem Essen immer einen Kaffee, den guten Pariser Kaffee, doch dann sagte sie sich, daß auch er keine Lebensnotwendigkeit sei, und sie verzichtete auf ihn. Nur einmal in der Woche, montags, trank sie in der Maison du Café eine Tasse des berühmten Gebräus.

Am Tag nach ihrer Ankunft hatte sie sich in einem eleganten Geschäft in der Nähe der Madeleine eine hinreißende Handtasche gekauft, aber bei dieser Luxusanschaffung blieb es. Sie entdeckte, daß man all die Sachen, die den Fremden in den vornehmen Vierteln für einen Haufen Geld angedreht wurden, in den einfachen Geschäften kleiner Nebenstraßen oder in den bazarartigen Stadtteilen viel billiger bekam. Und so kaufte sie etliches, weil es da viel billiger war. Aber nichts kaufen ist noch billiger, wie sie merkte, und von da an bestand der Spaß darin, an verlockende Dinge zu denken und sie doch nicht zu kaufen. Bald darauf entdeckte sie zwei Straßen weiter weg ein Hotel, das nicht so modern war wie das bisherige, aber doch immerhin Zimmer mit fließendem Wasser hatte und wo man eigentlich genauso gut wohnen konnte, bloß für zwei Drittel weniger. Sie überredete Sári, und sie zogen um.

Mit der Zeit wurde das Sparen zu einer Hauptbeschäftigung. Sie hatte ja, wie ihr jetzt in den Sinn kam, schon immer einen starken Hang zur Sparsamkeit gehabt. Als Kind hatte sie die geschenkten Pralinen meistens so lange aufbewahrt, bis sie schimmlig waren, auch die hübschen Kleidungsstücke, ein Paar feine Strümpfe, teure Handschuhe oder einen Seidenschal, hatte sie immer versteckt, bis sie, schmutzig und kaputt, von ihren Kinderfräuleins an den seltsamsten Orten entdeckt wurden. Später hatte das Leben Erzsi nicht mehr gestattet, ihre Sparleidenschaft auszuleben. Als junges Mädchen mußte sie an der Seite ihres Vaters zu Prestigezwecken repräsentieren, und als Zoltáns Frau durfte sie erst recht nicht ans Sparen denken. Wenn sie einmal auf ein Paar teure Schuhe verzichtete, stellte sich Zoltán anderntags mit drei Paar noch teureren ein. Er war ein Mann »großen Stils«, der auch die Kunst und die Künstlerinnen unterstützte und größten Wert darauf legte, seine Frau mit allem Erdenklichen zu überhäufen, was nicht zuletzt der Beruhigung seines Gewissens diente. So war Erzsis Hauptleidenschaft, das Sparen, unbefriedigt geblieben.

Jetzt, in Paris, brach sie mit elementarer Gewalt hervor. Dazu trug auch die französische Atmosphäre bei, die französischen Lebensformen, die noch in den leichtsinnigsten Seelen die Sehnsucht nach Sparsamkeit wecken, und es trugen auch heimlichere Motive bei, der Liebesverlust, das Scheitern ihrer Ehe, die Ziellosigkeit des Lebens – das alles suchte irgendwie in der Sparsamkeit seine Kompensation. Als sie auch noch auf das tägliche Bad zu verzichten begann, weil der Hotelier zuviel dafür verlangte, mochte Sári die Sache nicht länger wortlos mit ansehen.

»Was zum Teufel sparst du so? Ich kann dir doch Geld geben, natürlich gegen einen Wechsel, der Form halber …«

»Danke, du bist lieb, aber ich habe Geld. Gestern sind von Mihálys Vater dreitausend Francs gekommen.«

»Dreitausend Francs, na, das ist doch ein Menge Geld. Ich mag es nicht, wenn eine Frau so höllisch spart. Da stimmt etwas nicht. Es ist das gleiche, wie wenn eine Frau den ganzen Tag die Wohnung putzt, oder sich den ganzen Tag die Hände wäscht und extra ein Taschentuch mitnimmt, wenn sie auf Besuch geht, um sich damit die Hände zu trocknen. Die weibliche Verrücktheit hat tausend Formen. Jetzt fällt mir ein, was machst du eigentlich den ganzen Tag, wenn ich im Büro bin?«

Wie sich herausstellte, konnte Erzsi darüber keine Rechenschaft geben. Sie wußte nur, daß sie sparte. Dahin nicht ging und dorthin nicht, und das nicht tat und jenes auch nicht, um kein Geld auszugeben. Aber was sie sonst noch machte, das war schleierhaft, etwas Traumähnliches …

»Wahnsinn«, schrie Sári. »Ich habe immer gedacht, daß du jemanden hast, mit dem du die Zeit verbringst, und jetzt stellt sich heraus, daß du den ganzen Tag bloß vor dich hinstarrst und tagträumst, wie die halbverrückten Weiber, die auf dem besten Weg sind, ganz verrückt zu werden. Und unterdessen nimmst du natürlich zu, so wenig du essen magst, ist ja klar, daß du zunimmst, du solltest dich schämen. So geht das nicht weiter. Du mußt unter die Menschen und dich für etwas interessieren. Verdammt nochmal, wenn ich bloß irgendwie Zeit hätte …«

»Hör mal, heute abend steigt die Fete«, sagte sie ein paar Tage danach strahlend. »Da ist ein ungarischer Gentleman, der mit dem Unternehmen irgendwie ein ganz schummriges Geschäft machen will, und er liegt mir zu Füßen, weil er weiß, wie sehr der Patron auf mich hört. Jetzt hat er mich zum Abendessen eingeladen, er sagt, er wolle mir den Geldgeber vorstellen, in dessen Namen er verhandelt. Ich habe gesagt, mich interessieren *moche* Geldmenschen nicht, ich hätte schon im Büro mit genug scheußlichen Typen zu tun. Er hat gesagt, der sei aber gar nicht *moche*, sondern ein sehr schöner Mann, ein Perser. Na, sage ich, also gut, aber ich bringe eine Freundin mit. Worauf er sagt, großartig, gerade das habe er vorschlagen wollen, damit ich nicht die einzige Frau der Gesellschaft sei.«

»Liebes, du weißt doch, daß ich nicht mitgehen kann, was für eine Idee! Ich habe keine Lust, und anzuziehen habe ich auch nichts. Alles, was ich habe, sind armselige Budapester Lumpen.«

»Keine Angst, in denen bist du sehr elegant. Ist ja im Vergleich mit diesen hageren Pariserinnen auch keine Kunst … und dem Ungarn wird sicher gefallen, daß du eine Landsmännin bist.«

»Kommt nicht in Frage, daß ich mitgehe. Wie heißt der ungarische Herr?«

»János Szepetneki, jedenfalls behauptet er das.«

»János Szepetneki … aber den kenne ich doch!… Du, das ist ein Taschendieb!«

»Ein Taschendieb? Schon möglich. Ich hätte zwar eher gedacht, ein Einbrecher. Naja, in der Filmindustrie fängt jeder so an. Aber abgesehen davon ist er sehr charmant. Also, kommst du oder kommst du nicht?«

»Ich komme.«

Die kleine Auberge, wo sie zu Abend aßen, gehörte zu der auf Altfranzösisch stilisierten Sorte, mit karierten Vorhängen und Tischdecken, mit wenigen Tischen und sehr gutem, teurem Essen. Als Erzsi mit Zoltán in Paris gewesen war, hatten sie oft in solchen und noch besseren Lokalen gegessen, jetzt aber, da sie aus den Tiefen ihrer Sparsamkeit auftauchte, war sie gerührt, als ihr die gemütliche und wohlbestallte Atmosphäre des Restaurants entgegenschlug. Die Rührung dauerte aber nur einen Augenblick, denn schon eilte ihnen die größere Sensation entgegen, János Szepetneki. Er küßte Erzsi, die er nicht erkannte, in bester Gentry-Manier die Hand, machte Sári Komplimente zu ihrem ausgezeichneten Geschmack bei der Wahl ihrer Freundinnen, worauf er die Damen zu dem Tisch führte, wo sein Freund schon wartete. »Monsieur Suratgar Lutphali«, sagte er. In Erzsis Augen bohrte sich, an einer Adlernase vorbei, ein gnadenlos intensiver Blick. Sie erschauerte. Auch Sári war offensichtlich erschüttert. Beide hatten sie die Empfindung, daß sie sich mit einem nur notdürftig gezähmten Tiger an den Tisch setzten.

Erzsi wußte nicht, vor wem sie sich mehr fürchten sollte: vor Szepetneki, dem Taschendieb, der so gut Pariserisch sprach und das Menü mit einer so vollkommenen Mischung aus Sorgfalt und Nonchalance zusammenstellte, wie es nur gefährliche Hochstapler vermögen (es fiel ihr ein, wie sogar Zoltán vor den Kellnern der vornehmen Pariser Restaurants Angst hatte) – oder vor dem Perser, der schweigend dasaß, mit einem freundlichen europäischen Lächeln, das so vorfabriziert und unangepaßt war wie eine Fertigkrawatte. Doch dann lösten die Hors d'œuvres und das erste Glas Wein seine Zunge, und von da an beherrschte er die Konversation, in einem seltsamen, aus der Brust kommenden Stakkato-Französisch.

Seine Zuhörer waren völlig gefesselt. Eine romantische Beseeltheit entströmte ihm, etwas Mittelalterliches, ein unverstellteres, wahreres Menschsein, das noch überhaupt nicht automatisiert war. Dieser Mensch rechnete noch nicht in Francs und Pengő, sondern in Valuten aus Rosen, Felsen, Adlern. Dennoch verging das Gefühl nicht, daß sie mit einem nur notdürftig gezähmten Tiger am Tisch saßen. Wegen seiner Augen war das so.

Es stellte sich heraus, daß er zu Hause in Persien Rosenplantagen und Eisenminen besaß und vor allem Mohnpflanzungen, da seine Hauptbeschäftigung in der Opiumherstellung bestand. Er hatte eine ganz schlechte Meinung vom Völkerbund, der den Opiumexport blockierte und ihm schwere finanzielle Schäden zufügte. Er sah sich gezwungen, oben an der Grenze zu Turkestan eine Schmugglerbande zu unterhalten, damit sein Opium nach China kam.

»Aber, mein Herr, dann sind Sie ein Feind der Menschheit«, sagte Sári. »Sie verbreiten das weiße Gift. Sie machen Hunderttausenden armer Chinesen das Leben kaputt. Und Sie staunen noch, daß alle anständigen Menschen gegen Sie Front machen.«

»Ma chère«, sagte der Perser mit unerwarteter Vehemenz, »Sie reden von Dingen, von denen Sie nichts verstehen. Sie werden von den dummen humanistischen Schlagwörtern der europäischen Zeitungen irregeführt. Wie könnte das Opium den ›armen‹ Chinesen schaden? Denken Sie denn, die hätten Geld für Opium? Die sind froh, wenn es für Reis reicht. Das Opium wird in China nur von den ganz reichen Leuten geraucht, denn es ist teuer und eine Sache der Privilegierten, so wie die anderen guten Dinge dieser Welt. Das ist das Gleiche, wie wenn ich mich darüber aufregte, daß die Pariser Arbeiter zuviel Champagner trinken. Und wenn es den Pariser Reichen nicht verboten ist, Champagner zu trinken, soviel sie wollen, warum sollte dann den Chinesen das Opium verboten sein?«

»Der Vergleich hinkt. Opium ist viel schädlicher als Champagner.«

»Das ist auch so eine europäische Idee. Ja, wenn ein Europäer zu rauchen anfängt, gibt es kein Halten. Die Europäer sind in allem maßlos, im Essen und Häuserbauen und Blutvergießen. Wir hingegen vermögen das richtige Maß zu wahren. Oder finden Sie, daß mir das Opium schlecht bekommen ist? Und ich rauche es regelmäßig, ja, ich esse es sogar.«

Er stellte seinen mächtigen Brustkasten heraus, dann zeigte er mit einer etwas zirkushaften Bewegung den Bizeps, und er wollte schon seine Beine vorzeigen, als Sári abwinkte:

»Na, na. Lassen Sie fürs nächste Mal auch noch was.«

»Wie Sie wünschen … Die Europäer sind auch beim Trinken maßlos, obwohl es ein widerliches Gefühl ist, wenn man zuviel Wein im Magen hat und spürt, daß einem früher oder später übel wird. Die Wirkung des Weins steigert sich immer mehr, und dann bricht man plötzlich zusammen. Er vermag nicht wie das Opium eine gleichmäßige, andauernde Lust zu schenken, das einzige Glück auf dieser Erde … Überhaupt, was wißt ihr Europäer? Zuerst müßtet ihr die Verhältnisse kennen, bevor ihr euch in die Belange eines Erdteils einmischt.«

»Deshalb wollen wir ja jetzt diesen Aufklärungs-Propagandafilm mit Ihnen machen«, sagte Szpeteneki an Sári gewandt.

»Was? Einen Propagandafilm fürs Opiumrauchen?« fragte Erzsi, die bis dahin mit dem Standpunkt des Persers sympathisiert hatte und erst jetzt erschrak.

»Nicht fürs Opiumrauchen, sondern für den freien Opiumtransport und überhaupt für die Freiheit des Menschen. Wir verstehen diesen Film als einen großen individualistischen Aufschrei gegen jegliche Art von Tyrannei.«

»Und was wäre die Story?« fragte Erzsi.

»Am Anfang sähe man«, sagte Szepetneki, »einen schlichten, wohlmeinenden, konservativen persischen Opiumproduzenten im Kreise seiner lieben Familie. Er kann seine Tochter, die Protagonistin, erst dann dem von ihr geliebten und gleichrangigen jungen Mann zur Frau geben, wenn er seine Opium-Jahresernte verkauft hat. Doch der Intrigant, der ebenfalls in die Tochter verliebt ist, aber daneben ein zu allem bereites kommunistisches Scheusal, zeigt den Vater bei den Behörden an, und in der Nacht wird die ganze Ernte in einer Razzia beschlagnahmt. Das wird wahnsinnig spannend, mit Autos und Sirenen. Später jedoch wird der gestrenge Oberst durch die Unschuld und den Seelenadel des Mädchens erweicht, und er gibt das beschlagnahmte Opium zurück, worauf es unter Schellengeklingel nach China transportiert wird. Das wäre die Story im großen und ganzen …«

Erzsi wußte nicht, ob Szepetneki Spaß machte. Der Perser hörte ernst zu, ja, mit einer Art naivem Stolz. Vielleicht stammte die Geschichte von ihm.

Nach dem Essen gingen sie in ein vornehmes Dancing. Hier stießen noch weitere Bekannte zu ihnen, man saß an einem großen Tisch und redete durcheinander, soweit es der Lärm zuließ. Erzsi war in einiger Entfernung von dem Perser zu sitzen gekommen. Szepetneki forderte sie zum Tanz auf.

»Wie gefällt Ihnen der Perser?« fragte Szepetneki beim Tanzen.

»Ein sehr interessanter Mensch, nicht wahr? Durch und durch romantisch.«

»Wissen Sie, wenn ich ihn ansehe, geht mir der Vers eines alten, verrückten englischen Dichters durch den Kopf«, sagte Erzsi, deren früheres intellektuelles Ich für einen Augenblick hochkam. »Tiger, tiger burning bright in the forests of the night …«

Szepetneki blickte sie erstaunt an, und Erzsi schämte sich.

»Ein Tiger, ja«, sagte Szepetneki, »aber ein fürchterlich schwieriger Fall. So naiv er im übrigen ist, so mißtrauisch und vorsichtig ist er in geschäftlichen Angelegenheiten. Obwohl er den Film nicht aus geschäftlichen Gründen machen will, sondern nur wegen der Propaganda und vor allem auch, glaube ich, weil er sich aus den Statistinnen einen Harem zusammenstellen möchte. Und wann sind Sie denn von Italien hierhergekommen?«

»Sie haben mich erkannt?«

»Natürlich. Nicht jetzt. Schon vor Tagen auf der Straße, wo ich Sie zusammen mit Mademoiselle Sári gesehen habe. Ich habe nämlich einen Adlerblick. Diesen heutigen Abend habe ich nur arrangiert, um mit Ihnen zu reden ... Aber sagen Sie, wo haben Sie meinen lieben Freund Mihály gelassen?«

»Ihr lieber Freund ist vermutlich immer noch in Italien. Wir haben keinen Kontakt.«

»Kolossal. Sie haben sich auf der Hochzeitsreise getrennt?«
Erzsi nickte.

»Großartig. Das läßt sich sehen. Ganz Mihálys Stil. Der alte Knabe hat sich überhaupt nicht verändert. Er hat Zeit seines Lebens immer alles aufgegeben. Für nichts hat er Geduld. Er war zum Beispiel der beste Mittelstürmer nicht nur des ganzen Gymnasiums, sondern, ich wage es zu behaupten, sämtlicher Mittelschulen des Landes. Und dann hat er eines schönen Tages ...«

»Woher wissen Sie, daß er mich hat sitzenlassen, und nicht ich ihn?«

»Oh, Pardon. Danach habe ich gar nicht gefragt. Na sicher. Sie haben ihn sitzenlassen. Ist ja auch verständlich. Ein Mensch wie er ist nicht auszuhalten. Ich kann mir vorstellen, was für eine Tortur das Leben mit so einem Gipskopf ist ... der nie wütend wird, der nie ...«

»Ja. Er hat mich sitzenlassen.«

»Ach so. Habe ich übrigens gleich gedacht. Schon damals in Ravenna. Wissen Sie, ich meine das jetzt ganz ernst. Mihály als Ehemann, das geht nicht. Er ist ... wie soll ich sagen ... er ist ein Suchender ... Er hat schon immer etwas gesucht, etwas, das anders ist. Etwas, worüber dieser Perser, glaube ich, viel mehr weiß als wir. Vielleicht müßte Mihály Opium rauchen. Ja, genau das sollte er. Und ich muß ehrlich gestehen, ich habe ihn noch nie verstanden.«

Er winkte resigniert ab.

Doch Erzsi fühlte, daß diese lässige Geste bloß eine Pose war und daß Szepetneki unheimlich gern gewußt hätte, was zwischen ihr und Mihály vorgefallen war. Er wich nicht mehr von ihrer Seite.

Sie setzten sich nebeneinander, und Szepetneki ließ niemanden an Erzsi heran. Sári hatte bereits einen Verehrer, einen älteren, würdigen Franzosen; der Perser seinerseits saß glühenden Blickes zwischen zwei nach Film aussehenden Frauen.

Interessant, dachte Erzsi, aus der Nähe ist immer alles so anders und so nichtig. Als sie zum ersten Mal in Paris war, klangen ihr noch all die Legenden im Ohr, die sie als Schulmädchen aufgeschnappt hatte. Sie dachte, Paris sei ein Sündenpfuhl, und die beiden unschuldigen Künstler- und Emigrantencafés auf dem Montparnasse, das Dôme und das Rotonde, waren für sie wie die beiden feuerheißen Kiefer des Höllenschlunds. Und jetzt, da sie hier zwischen wahrscheinlich wirklich sündigen Menschen saß, war alles so selbstverständlich.

Aber sie hatte keine Gelegenheit zum Grübeln, weil sie hören wollte, was Szepetneki erzählte. Sie dachte, sie würde von ihm etwas Wichtiges über Mihály erfahren. Szepetneki erzählte genußvoll von den gemeinsamen Jahren, die aber natürlich ganz anders aussahen als in Mihálys Bericht. Nur über die Großartigkeit von Tamás waren sie sich einig: Er war der todgeweihte Prinz gewesen, den das Leben nicht verdient, der gegangen war, bevor er sich hätte auf Kompromisse einlassen müssen. Laut Szepetneki war Tamás so zartbesaitet gewesen, daß er nicht schlafen konnte, wenn sich zwei Zimmer entfernt etwas rührte, und mit einem starken Geruch konnte man ihm das Leben verleiden. Das einzige Problem sei gewesen, daß er in seine Schwester verliebt war. Sie hätten ein Verhältnis gehabt, und als Éva schwanger wurde, habe sich Tamás voller Schuldgefühle umgebracht. In Éva seien sowieso alle verliebt gewesen. Deshalb sei Ervin Mönch geworden, aus hoffnungsloser Liebe. Auch Mihály habe sie geliebt. Er sei ihr nachgelaufen wie ein Hündchen. Zum Lachen. Und Éva habe ihn ausgenützt. Habe ihm das ganze Geld aus der Tasche gezogen. Und seine goldene Uhr gestohlen. Denn die Uhr hatte natürlich Éva gestohlen und nicht er, und nur aus Taktgefühl habe er das Mihály nicht gesagt. Aber Éva habe keinen geliebt. Nur ihn. János Szepetneki.

»Und was ist aus Éva geworden? Haben Sie sie seither gesehen?«

»Ich? Aber ja. Wir sind immer noch gute Freunde. Éva hat eine steile Karriere gemacht, nicht ganz ohne meine Hilfe. Sie ist eine sehr große Frau geworden.«

»Wie verstehen Sie das?«

»Na eben, so. Sie hat immer die allervornehmsten Gönner. Zeitungsbarone, Petroleumkönige, echte Thronerben, ganz zu schweigen von den Schriftstellern und Malern, die vor allem zu Reklamezwecken benötigt werden.«

»Und wo ist sie jetzt?«

»Jetzt ist sie in Italien. Wenn immer möglich, reist sie nach Italien, das ist ihre Passion. Und sie sammelt Antiquitäten, so wie ihr Vater.«

»Warum haben Sie Mihály nicht gesagt, daß Éva in Italien ist? Und überhaupt, wie sind Sie damals nach Ravenna gekommen?«

»Ich? Ich war vorübergehend in Budapest, und da habe ich gehört, daß Mihály geheiratet hat und in Venedig ist, auf Hochzeitsreise. Ich habe dem Wunsch nicht widerstehen können, den alten Knaben und seine Frau zu sehen, und so habe ich auf dem Rückweg nach Paris einen Umweg über Venedig gemacht. In Venedig habe ich dann gehört, daß Sie nach Ravenna gefahren waren.«

»Und warum haben Sie nichts von Éva gesagt?«

»Ausgerechnet. Damit er sie sucht?«

»Er hätte sie nicht gesucht, er war ja mit seiner Frau auf Hochzeitsreise.«

»Verzeihen Sie, aber ich glaube nicht, daß ihn das gehindert hätte.«

»Ach was. Zwanzig Jahre lang hatte er überhaupt nicht das Bedürfnis, sie zu suchen.«

»Weil er nicht wußte, wo sie war, und überhaupt ist Mihály passiv. Aber wenn er einmal erfährt …«

»Und warum würde Sie das stören, wenn Mihály Éva Ulpius fände? Sind Sie eifersüchtig? Immer noch verliebt in Éva?«

»Ich? Keine Spur. War es gar nie. Sie war verliebt in mich. Aber ich wollte in Mihálys Ehe nichts kaputtmachen.«

»Sie sind ein wahrer Engel, was?«

»Nein. Aber Sie waren mir gleich so sympathisch.«

»Das ist ja reizend. In Ravenna haben Sie genau das Gegenteil gesagt. War auch ziemlich verletzend.«

»Ach ja, das habe ich bloß gesagt, weil ich sehen wollte, ob mir Mihály eine runterhaut. Doch der haut keinem eine runter. Das ist genau sein Problem. Eine Ohrfeige kann so vieles lösen … aber um zum Thema zurückzukommen: Sie haben gleich vom ersten Augenblick an einen starken Eindruck auf mich gemacht.«

»Wundervoll. Jetzt muß ich mich geehrt fühlen, nicht wahr? Sagen Sie, könnten Sie mir nicht etwas geistreicher den Hof machen?«

»Geistreich den Hof machen kann ich nicht. Das ist etwas für die Impotenten. Wenn mir eine Frau gefällt, dann will ich es ihr so rasch wie möglich beibringen. Sie mag dann reagieren oder nicht. Meistens reagiert sie.«

»Ich bin nicht ›meistens‹.«

Aber sie war sich im klaren darüber, daß sie János Szepetneki in der Tat gefiel, daß er ihren Körper begehrte, auf Burschenart, gierig, ohne jegliche Männerweisheit, sondern einfach und frech. Und das tat ihr so gut, daß sich ihr Blutkreislauf beschleunigte, wie beim Trinken. Sie war eine so ungezügelte Instinkthaftigkeit nicht gewohnt. Im allgemeinen näherten sich ihr die Männer liebe- und respektvoll. Ihre Verliebtheit galt stets der gebildeten, wohlerzogenen Dame der besseren Gesellschaft. Außerdem hatte Szepetneki damals ihre weibliche Eitelkeit verletzt. Vielleicht hatte in dem Augenblick der Zusammenbruch ihrer Ehe begonnen, und Erzsi trug Szepetnekis Worte seither als schmerzhafte Last mit sich. Und jetzt war da die Medizin, die Genugtuung. Sie kokettierte mit ihm, wie sie es selbst für nicht möglich gehalten hätte –

um ihn am Ende um so kälter zurückweisen zu können. Die Rache für Ravenna.

Aber sie erwiderte Szepetnekis Annäherungsversuche vor allem deshalb, weil sie mit weiblichem Instinkt spürte, daß sie Mihálys Frau galten. Sie wußte ja, in was für einem seltsamen Verhältnis die beiden standen und daß Szepetneki fortwährend und mit allen Mitteln beweisen mußte, daß er der Oberbock war. Jetzt mußte also Mihálys Frau verführt werden. Witwenhaft ausgehungert ließ sich Erzsi von Szepetnekis Begehren trösten, wobei sie das Gefühl hatte, sie würde erst jetzt wirklich zu Mihálys Frau, jetzt betrete sie den magischen Kreis, den einstigen Ulpius-Kreis, der für Mihály die einzige Realität darstellte.

»Reden wir von anderem«, sagte sie, doch unter dem Tisch waren ihre Oberschenkel an die von Szepetneki geschmiegt. »Womit beschäftigen Sie sich eigentlich hier in Paris?«

»Mit dem Arrangieren von großen Geschäften. Ausschließlich von ganz großen«, sagte Szepetneki und streichelte Erzsis Oberschenkel. »Ich habe hervorragende Beziehungen zum Dritten Reich. Man könnte sagen, daß ich hier in gewisser Hinsicht der Handelsvertreter des Dritten Reichs bin. Und nebenbei möchte ich dieses Geschäft zwischen Lutphali und dem Martini-Alvaert-Filmkonzern zustande bringen, denn ich brauche Bargeld. Aber was reden wir so viel? Kommen Sie lieber tanzen.«

Sie blieben bis um drei, dann lud der Perser die beiden nach Film aussehenden Frauen in sein Auto, die anderen hingegen forderte er auf, ihn am Sonntag in seiner Villa in Auteuil zu besuchen, worauf er sich verabschiedete. Auch die anderen machten sich auf den Heimweg. Sári wurde vom französischen Herrn nach Hause begleitet, Erzsi von Szepetneki.

»Ich komme mit hinauf«, erklärte Szepetneki vor dem Tor.

»Sind Sie wahnsinnig? Und überhaupt wohne ich mit Sári zusammen.«

»Verflucht. Dann kommen Sie zu mir.«

»Szepetneki, man merkt, daß Sie schon lange nicht mehr in Budapest leben. Ich kann mir sonst nicht erklären, wie Sie eine Frau wie mich so verkennen können. Damit haben Sie alles verdorben.«

Und grußlos und triumphierend ließ sie ihn stehen.

»Was flirtest du mit diesem Szepetneki?« fragte Sári, als sie im Bett lagen. »Paß bloß auf.«

»Ist schon vorbei. Stell dir vor, er wollte, daß ich mit ihm in seine Wohnung gehe.«

»Na und? Du tust, als wärst du immer noch in Budapest. Meine Beste, vergiß nicht, daß Budapest die moralischste Stadt Europas ist. Hier sieht man diese Dinge anders.«

»Aber Sári, gleich am ersten Abend … Eine Frau muß doch noch so viel Würde haben, daß …«

»Klar. Aber dann soll sie sich mit den Männern nicht einlassen … hier ist das die einzige Möglichkeit, die Würde zu wahren. So wie ich das mache. Aber sag mir doch, wozu man die Würde wahren soll? Wozu, sag? Glaubst du, ich wäre nicht freudig mit dem Perser gegangen, wenn er mich gerufen hätte? Aber hat er das? Nicht die Tüte. Was für ein schöner Mann! Im übrigen hast du gut daran getan, nicht mit dem Szepetneki zu gehen. Er sieht ja ganz gut aus und ist sehr männlich, ich meine … naja, so wie ich es sage, aber weißt du, das ist ein Schlitzohr. Am Ende nimmt er dir dein Geld ab. Man muß sehr aufpassen, mein Kleines. Mir sind einmal bei einer solchen Gelegenheit fünfhundert Franc gestohlen worden. Na, servus.«

Ein Schlitzohr, dachte Erzsi, während sie schlaflos dalag. Genau das war es doch. Sie selbst war zeit ihres Lebens das Mustermädchen gewesen, der Liebling ihrer Kinderfräuleins, der Stolz ihres Vaters, die beste Schülerin der Klasse, die sogar zu Wettbewerben geschickt wurde. Ihr ganzes Leben war behütet und geordnet verlaufen, unter strenger Beachtung der geheiligten Statuten der Gutbürgerlichkeit. Und als die Zeit dafür gekommen war, hatte sie einen reichen Mann geheiratet, sich elegant gekleidet und ein herrschaftliches Haus geführt. Die ideale Repräsentier- und Hausfrau. Sie trug die gleichen Hüte wie die anderen Frauen ihrer Gesellschaftsklasse, Urlaub machte sie, wo man eben Urlaub macht, zu Theaterstücken sagte sie das, was gesagt werden muß, und sie hatte überhaupt zu allem die passende Meinung. Sie war, wie Mihály gesagt hätte, bis ins Mark konform. Doch dann begann sie sich zu langweilen, so sehr, daß sie nervöse Herzbeschwerden bekam. Und da wählte sie Mihály, weil sie fühlte, daß er nicht ganz konform war, daß es in ihm etwas gab, das sich den Anforderungen des bürgerlichen Lebens entzog. Sie hatte gedacht, mit seiner Hilfe würde auch sie über die Mauern klettern können, hinaus in das mit wildem Gestrüpp bewachsene Land, das sich in unbekannte Fernen erstreckte. Mihály hingegen wollte gerade durch sie konform werden, sie war das Werkzeug, durch das er zu einem anständigen Bürger gemacht werden sollte, und in das weite Land blickte er nur heimlich hinaus, bis ihm eines Tages der Konformismus verleidet war und er sich wieder ins Gestrüpp schlug, allein. Ob János Szepetneki, der gar nicht erst konform werden wollte, der sich gewissermaßen berufshalber außerhalb der Mauer bewegte, der viel ungebrochener und gesünder als Mihály war, ob der wohl … Tiger, tiger burning bright …

Der Sonntagnachmittag in Auteuil war schön und langweilig, nach Film aussehende Gestalten gab es diesmal nicht, das Ganze hatte einen mondänen, vornehmen Anstrich, mit Vertretern der französischen Haute Bourgeoisie, die Erzsi nicht interessierten, da diese Leute noch konformer und untigerhafter waren als die entsprechenden in Budapest. Sie atmete erst auf, als Szepetneki sie auf dem Heimweg zum Abendessen einlud und dann mit ihr tanzen ging. János zog sämtliche Register, er versuchte, sie betrunken zu machen, gab groß an, deklamierte, weinte und war zwischendurch höllisch männlich – wobei das alles eigentlich kaum nötig war. Wie immer chargierte János seine Rolle, denn auch wenn er kein Wort gesagt hätte, hätte Erzsi die Nacht bei ihm verbracht, in Befolgung der inneren Logik der Dinge und auf der Suche nach den brennenden Tigern.

Dritter Teil

Rom

Go thou to Rome – at once the Paradise,
The Grave, the City, and the Wilderness.
P. B. Shelley: Adonais

I

Mihály war schon seit Tagen in Rom, und es war ihm noch immer nichts widerfahren. Kein romantisches Flugblatt war vom Himmel gefallen, um ihm den Weg zu weisen, so wie er es aufgrund von Ervins Worten erwartet hatte. Einzig Rom war ihm widerfahren, wenn man das so sagen darf.

Im Vergleich mit Rom schrumpften sämtliche italienischen Städte. Verglichen mit Rom war Venedig, wo er sich offiziell mit Erzsi aufgehalten hatte, nicht das Wahre gewesen, und Siena auch nicht, wohin er zufällig mit Millicent gekommen war. Denn in Rom war er allein und zwar, wie er fühlte, auf einen Fingerzeig von oben. Alles, was er in Rom sah, stand im Zeichen des Schicksals. Schon bei anderen Gelegenheiten, bei einem frühmorgendlichen Spaziergang oder an einem der geheimnisvollen späten Sommernachmittage, hatte er ein solches Gefühl gehabt, daß sich alles mit einem besonderen, unnennbaren Sinn füllte. Hier aber empfand er das in jedem Augenblick. Straßen und Häuser hatten bei ihm schon früher weitreichende Ahnungen geweckt, aber nie so stark wie die Straßen, Palazzi, Ruinen und Gärten Roms. An den ungeheuren Wänden des Teatro Marcello vorbeischlendern, auf dem Forum zuschauen, wie zwischen antiken Säulen kleine Barockkirchen herauswuchsen, oder von einem Hügel auf die Sternform des Regina Coeli-Gefängnisses hinunterblicken, durch die Gassen des Ghetto spazieren, oder durch merkwürdige Höfe von Santa Maria sopra Minerva zum Pantheon hinübergehen, durch dessen große, runde Dachöffnung der dunkelblaue Sommerabendhimmel sichtbar war — damit vergingen seine Tage. Und abends müde, todmüde ins Bett sinken, im häßlichen kleinen Hotelzimmer mit dem Steinfußboden, in der Nähe des Bahnhofs, wohin er sich am ersten Abend erschreckt verkrochen und dann nicht die Energie gehabt hatte, es gegen eine bessere Behausung auszutauschen.

Aus dieser Trance wurde er durch Tivadars Brief aufgerüttelt, den ihm Ellesley aus Foligno nachgeschickt hatte.

Lieber Mischi,
es erfüllt uns mit großer Sorge, daß Du krank gewesen bist. Mit Deiner gewohnten Nachlässigkeit hast Du vergessen zu schreiben, was Dir eigentlich gefehlt hat, obwohl Du Dir vorstellen kannst, daß wir das gerne wüßten. Bitte hole es nach. Bist Du wieder ganz gesund? Deine Mutter ist sehr beunruhigt. Nimm mir nicht übel, daß ich Dir erst jetzt Geld schicke, aber Du weißt ja, wie viele Schwierigkeiten es mit den Valuten gibt. Ich hoffe, die Verspätung hat Dir keine Unannehmlichkeiten bereitet. Du schreibst, ich solle >viel Geld< schicken; Du drückst Dich da etwas ungenau aus, >viel Geld< ist immer relativ. Vielleicht wirst Du die überwiesene Summe für wenig halten, da sie ja kaum mehr beträgt als das Geld, das Du, wie Du schreibst, schuldest. Für uns ist aber auch das viel Geld, in Anbetracht des aktuellen Geschäftsgangs, von dem wir besser gar nicht reden, und in Anbetracht der großen Investitionen, die wir in letzter Zeit getätigt haben und die erst nach Jahren amortisiert sein werden. Doch auf jeden Fall wird das Geld reichen, damit Du dein Zimmer bezahlen und nach Hause fahren kannst. Zum Glück hast Du ja eine Fahrkarte hin und zurück. Denn ich brauche wohl nicht erst zu betonen, daß Du keine andere Möglichkeit hast. Du kannst Dir bestimmt vorstellen, daß unsere Firma angesichts der heutigen Umstände der Belastung nicht gewachsen ist, einem ihrer Mitarbeiter einen kostspieligen Auslandsaufenthalt – einen völlig unbegründeten und unverständlichen Auslandsaufenthalt – weiterhin zu finanzieren.

Um so weniger, als Du Dir denken kannst, daß in der Folge der veränderten Umstände auch Deine Frau mit Ansprüchen, und zwar mit durchaus berechtigten, aufgetreten ist, und diesen Ansprüchen zu genügen ist selbstverständlich unsere erstrangige Pflicht. Deine Frau hält sich zur Zeit in Paris auf, und vorläufig gibt sie sich damit zufrieden, daß wir die Kosten ihres dortigen Aufenthalts übernehmen; zur endgültigen Abrechnung wird es erst kommen, wenn sie wieder zu Hause ist. Ich brauche wohl nicht eigens zu erklären, daß diese endgültige Abrechnung die

Fabrik in eine äußerst unangenehme Lage versetzen könnte. Du weißt genau, daß wir das Bargeld, das Deine Frau in die Firma eingebracht hat, vollumfänglich in Maschinen, in den Ausbau der Werbung und weitere die Interessen der Firma fördernde Maßnahmen investiert haben, so daß die Liquidierung dieses Betrags nicht einfach Probleme bereiten, sondern die Firma sozusagen in ihren Grundfesten erschüttern würde. Ich glaube, jemand anderer hätte auch das in Betracht gezogen, bevor er seine Frau auf der Hochzeitsreise verlassen hätte. Nicht, daß Dein Vorgehen nicht an sich schon völlig unqualifizierbar und ungentlemanlike wäre, unabhängig von jeglichen finanziellen Überlegungen und ganz besonders gegenüber einer so tadellosen, korrekten Dame wie Deiner Frau.

So stehen also die Dinge. Dein Vater bringt es nicht über sich, Dir zu schreiben. Du kannst Dir ja vorstellen, wie ihn die Ereignisse aufgeregt und angegriffen haben, und wie sehr ihn die Aussicht beunruhigt, früher oder später deine Frau auszahlen zu müssen. Das alles hat ihn so sehr mitgenommen, daß wir ihn zur Kur schicken möchten, wir denken da an Badgastein, aber er will nichts davon hören, in Anbetracht der mit einem Urlaub verbundenen Extra-Ausgaben.

Also, lieber Mischi, sei so gut, nach Erhalt dieses Briefes die Koffer zu packen und heimzukommen, je eher, desto besser.

Wir grüßen Dich alle ganz herzlich, Tivadar

Tivadar hatte diesen Brief bestimmt mit Wonne geschrieben, glücklich, daß er, der leichtsinnige Bonvivant der Familie, dem soliden, ernsten Mihály für einmal die Leviten lesen durfte. Schon der überhebliche Ton seines am wenigsten sympathischen Bruders brachte Mihály aus der Fassung. Schon dadurch kam ihm die Heimkehr als Knute, als schrecklicher, widerlicher Zwang vor.

Obwohl es anscheinend tatsächlich keine andere Lösung gab. Wenn er Millicent seine Schulden zahlte, blieb ihm kein Geld für einen Aufenthalt in Rom. Und es beunruhigte ihn sehr, was Tivadar über ihren Vater schrieb. Er wußte, daß Tivadar nicht übertrieben hatte, daß der Vater zu Depressionen neigte und die ganze Angelegenheit, in der sich finanzielle, gesellschaftliche und emotionale Unannehmlichkeiten vermischten, durchaus geeignet war, ihn seelisch aus dem Geleise zu werfen. Es genügte schon, daß sich sein Lieblingssohn so unmöglich benommen hatte. Ja, er mußte nach Hause fahren, um seinem Vater zu erklären, daß ihm nichts anderes übriggeblieben war, auch in Erzsis Interesse. Er mußte zeigen, daß er nicht davonlief, daß er für sein Verhalten die Verantwortung übernahm, wie es einem Gentleman geziemt.

Und zu Hause mußte er an die Arbeit gehen. Arbeit ist heute alles: Belohnung für den Jungen am Anfang seines Lebenswegs, Belohnung für den Abschluß seiner Studien, und auch Bestrafung und Buße für jene, denen etwas nicht gelungen ist. Er mußte nach Hause und sich in die Arbeit stürzen, dann würde ihm sein Vater früher oder später verzeihen.

Doch als ihm die Einzelheiten der »Arbeit« einfielen, sein Schreibtisch, die Leute, mit denen er zu verhandeln hatte, und vor allem die Dinge, mit denen er nach der Arbeit die Zeit würde verbringen müssen: Bridge und der Ruderclub und die Damen der guten Gesellschaft, da wurde ihm fast schlecht vor Überdruß.

Wie sagt es doch der Schatten des Achilleus? fragte er sich. »Lieber wäre ich auf dem Feld meines Vaters ein Tagelöhner als unter den Toten ein König ...« Mir geht es gerade umgekehrt: lieber wäre ich hier, unter den Toten, ein Tagelöhner als zu Hause bei meinem Vater ein König. Wenn ich bloß genauer wüßte, was ein Tagelöhner ist ...

Hier, unter den Toten ... Denn da war er schon draußen unterwegs, außerhalb der Stadtmauern, hinter der Cestius-Pyramide, auf dem kleinen protestantischen Friedhof. Hier ruhten seine Kollegen, die Toten aus dem Norden, die von unnennbaren Sehnsüchten nach Rom getrieben und hier vom Tod eingeholt worden waren. Dieser schöne Friedhof mit den schattigen Bäumen war schon immer eine Versuchung für die nordischen Seelen, die sich hier die Verwesung angenehmer dachten. In einer von Goethes Römischen Elegien steht am Schluß: *Cestius' Mal vorbei, leise zum Orcus hinab.* Shelley hatte in einem wunderschönen Brief geschrieben, daß er hier zu ruhen wünsche, und das tut er tatsächlich, zumindest sein Herz, unter der Inschrift: *Cor cordium.*

Mihály wollte schon wieder gehen, als ihm in einer Ecke des Friedhofs eine separate Gruppe von Gräbern auffiel. Er ging hin und las die Inschriften an den schlichten Empire-Grabsteinen. Auf dem einen stand nur: *Here lies one whose name was writ in water.* Auf dem anderen Grab ein längerer Text, wonach hier der Maler Severn ruhte, der beste Freund und treue Pfleger des sterbenden John Keats, des großen englischen Dichters, der nicht gestattet habe, daß man seinen Namen auf den benachbarten Grabstein schrieb.

Mihálys Augen füllten sich mit Tränen. Hier ruhte Keats, der größte Dichter, seit die Welt besteht … auch wenn solche Rührung unbegründet war, denn sein Körper ruhte ja längst nicht mehr da, und seine Seele wurde durch seine Gedichte besser aufbewahrt als durch jegliches Grabmal. Aber wie großartig, wie englisch, wie liebevoll kompromißhaft und unschuldig verlogen war die Art, in der sein letzter Wille geehrt wurde, während unmißverständlich klargemacht wurde, daß es Keats war, der hier unter dem Stein lag.

Als er aufblickte, standen seltsame Menschen neben ihm. Eine wunderschöne und zweifellos englische Frau, eine Nurse in Schwesterntracht und zwei sehr schöne englische Kinder, ein Junge und ein Mädchen. Sie standen bloß da, blickten verlegen auf das Grab, aufeinander und auf Mihály, ohne sich zu rühren. Auch Mihály stand einfach da und wartete, daß sie etwas sagten, aber sie sagten nichts. Nach einer Weile trat ein eleganter Herr hinzu, mit der gleichen ausdruckslosen Miene wie die anderen. Er glich der Frau sehr, sie konnten Zwillinge sein oder zumindest Geschwister. Die Frau deutete auf die Inschrift. Der Engländer nickte und schaute ernst und verlegen auf das Grab, auf die Familie und auf Mihály, und auch er sagte kein Wort. Mihály ging ein wenig zur Seite, er dachte, sie schämten sich vielleicht vor ihm, doch sie standen weiterhin einfach da, nickten zuweilen und blickten einander betreten an; die beiden Kinder hatten die gleichen verlegenen und marmorhaft schönen Gesichter wie die Erwachsenen.

Mihály drehte sich wieder zu ihnen um und starrte sie jetzt schon mit unverhüllter Neugier an, und da hatte er mit einemmal das Gefühl, daß das keine Menschen waren, sondern unheimliche Puppen, ratlose Automaten, unerklärliche Wesen. Wären sie nicht so schön gewesen, hätten sie vielleicht nicht so überraschend gewirkt, doch ihre Schönheit hatte wie auf den Reklamen etwas Unmenschliches, und Mihály wurde von Panik ergriffen.

Dann zog die englische Familie langsam und nickend ab, und Mihály kam zu sich. Als er kühleren Kopfes die vergangenen Minuten heraufbeschwor, erschrak er erst recht.

Was ist mit mir los? Was ist das für ein schmachvoller, an die dunkelsten Zeiten meiner Jugend erinnernder Nervenzustand? An diesen Menschen ist überhaupt nichts seltsam, sie sind nur prüde und ungewöhnlich stupide Engländer, die plötzlich vor Keats' Grab standen und nicht wußten, was sie mit dieser Tatsache anfangen sollten, vielleicht weil sie nicht wußten, wer Keats war, vielleicht weil ihnen nicht in den Sinn kam, was ein wohlerzogener Engländer an Keats' Grab tut, und deshalb haben sie sich voreinander und vor mir geschämt. Eine nichtssagendere und alltäglichere Situation kann man sich gar nicht vorstellen, mir hingegen fällt das ganze Grauen der Welt auf die Seele. Ja, das Grauen ist nicht in der Nacht und nicht in beängstigenden Situationen am stärksten, sondern am hellichten Tag, wenn es uns aus etwas Alltäglichem entgegenstarrt, aus einem Schaufenster, aus einem unbekannten Gesicht, zwischen den Ästen eines Baums ...

Er steckte die Hände in die Taschen und machte sich rasch auf den Heimweg. Am nächsten Tag würde er nach Hause fahren. Heute ging es nicht mehr, denn Tivadars Brief war um die Mittagszeit gekommen, und er mußte bis zum nächsten Morgen warten, um den Scheck einzulösen und Millicent das Geld zu schicken. Das war sein letzter Abend in Rom; er schlenderte noch hingegebener durch die Straßen, und er fand alles noch bedeutungsvoller.

Abschied von Rom. Nicht von einzelnen, besonders geliebten Gebäuden, sondern vom Ganzen, vom größten Stadterlebnis seines Lebens. Er irrte ziellos und verzweifelt umher, in dem Gefühl, daß die Stadt noch Tausende von wunderbaren Einzelheiten barg, die er nie sehen würde, und wieder fühlte er, daß die wichtigen Dinge anderswo waren und nicht dort, wo er sich bewegte. Und auch das geheime Zeichen hatte er nicht empfangen, sein Weg führte nirgendwohin, und so würde seine Sehnsucht auf ewig quälend, auf ewig unbefriedigt bleiben, bis auch er gehen würde *Cestius' Mal vorbei, leise zum Orcus hinab …*

Es dunkelte. Mihály lief gesenkten Kopfes umher und achtete auch kaum mehr auf die Straßen, als er in einer dunklen Gasse mit jemandem zusammenstieß, der »sorry« sagte. Auf das englische Wort hin riß Mihály den Kopf hoch und sah vor sich den jungen Engländer, der ihm an Keats' Grab so seltsam vorgekommen war. Mihály machte wohl ein komisches Gesicht, denn der Engländer lüftete den Hut, murmelte etwas und hastete weg. Mihály drehte sich um und starrte ihm nach.

Nur einen Augenblick lang, dann lief er ihm, ohne zu überlegen, entschlossenen Schrittes hinterher. In seiner Kindheit war es, unter dem Einfluß der Kriminalromane, seine Lieblingsbeschäftigung gewesen, sich fremden Menschen plötzlich an die Fersen zu heften, stundenlang, unentdeckt. Aber er lief nicht jedem Beliebigen nach. Der Betreffende mußte irgendwie bedeutungsvoll sein, durch ein kabbalistisches Zeichen, so wie dieser junge Engländer; es konnte ja kein Zufall sein, daß er ihm in dieser großen Stadt am selben Tag zweimal begegnete, und erst recht an einem so bedeutungsschweren Tag. Dahinter steckte etwas, dem man nachgehen mußte.

Mit der Aufregung eines Detektivs folgte er dem Engländer durch die engen Straßen auf den Corso Umberto hinaus. Noch immer besaß er die Fertigkeit, dem anderen wie ein Schatten zu folgen. Der Engländer ging eine Zeitlang auf dem Corso auf und ab und setzte sich dann auf die Terrasse eines Cafés. Auch Mihály setzte sich, trank einen Wermut und beobachtete den Engländer aufgeregt. Er wußte, daß jetzt etwas geschehen würde. Auch der Engländer schien nicht mehr so ruhig und ausdruckslos wie an Keats' Grab. Unter seinen gleichmäßigen Gesichtszügen und der erschreckend makellosen Haut schien doch irgendwie Leben zu pulsieren. Die perfekte englische Oberfläche war von der Unruhe natürlich nur gestreift, so wie ein Teich von einem Vogelflügel, aber unruhig war er doch. Mihály wußte, daß der Engländer jemanden erwartete, und auch auf ihn griff die Unruhe des Wartens über und verstärkte sich noch, wie ein Ton im Megaphon.

Der Engländer begann auf die Uhr zu sehen, und Mihály hielt es auf seinem Platz kaum mehr aus, rutschte umher, bestellte noch einen Wermut, dann einen Maraschino, zu sparen brauchte er ja nicht mehr, morgen fuhr er heim.

Endlich hielt ein elegantes Auto vor dem Café, die Tür ging auf, und eine Frau schaute heraus. Der Engländer schnellte hoch, und schon saß er im Wagen, der lautlos davonglitt.

Das Ganze hatte nur einen Augenblick gedauert, die Frau war in der Autotür kaum sichtbar gewesen, und doch hatte Mihály in ihr, eher intuitiv als mit den Augen, Éva Ulpius erkannt. Auch er war aufgesprungen, und es hatte ihn gedünkt, Évas Blick streife ihn kurz, ja, als sei auf ihrem Gesicht ein dünnes Lächeln erschienen, aber das alles nur eine Sekunde lang, dann war Éva im Auto und im Abend verschwunden.

Mihály zahlte und taumelte aus dem Café hinaus. Die Zeichen hatten nicht getrogen, deshalb hatte er nach Rom kommen müssen, weil Éva hier war. Jetzt wußte er auch, daß seine Sehnsucht hier mündete: Éva, Éva ...

Und ebenso wußte er, daß er nicht nach Hause fahren würde. Und wenn er Säcke schleppen und fünfzig Jahre warten mußte, auch dann nicht. Jetzt, da es endlich einen Ort auf der Welt gab, wo er einen Grund hatte zu sein, einen Ort, der Sinn hatte. Diesen Sinn hatte er schon tagelang gespürt, in den Straßen Roms, in den Häusern, Ruinen und Kirchen. Man konnte zwar nicht sagen, daß er »von glückseliger Erwartung erfüllt« war; zu Rom und seinen Jahrtausenden paßte das Glück nicht, und was er von der Zukunft erwartete, war ebenfalls nicht Glückseligkeit zu nennen. Aber er erwartete sein Schicksal, das sinnvolle, das Rom gemäße Fatum.

Er schrieb sogleich an Tivadar, sein Gesundheitszustand erlaube ihm die lange Reise nicht. Das Geld würde er Millicent nicht schicken. Die war doch so wohlhabend, daß es darauf nicht ankam; wenn sie bis dahin gewartet hatte, konnte sie auch noch ein bißchen länger warten. An der Verspätung war Tivadar schuld, warum hatte er nicht mehr Geld geschickt.

In seinem nervösen Überschwang betrank er sich an dem Abend, und als er in der Nacht mit starkem Herzklopfen erwachte, hatte er wieder das Untergangssgefühl, wie es dazumal seine Verliebtheit in Éva begleitet hatte. Er wußte noch klarer als am Tag, daß er nach Hause fahren sollte, aus tausend Gründen, und daß er sehr viel riskierte, wenn er wegen Éva trotzdem in Rom blieb – und wie unsicher, ob er sie wiedersehen würde –, denn er wußte, daß er vielleicht etwas nicht mehr Gutzumachendes gegen seine Familie und sein bürgerliches Dasein beging und höchst unsicheren Tagen entgegenblickte. Und doch dachte er keine Minute daran, anders zu verfahren. Das gehörte auch zum Spiel, dieses Risiko und dieses Untergangsgefühl. Wenn auch nicht morgen oder übermorgen, so würden sie sich doch irgendeinmal wiedersehen, und bis dahin würde er leben, auf neue Art, nicht so, wie in den vergangenen Jahren. *Incipit vita nova.*

Er las jeden Tag mit gemischten Gefühlen die italienischen Zeitungen. Einerseits genoß er den paradoxen Einfall, daß die italienischen Zeitungen auf italienisch geschrieben waren, in dieser mächtigen, gewaltig strömenden Sprache, die zu Tagesnachrichten verkleinert den Eindruck einer Turbine machte. Andererseits deprimierte ihn der Inhalt der Blätter. Die italienischen Zeitungen sind dauernd in Ekstase, als würden sie gar nicht von Menschen geschrieben, sondern von glorienumschienenen Heiligen, die von einem Fra-Angelico-Bild herabgestiegen sind, um den perfekten Staat zu verherrlichen. Für den Jubel gibt es immer einen Grund, einmal wird eine Institution gerade elf Jahre, ein andermal eine Straße gerade zwölf Jahre alt. Bei diesen Gelegenheiten hält jemand eine schwungvolle Rede, und das Volk jubelt ihm zu, jedenfalls laut Zeitung.

Wie jeden Ausländer beschäftigte auch Mihály die Frage, ob das Volk tatsächlich alles so begeistert feiert, ob es wirklich so unablässig, unermüdlich glücklich ist, wie das die Zeitungen behaupten. Natürlich war ihm bewußt, daß der Ausländer die Temperatur und Ehrlichkeit des italienischen Glücksgefühls schwerlich messen kann, vor allem, wenn er mit niemandem redet und mit dem italienischen Leben nicht in Berührung kommt. Doch soweit er es aus dieser Distanz und mit dieser Beiläufigkeit feststellen konnte, schien ihm das italienische Volk in der Tat unermüdlich glücklich und begeistert, seit das Mode geworden war. Doch er wußte auch, wie wenig und was für Lappalien genügen, daß man – sowohl das Individuum als auch die Masse – glücklich ist.

Aber sehr intensiv beschäftigte er sich mit dieser Frage nicht. Sein Instinkt sagte ihm, daß es in Italien eigentlich völlig gleichgültig ist, wer die Macht innehat und nach was für Prinzipien das

Volk regiert wird. Die Politik berührt bloß die Oberfläche, das Volk, das vegetative, ozeanhafte italienische Volk trägt mit wundersamer Passivität die Wechselfälle der Zeit auf dem Rücken und fühlt sich nicht verbunden mit seiner großartigen Geschichte. Er hatte den Verdacht, daß schon das republikanische und das kaiserliche Rom mit seinen mächtigen Gesten, seinem Heldentum und seinen Schweinereien bloß ein männliches Gehabe an der Oberfläche gewesen war, die Privatangelegenheit einiger genialer Schauspieler, während darunter die Italiener ruhig ihre Pasta aßen, von der Liebe sangen und ihre unzähligen Nachkommen zeugten.

Eines Tages fiel ihm im *Popolo d'Italia* ein vertrauter Name ins Auge: La Conferenza Waldheim. Er las den Artikel, aus dem hervorging, daß Rodolfo Waldheim, der weltberühmte ungarische Altphilologe und Religionshistoriker, in der Accademia Reale einen Vortrag gehalten hatte, mit dem Titel *Aspetti della morte nelle religioni antiche.* Der feurige italienische Journalist feierte den Vortrag als etwas, das ein ganz neues Licht nicht nur auf den antiken Todesbegriff, sondern überhaupt auf den Tod geworfen hatte, während er gleichzeitig auch ein wichtiges Zeugnis für die italienisch-ungarische Freundschaft war. Das Publikum habe dem herausragenden Professor zugejubelt, von dessen Jugend es ebenfalls begeistert gewesen sei.

Dieser Waldheim kann niemand anderer sein als Rudi Waldheim, dachte Mihály, und ein angenehmes Gefühl durchlief ihn, denn er hatte Rudi Waldheim einmal sehr gemocht. Sie waren zusammen auf der Universität gewesen. Zwar waren sie beide nicht von der fraternisierenden Sorte – Mihály war es nicht, weil er auf alle hinabsah, die nicht im Ulpius-Haus verkehrten, Waldheim war es nicht, weil er das Gefühl hatte, im Vergleich zu ihm seien alle ignorant, oberflächlich und billig –, und doch hatte sich über die Religionsgeschichte eine Art Freundschaft zwischen ihnen entwickelt. Sehr haltbar war sie allerdings nicht. Waldheim wußte schon damals ungeheuer viel, las in allen Sprachen alles, was gelesen werden mußte, erklärte es sehr gern und sehr gut dem ebenso gern zuhörenden Mihály, doch dann fand er heraus, daß

Mihálys religionsgeschichtliches Interesse nicht sehr tief reichte, er spürte in ihm den Dilettanten und zog sich mißtrauisch zurück. Mihály hingegen war gerade von Waldheims unglaublicher Fachkenntnis überwältigt, er dachte, wenn ein Junggelehrter schon so viel wußte, wieviel mußte dann erst ein gestandener Religionshistoriker wissen, und so verließ ihn der Mut. Überhaupt gab er seine Studien bald auf. Waldheim hingegen ging nach Deutschland, um sich zu Füßen der großen Meister zu vervollkommnen, und so brach der Kontakt ab. Jahre später erfuhr Mihály durch die Zeitungen von den einzelnen Stationen in Waldheims steiler Karriere, und als Waldheim Universitätsprofessor wurde, war er nahe daran, ihm einen Gratulationsbrief zu schreiben, unterließ es dann aber doch. Persönlich trafen sie sich nie mehr.

Jetzt, da er seinen Namen las, kam ihm die spezielle Liebenswürdigkeit Waldheims in den Sinn, die er zwischendurch völlig vergessen hatte: die foxterrierhafte Lebhaftigkeit seines kahlgeschorenen, glänzenden Kopfes, sein unglaublicher Wortreichtum, denn Waldheim gab fortwährend laute, in fehlerfreie lange Sätze gefaßte und fast immer interessante Erläuterungen von sich, wahrscheinlich sogar noch im Traum. Seine unverbrüchliche Vitalität, sein ewiger Appetit auf Frauen, mit dem er sich auch auf Kolleginnen stürzte, die gar nicht so anziehend waren; und vor allem seine Eigenschaft, die er nach Goethe, aber etwas unwillig »Ergriffenheit« nannte: nämlich daß die Wissenschaft, ihre Einzelheiten und das abstrakte Ganze, der Geist als solcher, ihn ständig auf Hochtouren hielt; nie war er gleichgültig, sondern immer fieberhaft mit etwas beschäftigt, betete gerade eine große, uralte Manifestation des Geistes an oder haßte einen »oberflächlichen«, »billigen«, »niveaulosen« Blödsinn, und immer geriet er von dem Wort »Geist« in Trance. Es mußte für ihn eine besondere Bedeutung haben.

Die Erinnerung an Waldheims Vitalität wirkte unverhofft belebend auf Mihály. Das plötzlich über ihn hereinbrechende Bedürfnis, Waldheim wenigstens kurz zu sehen, machte ihm auf einmal bewußt, wie unermeßlich einsam er in den vergangenen Wochen gewesen war. Die Einsamkeit gehörte zwar unumgänglich zur

Schicksalserwartung, die in Rom seine einzige Beschäftigung war und die er mit niemandem teilen konnte. Aber jetzt wurde ihm bewußt, wie tief er in dieser geduldigen, traumähnlichen Erwartung und diesem Schicksalsgefühl schon gesunken war, wie weit es ihn mit Lianenschlingen zu seltsamen Wunderwesen der Wassertiefe hinuntergezogen hatte. Nun streckte er plötzlich den Kopf aus dem Wasser und holte Atem.

Er mußte Waldheim treffen, und er ahnte sogar, wie das praktisch zu bewerkstelligen war. In dem Bericht über Waldheims Vortrag war auch die Rede gewesen von einem Empfang, der im Palazzo Falconieri, dem Sitz des Collegium Hungaricum, stattgefunden hatte. Jetzt fiel Mihály ein, daß es in Rom ein Collegium Hungaricum gab, wo Stipendiaten wohnten, junge Künstler und Wissenschaftler. Hier würde man Waldheims Adresse bestimmt kennen, wenn er nicht überhaupt auch da wohnte.

Die Adresse des Palazzo Falconieri fand er auch bald heraus: Er steht in der Via Giulia, unweit des Campo de' Fiori, in dem Viertel, wo er am liebsten umherspazierte. Vom Ghetto herkommend stand er bald vor dem schönen alten Palazzo.

Der Portier hörte sich Mihálys Anliegen freundlich an und teilte ihm mit, der Professor befinde sich tatsächlich hier am Collegium, schlafe aber um diese Zeit. Mihály blickte erstaunt auf die Uhr, es war schon halb elf.

»Ja«, sagte der Portier, »der Herr Professor schläft jeden Tag bis um zwölf, und man darf ihn nicht wecken, kann man auch nicht, denn er hat einen sehr tiefen Schlaf.«

»Na gut, dann komme ich vielleicht nach dem Mittagessen wieder«, sagte Mihály.

»Der Herr Professor legt sich nach dem Mittagessen wieder schlafen, und auch dann darf man ihn nicht stören.«

»Und wann ist er wach?«

»Die ganze Nacht«, sagte der Portier ehrfürchtig.

»Dann ist es wohl am besten, wenn ich meine Visitenkarte und meine Adresse dalasse und mich der Herr Professor benachrichtigt, falls er mich treffen möchte.«

Als er an dem Abend nach Hause kam, erwartete ihn schon ein

Telegramm von Waldheim, der ihn zu sich zum Abendessen einlud. Mihály setzte sich sogleich wieder in eine Straßenbahn und
fuhr zum Palazzo Falconieri hinunter. Er liebte die Linie C, die
vom Bahnhof in diese Richtung fährt, über einen Umweg durch
die halbe Stadt: durch Boskette hindurch, vor dem Colosseum
und den Ruinen des Palatins vorbei, um dann am Tiberufer an
den Jahrtausenden entlangzurattern, und das alles in nicht mehr
als einer Viertelstunde.

»Herein«, rief Waldheim, als Mihály klopfte, doch die Tür
klemmte irgendwie.

»Wart mal, gleich …« rief Waldheim von drinnen, und nach
einer Weile ging die Tür auf.

»Sie war ein bißchen verstellt«, sagte Waldheim und deutete auf
einen Bücher- und Manuskripthaufen auf dem Boden. »Komm
ruhig herein.«

Das war nicht ganz einfach, denn das ganze Zimmer war voller
Gegenstände. Abgesehen von den Büchern und Manuskripten
waren da Waldheims schreiend helle Sommeranzüge, seine Unterwäsche, erstaunlich viele Paare Schuhe, Schwimmsachen und
weitere Sportausrüstungen, Zeitungen, Konservendosen, Prali-
nenschachteln, Briefe, Kunstdrucke und Photos von Frauen.

Mihály blickte sich verwirrt um.

»Ja, weißt du, ich mag es nicht, wenn aufgeräumt wird, während
ich hier bin«, sagte Waldheim. »Die Putzfrauen machen eine solche Unordnung, und dann finde ich nichts mehr. Bitte, setz dich.
Wart mal, gleich …«

Er wischte ein paar Bücher von einem Haufen, der sich als
Stuhl entpuppte, und Mihály setzte sich vorsichtig. Unordnung
brachte ihn immer in Verlegenheit, und diese Unordnung verströmte noch dazu die ehrgebietende Aura der Wissenschaft.

Waldheim setzte sich auch und begann sogleich weitschweifig
zu erklären, warum er unordentlich war. Die Unordnung hatte
mehrere abstrakte, geistige Gründe, doch auch die Genetik spielte eine Rolle.

»Mein Vater, bestimmt habe ich dir schon von ihm erzählt, war
Maler, vielleicht erinnerst du dich auch an seinen Namen. Er hat

ebenfalls nicht erlaubt, daß man an die aufgehäuften Gegenstände in seinem Atelier rührte. Mit der Zeit konnte nur noch er durch das Atelier gehen, da nur er wußte, wo die Inseln waren, die man betreten konnte, ohne in irgend etwas hineinzufallen. Doch dann wurden auch diese Inseln von der unaufhaltsamen Flut der Gegenstände überspült. Da schloß mein Vater das Atelier, mietete ein anderes und begann ein neues Leben. Als er starb, stellte sich heraus, daß er fünf Ateliers gehabt hatte, alle bis zum Platzen gefüllt.«

Darauf erzählte er sein Leben von dem Moment an, da er und Mihály sich das letzte Mal gesehen hatten, seine universitäre Karriere und seinen philologischen Weltruhm, mit dem er so liebenswürdig naiv aufschnitt wie ein kleiner Junge. »Zufällig« hatte er »gerade ein paar Zeitungsartikel dabei«, die in verschiedenen Sprachen seine verschiedenen Vorträge über den grünen Klee lobten, unter ihnen auch den Bericht, den Mihály im *Popolo d'Italia* gelesen hatte. Des weiteren kamen Briefe zum Vorschein, die anerkennenden Zeilen namhafter ausländischer Gelehrter und eine Einladung nach Doorn, zur Sommertagung der archäologischen Arbeitsgruppe des deutschen Ex-Kaisers. Von irgendwoher zauberte er auch einen silbernen Kelch mit dem Monogramm des Ex-Kaisers hervor.

»Siehst du, das habe ich von ihm bekommen, nachdem die ganze Gesellschaft zu meiner Ehre Tokajer getrunken hatte.«

Dann zeigte er rasch ein große Menge Photos, auf denen er teils mit sehr wissenschaftlich wirkenden Herren, teils mit weniger wissenschaftlich wirkenden Damen abgebildet war.

»Meine Majestät im Pyjama«, sagte er, »meine Majestät ganz nackt ... die Dame verdeckt sich das Gesicht, es ist ihr peinlich ...«

Dann kam ein Bild von Waldheim mit einer sehr häßlichen Frau und einem kleinen Jungen.

»Wer ist diese häßliche Frau und der kleine Junge?« fragte Mihály.

»Das ist meine Famile«, sagte Waldheim und lachte schallend. »Meine Frau und mein Sohn.«

»So etwas hast du auch?« fragte Mihály verblüfft. »Wo bewahrst du die auf?«

Denn Waldheims Zimmer, sein Benehmen, sein ganzes Wesen vermittelten so sehr den Eindruck des eingefleischten, unverbesserlichen Studenten, des nie erwachsenen stud.phil., daß man sich wirklich keine Frau und kein Kind dazudenken konnte.

»Oh, ich bin schon seit Jahrhunderten verheiratet. Dieses Bild ist sehr alt. Mein Sohn ist seither viel größer und meine Frau viel häßlicher. Ich habe sie mir noch in Heidelberg angeschafft, im dritten Studienjahr. Sie heißt Kätzchen, ist das nicht toll? Und sie ist sechsundvierzig. Aber wir kommen einander nicht oft in die Quere, sie leben in Deutschland bei meinen lieben Schwiegereltern und verachten mich. Neuestens nicht nur wegen meiner Sitten, sondern weil ich kein Deutscher bin.«

»Aber das bist du doch, der Herkunft nach jedenfalls.«

»Ja, schon, aber so ein Auslanddeutscher, so ein Preßburger, so eine Donaubecken-Vorhut zählt nicht. Jedenfalls sagt das mein Junge, der sich meinetwegen vor seinen Mitschülern gräßlich schämt. Was kann ich da machen? Nichts. Aber bitte, greif zu. Ach so, ich habe das Abendessen noch gar nicht aufgetischt. Wart mal, gleich … Der Tee ist schon gekocht. Aber du brauchst keinen Tee zu trinken. Du kannst auch Rotwein haben.«

Er nahm aus den unteren Schichten des Zimmers ein großes Paket hervor, plazierte zahlreiche Gegenstände und Manuskripte, die auf dem Schreibtisch gelegen hatten, unter dem Tisch, legte das Paket darauf und öffnete es. Es kam eine Menge Rohschinken und Salami und Brot zum Vorschein.

»Ja, weißt du, ich esse nur kaltes Fleisch, sonst nichts«, sagte Waldheim. »Aber damit es für dich nicht so langweilig ist, habe ich für ein bißchen Abwechslung gesorgt, wart mal, gleich …«

Nach längerem Suchen förderte er eine Banane ans Licht, und das Lächeln, mit dem er sie ihm überreichte, besagte: Hast du je schon einen fürsorglicheren Hausherrn gesehen?

Mihály war von solchem studentischen Schlendrian und solcher Anspruchslosigkeit ganz bezaubert.

Ein Mensch, dem das Unmögliche gelungen ist, dachte er neidisch, während sich Waldheim mit Rohschinken vollstopfte und Erklärungen gab. Ein Mensch, dem es gelungen ist, sich in der ihm entsprechenden Lebensphase zu fixieren. Denn ganz sicher hat jeder Mensch eine nur ihm entsprechende Lebensphase. Es gibt solche, die ihr Leben lang Kinder bleiben, und solche, die ihr ganzes Leben linkisch, unbeholfen, fehl am Platz sind, bis sie sich als schöne, weise Greisinnen und Greise wiederfinden, endlich zu Hause in ihrem Moment. Bei Waldheim war es das Wunderbare, daß er in der Seele ein Student bleiben konnte, ohne auf die Welt, den Erfolg, das Geistesleben verzichten zu müssen. Er hatte eine Bahn eingeschlagen, auf der seelische Rückständigkeit nicht auffällt, ja, sogar förderlich ist, und von der Wirklichkeit nahm er nur so viel zur Kenntnis, wie es mit seiner Fixierung vereinbar war. Das ließ sich sehen! Wenn es Mihály auch so hätte einrichten können ...

Kurz nach dem Abendessen sah Waldheim auf seine Uhr und sagte aufgeregt:

»Gütiger Himmel, ich habe eine ganz dringende Frauenangelegenheit, hier in der Nähe. Wenn du nichts Besseres zu tun hast, wäre es sehr nett, wenn du mich begleiten und auf mich warten könntest. Es dauert nicht lange, ich schwör's. Und dann gehen wir in eine kleine Kneipe und setzen unseren aufregenden Dialog fort.« Bestimmt hat er gar nicht gemerkt, daß ich noch kein Wort gesagt habe, dachte Mihály.

»Ich begleite dich sehr gern«, sagte er.

»Ich liebe die Frauen ganz entsetzlich«, sagte Waldheim unterwegs. »Vielleicht allzu sehr. Weißt du, in meiner Jugend bin ich nicht so oft zu Frauen gekommen, wie es nötig gewesen wäre, und wie ich es gern gehabt hätte, teils, weil man in der Jugend so dumm ist, teils weil es meine strenge Erziehung verbot. Ich bin von meiner Mutter erzogen worden, der Tochter eines Pastors, eines waschechten deutschen Reichspfarrers. Als Kind war ich einmal bei ihnen, und ich weiß nicht warum, ich habe den alten Herrn gefragt, wer Mozart gewesen sei. *Der war ein Scheunenpurzler*, hat er gesagt, was ungefähr so viel heißt, wie daß Mozart das Landpublikum mit Purzelbäumen unterhielt. Mit diesem Ausdruck bezeichnete der Alte die Künstler. Wie gesagt, ich habe das Gefühl, daß ich nie werde nachholen können, was ich bis zu meinem fünfundzwanzigsten Jahr an Frauen verpaßt habe. Aber wir sind da. Also, warte bitte auf mich, ich komme gleich wieder.«

Er verschwand in einem dunklen Tordurchgang. Mihály spazierte verwundert, aber erheitert auf und ab. Nach einer Weile hörte er ein komisches Hüsteln und blickte auf; Waldheim streckte seinen glänzenden runden Kopf aus einem Fenster.

»Ähm. Ich komme.«

»Eine sehr liebe Frau«, sagte er, als er unten war. »Hat zwar ein bißchen einen Hängebusen, aber das macht nichts, daran muß man sich hier gewöhnen. Ich habe sie auf dem Forum kennengelernt und sie damit erobert, daß ich ihr erzählt habe, der Schwarze Stein habe vermutlich phallische Bedeutung. Du kannst dir gar nicht vorstellen, wie sehr die Frauen auf Religionsgeschichte fliegen. Sie fressen sie mir aus der Hand. Im übrigen fürchte ich, daß man die Frauen auch mit Differentialrechnung und doppelter Buchhaltung erobern kann, wenn man die Dinge nur mit der nötigen Intensität vorbringt. Sie achten sowieso nicht auf den Text. Und wenn sie auf ihn achten, verstehen sie ihn nicht. Und doch führen sie einen manchmal in die Irre. Manchmal benehmen sie sich genauso, als seien sie Menschen. Macht nichts. Ich liebe sie. Und sie mich auch, das ist die Hauptsache. Na, laß uns da hineingehen.«

Mihály schnitt unwillkürlich eine Grimasse, als er die Kneipe sah, in der Waldheim einkehren wollte.

»Schön ist sie nicht, zugegeben, aber billig«, sagte Waldheim. Aber wie ich sehe, bist du noch immer das feine Jüngelchen, das du an der Universität gewesen bist. Na gut, gehen wir für einmal an einen besseren Ort. Dir zuliebe.«

Und das wieder mit einem Lächeln, das seiner eigenen Großzügigkeit galt: daß er Mihály zuliebe willens war, seine eigene Konsumation in einem teureren Lokal zu bezahlen.

Sie gingen in eine Kneipe, die einen Hauch besser war. Waldheim redete noch eine Weile und schien dann ein bißchen zu ermüden. Einige Augenblicke lang starrte er vor sich hin, dann wandte er sich auf einmal verblüfft an Mihály:

»Ja und du, was hast du die ganze Zeit gemacht?«

Mihály mußte lächeln.

»Ich habe das Handwerk gelernt und habe in der Firma meines Vaters gearbeitet.«

»Du *hast* gearbeitet? In der Vergangenheit? Und jetzt?«

»Jetzt mache ich nichts. Ich bin von zu Hause davongelaufen, hänge hier herum und denke darüber nach, was ich tun soll.«

»Was du tun sollst? Das ist doch keine Frage. Beschäftige dich mit Religionsgeschichte. Glaube mir, das ist heute die aktuellste Wissenschaft.«

»Aber warum meinst du, ich sollte mich mit Wissenschaft beschäftigen? Was habe ich mit der Wissenschaft am Hut?«

»Alle, die nicht stupid sind, müssen sich mit Wissenschaft beschäftigen, im Hinblick auf das eigene Seelenheil. Das ist die einzige menschenwürdige Beschäftigung. Naja, vielleicht auch die bildende Kunst und die Musik ... Aber anderes, zum Beispiel die Arbeit in einer Handelsfirma, für jemanden, der nicht ganz stupid ist ... ich will dir sagen, was das ist: eine Pose.«

»Eine Pose? Wie meinst du das?«

»Schau: Ich erinnere mich, daß du ein ganz ordentlicher Religionshistoriker zu werden versprachst. Naja, du hattest nicht gerade die rascheste Auffassungsgabe, aber mit Fleiß läßt sich ja vieles kompensieren, und es sind schon viel weniger begabte Leute als du herausragende Wissenschaftler geworden, sogar erst recht ... Und dann weiß ich nicht genau, aber ich kann mir vorstellen, was in deiner bürgerlichen Seele vorging: Du hast gemerkt, daß die wissenschaftliche Laufbahn keine Sicherheit bietet, daß du keine Lust hast auf die langweilige Routinearbeit eines Gymnasiallehrers und dergleichen, daß du also die praktische Laufbahn beschreiten und die wirtschaftlichen Notwendigkeiten in Betracht ziehen mußt. Das nenne ich Pose. Denn auch du weißt ganz genau, daß es die wirtschaftlichen Notwendigkeiten nicht gibt. Das praktische Leben ist ein Mythos, ein Bluff, den jene erfunden haben, die unfähig sind, sich mit geistigen Dingen zu beschäftigen. Du aber hast zuviel Verstand, um ihnen auf den Leim zu gehen. Bei dir ist es nur eine Pose. Und jetzt ist es höchste Zeit, daß du sie aufgibst, daß du zurückkehrst, wohin du gehörst, zur Wissenschaft.«

»Und wovon soll ich leben?«

»Ach Gott, das ist doch kein Problem. Du siehst ja, auch ich lebe von irgendwas.«

»Ja, von deinem Salär an der Universität.«

»Stimmt. Aber ich würde auch sonst überleben. Man braucht nicht viel auszugeben. Ich werde dich lehren, wie man von Tee und Salami lebt. Ist sehr gesund. Ihr wißt nicht, wie man spart, das ist das Problem.«

»Aber Rudi, es gibt auch noch andere Probleme. Ich bin nicht sicher, daß mich die Wissenschaft so sehr befriedigen würde wie dich ... ich habe nicht die nötige Begeisterung ... ich vermag nicht so sehr an die Wichtigkeit dieser Dinge zu glauben ...«

»Von was für Dingen redest du?«

»Na eben von den Erkenntnissen der Religionsgeschichte. Was weiß ich, zum Beispiel denke ich manchmal, es spiele doch eigentlich keine Rolle, daß es gerade eine Wölfin war, die Romulus und Remus gesäugt hat ...«

»Wie zum Teufel sollte das keine Rolle spielen, du bist ja nicht bei Trost. Nein, du posierst bloß. Doch genug geredet. Jetzt gehe ich nach Hause, arbeiten.«

»Jetzt? Aber es ist doch schon Mitternacht vorbei.«

»Ja, genau um diese Zeit kann ich arbeiten, um diese Zeit stört mich nichts, irgendwie kommen mir nicht einmal die Frauen in den Sinn. Ich arbeite bis morgens um vier, und dann renne ich eine Stunde lang.«

»Was machst du?«

»Rennen. Sonst könnte ich nicht schlafen. Ich gehe ans Tiberufer hinunter und renne dort auf und ab. Die Polizisten kennen mich schon und sagen nichts. Genau wie zu Hause. Also, komm. Unterwegs will ich dir erzählen, woran ich gerade arbeite. Was ganz Sensationelles. Erinnerst du dich an das Sophron-Fragment, das vor einiger Zeit zum Vorschein gekommen ist ...«

Als der Bericht zu Ende war, hatten sie den Palazzo Falconieri erreicht.

»Doch um auf das zurückzukommen, was du tun sollst«, sagte Waldheim plötzlich. »Nur der Anfang ist schwer. Weißt du was, morgen stehe ich dir zuliebe etwas früher auf. Komm mich abholen, sagen wir um halb zwölf. Ich nehme dich in die Villa Giulia mit. Wetten, daß du noch nicht im Etruskermuseum gewesen bist, stimmt's? Also, wenn dich dort die Lust nicht packt, den Faden wieder aufzunehmen, dann ist tatsächlich Hopfen und Malz verloren. Dann kannst du in die Fabrik deines Vaters zurückgehen. Na, sei gegrüßt.«

Und er verschwand im dunklen Palazzo.

3

Am nächsten Tag gingen sie tatsächlich in die Villa Giulia. Sie betrachteten die Grabmale, die Sarkophage, auf deren Deckeln die alten Etrusker fröhlich lebten, aßen, tranken, ihre Frauen umarmten und damit die etruskische Philosophie verkündeten, die sie zwar, weise wie sie waren, nie schriftlich festgehalten hatten, die aber den Gesichtern ihrer Statuen doch unmißverständlich eingeschrieben war: Nur der Augenblick zählt, und der schöne Augenblick ist unvergänglich.

Waldheim zeigte auf breite Trinkgefäße, aus denen die alten Italier den Wein getrunken hatten, so wie es die Inschrift besagte: *Foied vinom pipafo, cra carefo.*

»Heute trinke ich Wein, morgen wird's keinen geben«, übersetzte Waldheim. »Sag doch, läßt sich das dichter und wahrer formulieren? Dieser Satz, in seiner archaischen Großartigkeit, ist so endgültig, so unverrückbar wie die polygonalen Stadtmauern, die Kyklopenmauern. *Foied vinom pipafo, cra carefo.*«

In einem Glaskasten standen Statuengruppen: schläfrige Männer, die von Frauen geführt wurden, schläfrige Frauen, die von Satyren geführt oder geraubt wurden.

»Was ist das?« fragte Mihály überrascht.

»Das ist der Tod«, sagte Waldheim, und seine Stimme wurde auf einmal scharf, wie immer, wenn die Rede auf etwas ernstlich Wissenschaftliches kam.

»Das ist der Tod; oder eher: das Sterben. Denn das ist nicht dasselbe. Diese Frauen, die die Männer entführen, diese Satyren, die die Frauen rauben, sind Todesdämonen. Aber merkst du's? Die Frauen werden von männlichen Dämonen, die Männer von weiblichen Dämonen entführt. Diese Etrusker haben sehr wohl gewußt, daß Sterben ein erotischer Akt ist.«

Ein Schauder durchlief Mihály. Konnte es sein, daß auch andere das wußten, nicht nur er und Tamás Ulpius? Konnte es sein, daß dieses Grundgefühl seines Lebens für die Etrusker eine darstellbare und selbstverständliche seelische Gegebenheit gewesen war und daß Waldheim mit seiner genialen religionsgeschichtlichen Intuition diese Gegebenheit genauso verstehen konnte, wie er auch andere furchtbare Geheimnisse der archaischen Religionen verstand?

Das verwirrte ihn so sehr, daß er nichts mehr sagte, weder im Museum noch auf der Heimfahrt in der Straßenbahn, doch am Abend, als er Waldheim wieder besuchte und ihm der Rotwein etwas Mut machte, fragte er, wobei er aufpaßte, daß seine Stimme nicht zitterte:

»Sag mir doch bitte, wie du das gemeint hast, daß Sterben ein erotischer Akt sei.«

»Ich meine alles so, wie ich es sage, ich bin kein symbolistischer Dichter. Sterben ist ein erotischer Akt, oder wenn du lieber willst: ein sexueller Genuß. Zumindest für die Menschen der archaischen Kulturen, die Etrusker, die Griechen zu Homers Zeit, die Kelten.«

»Ich verstehe das nicht«, sagte Mihály. »Ich habe immer gemeint, die alten Griechen hätten sich schrecklich vor dem Tod gefürchtet; die Griechen zu Homers Zeit hatten ja nicht den tröstlichen Ausblick in ein Jenseits, wenn ich mich an Rohdes Buch recht erinnere. Und die Etrusker, die im Augenblick lebten, hatten noch größere Angst vor dem Tod.«

»Stimmt alles. Diese Völker hatten vor dem Tod wahrscheinlich noch größere Angst als wir. Wir bekommen von der Zivilisation bereits einen so tollen seelischen Apparat geliefert, daß wir praktisch die längste Zeit vergessen können, daß wir einmal sterben müssen; allmählich werden wir den Tod ebenso aus dem Bewußtsein verdrängen, wie wir Gott bereits verdrängt haben. Das ist die Zivilisation. Doch für den archaischen Menschen war nichts präsenter als der Tod und der Tote, der Tote persönlich, dessen geheimnisvolles Weiterleben, dessen Schicksal und Rache ihn pausenlos beschäftigten. Man hatte eine ungeheure Angst vor dem

Tod und den Toten, bloß war in der Seele des archaischen Menschen alles noch viel ambivalenter als bei uns, die großen Gegensätze waren einander noch nah. Todesfurcht und Todessehnsucht waren enge Nachbarn in der Seele, und die Furcht war oft Sehnsucht und die Sehnsucht Furcht.«

»Aber die Todessehnsucht ist doch keine archaische Angelegenheit, sondern etwas ewig Menschliches«, sagte Mihály, womit er sich gegen seine eigenen Gedanken zu wehren versuchte. »Es gibt und gab doch schon immer die Lebensmüden, die sich vom Tod die Erlösung versprechen.«

»Red keinen Unsinn und tu nicht, als hättest du mich nicht verstanden. Ich spreche jetzt nicht von der Todessehnsucht der Müden und Kranken und Selbstmordkandidaten, sondern von denen, die in der Fülle des Lebens, ja, gerade weil ihr Leben so erfüllt ist, sich nach dem Tod sehnen als nach der höchsten Ekstase, so wie man auch von tödlicher Liebe spricht. Entweder du verstehst das, oder du verstehst es nicht, erklären kann man es nicht, und für die archaischen Menschen war es selbstverständlich. Deshalb sage ich, daß Sterben ein erotischer Akt ist: weil sie sich danach sehnten, denn im Grunde ist jede Sehnsucht erotisch, beziehungsweise, wir nennen alles erotisch, dem der Gott Eros, also die Sehnsucht, innewohnt. Der Mann sehnt sich immer nach einer Frau, sagten unsere Freunde, die Etrusker, also ist der Tod, das Sterben, eine Frau. Für den Mann. Für die Frau hingegen ist es ein Mann, ein drängender Satyr. Das sagen die Statuen, die du heute gesehen hast. Ich könnte dir aber auch noch anderes zeigen: die Bilder der Todeshetäre auf verschiedenen archaischen Reliefs. Der Tod als Hure, die die Männer verführt. Sie wird mit einer riesengroßen Vagina dargestellt. Die Vagina bedeutet wahrscheinlich mehreres. Von da sind wir gekommen, dahin kehren wir zurück, haben diese Menschen gesagt. Wir sind durch einen erotischen Akt und durch eine Frau hindurch auf die Welt gekommen, und genauso müssen wir auch sterben, durch die Todeshetäre hindurch, die das große Gegenstück der Urmutter ist ... wenn wir sterben, werden wir rückwärts geboren, verstehst du? Übrigens habe ich letzthin genau das erzählt, bei meinem Vortrag an der Accademia Reale, unter dem

Titel *Aspetti della morte*. Hatte in den italienischen Blättern riesigen Erfolg. Ich hab's zufällig gerade da, wart mal ...«

Mihály blickte im fröhlichen Chaos von Waldheims Zimmer schaudernd um sich. Es erinnerte von Ferne an das alte Zimmer im Ulpius-Haus. Er suchte ein Zeichen, etwas, das in ganz konkreter Form ... Tamás' Nähe belegen würde, Tamás, dessen Gedanken von Waldheim wissenschaftlich sauber und sachlich vorgetragen wurden, hier, an diesem Sommerabend. Waldheims Stimme war schon metallscharf pfeifend, wie immer, wenn seine Erläuterungen »das Wesentliche« streiften. Mihály kippte rasch ein Glas Wein hinunter und trat zum Fenster, um Luft zu schöpfen; etwas bedrückte ihn sehr.

»Die Todesschnsucht ist eine der wichtigsten mythenbildenden Kräfte«, fuhr Waldheim aufgeregt und eher zu sich selbst fort. »Wenn wir die Odyssee richtig lesen, handelt sie von nichts anderem. Da sind die Todeshetären, Kirke und Kalypso, die auf ihren glücklichen Todesinseln den Reisenden in ihre Höhlen locken und nicht weiterziehen lassen wollen; ganze Todesreiche sind das, die Länder der Lotophagen und Phäaken, und wer weiß, ob nicht auch Ithaka ein Todesland ist?... Weit im Westen, die Toten segeln immer mit der Sonne nach Westen ... und Odysseus' Sehnsucht und seine Rückkehr nach Ithaka bedeuten vielleicht die Sehnsucht nach dem Nichtsein, nach der Rückwärtsgeburt ... Es ist möglich, daß Penelope ›Ente‹ heißt und ursprünglich ein Seelenvogel war, aber das kann ich vorläufig noch nicht belegen. Siehst du, das ist ein Thema, mit dem man sich unbedingt so rasch wie möglich beschäftigen müßte; du auch ... Du könntest einen Teil aufarbeiten, um in die religionsgeschichtliche Methode hineinzukommen. Es wäre zum Beispiel sehr interessant, wenn du etwas über Penelope als Seelenente schriebst.«

Mihály wies den Auftrag dankend zurück, im Augenblick interessierte ihn die Seelenente weniger.

»Warum waren es nur die archaischen Griechen, die so sehr die Gegenwart des Todes spürten?«

»Weil es überall die Eigenheit der Zivilisation ist, auch bei den Griechen, daß sie die Menschen von der Realität des Todes ablenkt und die Todessehnsucht ausgleicht, wobei sie gleichzeitig den rohen Lebenswillen vermindert. Auch die christliche Zivilisation hat das getan. Obwohl die Völker, die vom Christentum befriedet werden mußten, einen noch viel größeren Todeskult hatten als die Griechen. Die Griechen waren eigentlich kein spezielles Todesvolk, bloß vermochten sie alles viel besser auszudrücken als andere. Wirklich todverbunden waren die nordischen Völker, die Germanen im Urdunkel ihrer Wälder und die Kelten, vor allem die Kelten. Die keltischen Legenden sind voller Todesinseln, die später in den Aufzeichnungen der christlichen Chronisten typischerweise zu den Inseln der Glückseligen wurden, und die idiotischen Ethnologen fallen meistens darauf herein. Aber ist es denn die Insel der Glückseligen, die aufgrund eines unwiderstehlichen Zwangs ihre Gesandte, die Fee, zum Prinzen Bran schickt? Und warum wird man zu Staub und Asche, sobald man die Insel verläßt? Und was meinst du, warum lachen die Lachenden auf der Insel, jener anderen Insel? Vor lauter Glück? Quatsch. Sie lachen, weil sie tot sind, und ihr Lachen ist das fürchterliche Grinsen der Leichen, wie man es auf indianischen Masken und auf den Gesichtern der peruanischen Mumien sieht. Doch das ist nicht mein Fach, die Kelten. Du hingegen könntest dich mit ihnen beschäftigen. Du solltest unbedingt so rasch wie möglich Irisch und Kymbrisch lernen, du hast ja sowieso nichts zu tun. Und dann mußt du nach Dublin fahren.«

»Gut«, sagte Mihály, »aber sprich bitte weiter, du weißt gar nicht, wie sehr mich das interessiert. Wie hat die Menschheit aufgehört, sich nach den Todesinseln zu sehnen, oder sehnt sie sich immer noch? Also, wie endet die Geschichte?«

»Ich kann nur mit einer selbstgebastelten Theorie antworten. Der Eintritt der nordischen Völker in die christliche Völkergemeinschaft, die europäische Zivilisation, hatte, wie du dich vielleicht erinnerst, vornehmlich zur Konsequenz, daß zwei Jahrhunderte lang von nichts anderem als vom Tod die Rede war: im zehnten und elften Jahrhundert, den Jahrhunderten der Cluny-Reform. In frühromanischer Zeit war das Christentum drauf und dran, zur finstersten Todesreligion zu werden, etwa so wie die Re-

ligion der mexikanischen Indios. Doch dann brach ihr ursprüng-
licher mediterraner, humaner Charakter wieder durch. Was war
geschehen? Die Mediterranen hatten die Todessehnsucht zu sub-
limieren und zu rationalisieren vermocht, oder einfach gesagt, sie
hatten die Todessehnsucht zu einer Sehnsucht nach dem Jenseits
verdünnt, hatten den schrecklichen Sex-Appeal der Todessirenen
in die Engelsmusik der himmlischen Heerscharen verwandelt.
Jetzt durfte sich der Gläubige ganz ruhig einen schönen Tod wünschen, er sehnte sich ja nicht mehr nach den heidnischen Genüs-
sen des Sterbens, sondern nach den zivilisierten, anständigen
Freuden des Himmels. Die krude, archaische, heidnische Todessehnsucht hingegen wurde verbannt in die Schichten unterhalb
der Religion, in den Aberglauben, in den Bereich des Hexentums
und des Satanismus. Je stärker die Zivilisation, um so tiefer hinunter wird die Todesliebe verdrängt.

Schau doch: In der zivilisierten Gesellschaft ist der Tod überhaupt ein Tabu geworden. Es schickt sich nicht, von ihm zu sprechen, sein Name wird umschrieben, als wäre er etwas Unanstän-
diges, aus der Leiche wird der Verblichene, der Dahingeschiedene,
der Heimgegangene, so wie man auch die Vorgänge der Verdau-
ung umschreibt. Und wovon man nicht spricht, daran soll man
auch nicht denken. Das ist der Schutzmechanismus der Zivilisation gegen die furchtbare Gefahr, die darin besteht, daß im Menschen neben dem Lebenswillen auch ein gegenteiliger Trieb am
Werk ist, der ihn schlau, süß und stark zum Nichts hinlockt. Dieser Trieb ist für den zivilisierten Menschen um so gefährlicher, als
seine reine Vitalität sowieso schon vermindert ist. Deshalb muß er
die andere Sehnsucht mit aller Gewalt unterdrücken. Was aber
nicht immer gelingt. In dekadenten Zeiten bricht jene andere
Sehnsucht hervor und überflutet in erstaunlichem Maß sämtliche
Bereiche des Geistes. Manchmal schaufeln ganze Gesellschafts-
klassen fast bewußt ihr eigenes Grab, so etwa die französischen
Aristokraten vor der Revolution, und ich fürchte, daß heute das
aktuellste Beispiel die Ungarn von Transdanubien sind ...

Ich weiß nicht, ob du mich verstehst. Meistens werde ich sen-
sationell mißverstanden, wenn ich von diesem Thema spreche.

Aber ich kann ja eine Probe machen. Kennst du das Gefühl: man geht auf einem glitschigen Bürgersteig, gleitet mit einem Bein aus und beginnt zu fallen. Mich erfaßt in dem Augenblick, da ich das Gleichgewicht verliere, ein plötzliches Glücksgefühl. Natürlich nur einen Augenblick lang, dann reiße ich automatisch das Bein zurück, stelle mein Gleichgewicht wieder her und freue mich, daß ich nicht hingefallen bin. Doch dieser Augenblick! Einen Augenblick lang habe ich mich von den schrecklichen Gesetzen des Gleichgewichts gelöst, war frei, war dabei, auf eine zerstörerische Freiheit zuzufliegen … Kennst du das?«

»Ich kenne das alles besser, als du denkst«, sagte Mihály leise.

Waldheim blickte ihn verblüfft an.

»Sagst du das aber komisch, mein Junge! Und wie blaß du bist! Was hast du? Komm auf die Terrasse hinaus.«

Auf der Terrasse kam Mihály sogleich zu sich.

»Hol dich der Teufel«, sagte Waldheim. »Was soll das? Ist dir heiß, oder bist du hysterisch? Ich warne dich, falls du unter der Wirkung meiner Worte Selbstmord begehst, werde ich leugnen, dich je gekannt zu haben. Was ich sage, hat immer strikt theoretischen Charakter. Ich hasse die Leute, die aus wissenschaftlichen Erkenntnissen irgendwelche praktischen Schlüsse ziehen, ›die Lehre ins Leben übertragen‹, wie die Ingenieure, die aus den kühnen Formeln der Chemie Wanzenvertilgungsmittel fabrizieren. Goethes Worte sind erst umgekehrt richtig: grau ist alles Leben und grün der goldne Baum der Theorie. Vor allem, wenn es sich um so grüne Theorien handelt wie diese. Na, ich hoffe, daß ich dein seelisches Gleichgewicht wiederhergestellt habe. Und überhaupt … vergiß das Seelenleben. Ich glaube, das ist dein Problem. Ein intelligenter Mensch hat kein Seelenleben. Und komm morgen mit mir auf die Garden-Party des Amerikanischen Archäologischen Instituts. Du brauchst ein bißchen Abwechslung. So, und jetzt geh nach Hause, ich muß noch arbeiten.«

4

Das Amerikanische Archäologische Institut ist eine wunderschöne Villa inmitten eines großen Gartens, oben auf dem Gianicolo. Die jährlich einmal stattfindende Garden-Party ist für die angelsächsische Kolonie Roms ein großes Ereignis, das nicht nur von den amerikanischen Archäologen, sondern vor allem von den in Rom lebenden Künstlern veranstaltet wird, und geladen sind alle jene, die mit ihnen in engerem oder loserem Kontakt stehen. So pflegt sich hier eine außerordentlich gemischte, also außerordentlich interessante Gesellschaft zusammenzufinden.

Doch Mihály nahm von der Gemischt- und Interessantheit der Gesellschaft wenig wahr. Wieder befand er sich in einem Seelenzustand, in dem die Dinge durch einen Schleier, einen Nebel zu ihm kamen: das würzige, sich selbst genügende Glück der Sommernacht, vermischt mit der Tanzmusik, den Getränken und den Frauen, mit denen er über irgend etwas plauderte, worüber, das wußte er selbst nicht recht. Sein Kostüm hatte eine entfremdende Wirkung: Er war gar nicht da, es war jemand anderer, ein schläfriger Pierrot.

Die Stunden vergingen in angenehmer Benommenheit, es war schon sehr spät, und jetzt stand er wieder auf einem rasenbewachsenen kleinen Hügel unter einer Pinie, und wieder hörte er die seltsamen, unerklärlichen Töne, die ihn im Lauf der Nacht immer wieder beunruhigt hatten.

Die Töne kamen von jenseits einer sehr hohen Mauer, und je mehr die Nacht fortschritt, um so höher wurde die Mauer, himmelhoch. Die Töne waren einmal stärker, einmal schwächer, einmal ohrenbetäubend intensiv, ein andermal nur wie ein fernes Jammern, wehklagende Menschen am Ufer eines fernen Sees oder Meeres, unter einem aschfarbenen Himmel ... Dann verstummten sie, schwiegen lange, und Mihály begann sie zu vergessen und sich zu fühlen wie jemand, der an einer Garden-Party teilnimmt, und er ließ sich von Waldheim, der ganz in seinem Element war, einer weiteren Frau vorstellen, als die Töne wieder einsetzten.

Obwohl sich die Stimmung gerade sehr angenehm zu entwikkeln begann. Alle waren jetzt auf subtilere, stärkere Art betrunken, was nicht dem Alkohol, sondern der Nacht zu verdanken war. Man hatte die Schwelle des Schlafs überschritten; die Zeit, in der man ins Bett zu gehen pflegt, war längst vorbei, jetzt war schon alles egal, jetzt hatte man keine Gewissensbisse mehr, man überließ sich der Nacht. Waldheim sang Arien aus der Schönen Helena. Mihály beschäftigte sich mit einer polnischen Dame, und alles war sehr nett, als er wieder die Töne hörte. Er entschuldigte sich und ging auf den Hügel hinauf, stand dort allein, horchte angespannt und mit Herzklopfen, als hinge alles davon ab, daß er dieses Rätsel löste.

Jetzt hörte er deutlich, daß jenseits der Mauer gesungen wurde, von mehreren Personen, wahrscheinlich Männern, ein klagender, mit nichts vergleichbarer Gesang, in welchem bestimmte erkennbare, aber unverständliche Wörter rhythmisch wiederkehrten. Ein tiefer, ergreifender Schmerz klang in dieser Melodie, aber auch etwas Unmenschliches, oder Vormenschliches, etwas, das an das nächtliche Heulen von Tieren erinnerte, ein Schmerz, der noch aus der Zeit der Bäume stammte, der Zeit der Pinien. Mihály setzte sich unter die Pinie und schloß die Augen. Nein, das waren keine Männer, die dort drüben sangen, sondern Frauen, und er sah sie vor sich, eine seltsame Gesellschaft, sie glichen am ehesten den Bewohnern Naconxipans, des Wunderlands, wie es der wahnsinnige Gulácsy gemalt hatte, in Kleidern von einem starken, sinnverwirrenden Violett. Und dann dachte er, so habe man wohl um Götter geklagt, um Attis und Adonis ... um Tamás, um Tamás, der zu Beginn der Zeiten unbeweint gestorben war und jetzt jenseits der Mauer aufgebahrt lag, auf seinem Gesicht der Schimmer der kommenden Morgenröte.

Als er die Augen wieder aufmachte, stand eine Frau über ihm, mit den Schultern an die Pinie gelehnt, in einem klassizistischen

Kostüm, wie man sich zur Goethezeit die Griechen vorgestellt hatte, und mit einer Maske. Mihály richtete sich höflich auf und fragte die Dame auf englisch:

»Wissen Sie zufällig, was das für Männer oder Frauen sind, die da drüben singen?«

»Ja, natürlich«, sagte die Dame. »Da ist ein syrisches Kloster, und die Mönche singen alle zwei Stunden ihre Psalmen. Unheimlich, nicht?«

»Ja«, sagte Mihály.

Sie schwiegen eine Weile. Schließlich sagte die Frau:

»Ich muß Ihnen etwas ausrichten. Von einer sehr alten Bekannten.«

Mihály stand abrupt auf.

»Von Éva Ulpius?«

»Ja, von Éva Ulpius. Sie sollen sie nicht suchen, denn Sie würden sie sowieso nicht finden. Es sei zu spät. Sie hätten es, läßt sie sagen, damals im Haus in London tun sollen, als sie sich hinter dem Vorhang versteckte. Doch damals hätten Sie den Namen von Tamás gerufen. Und jetzt sei es zu spät.«

»Wie könnte ich mit Éva Ulpius sprechen?«

»Gar nicht.«

In diesem Augenblick ertönte von jenseits der Mauer der Jammergesang von neuem und stärker als bisher, als weinten sie der Morgendämmerung entgegen, oder als klagten sie um die schwindende Nacht, mit sich überschlagendem, abgehacktem Heulen, selbstzerfleischend, mörderisch. Die Dame erschauerte.

»Schauen Sie, die Kuppel von Sankt Peter«, sagte sie.

Die Kuppel schwamm weiß und kalt über der Stadt, als wäre sie die Ewigkeit persönlich. Die Frau eilte vom Hügel hinab.

Mihály spürte eine unsägliche Müdigkeit, als hätte er bis dahin sein Leben krampfhaft mit beiden Händen festgehalten, und jetzt wäre es ihm entglitten.

Dann riß er sich zusammen und eilte der schon verschwundenen Frau nach.

Unten war ein großes Durcheinander, die meisten waren am Aufbrechen, Waldheim las aus dem *Symposion* vor und gab dazu

Erklärungen. Mihály rannte in der Menge hin und her, lief dann vor das Gartentor hinaus, um die Frau vielleicht unter den Gästen zu finden, die dort in ihre Wagen stiegen.

Er kam gerade rechtzeitig. Die Dame stieg eben in einen schönen offenen Landauer, in welchem schon eine andere weibliche Gestalt saß, und der Wagen fuhr rasch an. Mihály hatte die andere Frau sofort erkannt. Éva.

5

Die Verhandlungen zwischen den Banken zogen sich sehr in die Länge. Die Sache hätte eigentlich ganz einfach geregelt werden können, wenn lauter intelligente Leute beteiligt gewesen wären – doch das kommt ja im Leben selten vor. Die Juristen versuchten einander mit Hilfe steiler Satzkonstruktionen auszustechen, die gewichtigen Financiers hielten den Mund und hörten mißtrauisch zu, und ihr Schweigen sagte deutlicher als jedes Wort: »Geld geben wir keins.«

Das Geschäft kann man vergessen, dachte Zoltán Pataki resigniert.

Er wurde immer nervöser und ungeduldiger. In letzter Zeit war ihm mehrmals bewußt geworden, daß er bei Verhandlungen nicht aufzupassen vermochte, und seit er das wußte, war er noch nervöser und ungeduldiger.

Unter dem Fenster war jetzt ein langer Hupton zu hören. Früher hatte Erzsi oft unten im Auto gewartet, wenn die Sitzung noch dauerte.

Erzsi… nicht an sie denken; jetzt tut es noch sehr weh, doch die Zeit heilt ja Wunden. Weiter, weiter. Nutzlos weiterlaufen wie der Motor eines Autos, aus dem alle ausgestiegen sind, aber einfach weiterlaufen.

Er machte eine resignierte Handbewegung, verzog den Mund und stellte seine große Müdigkeit fest. In letzter Zeit wiederholten sich diese vier aufeinanderfolgenden Akte automatisch: Erzsi fiel ihm ein, er machte eine resignierte Handbewegung, verzog den Mund und stellte seine Müdigkeit fest. Dreißigmal am Tag, wie ein Tick. Vielleicht sollte er doch zum Arzt gehen wegen dieser Müdigkeit? Ach was, alter Junge, wir überleben es, wir überleben's.

Plötzlich horchte er auf. Es war gerade die Rede davon, daß jemand nach Paris fahren und mit einer bestimmten Finanzgruppe verhandeln sollte. Ein anderer Herr sagte, das sei völlig überflüssig, man könne es auch schriftlich erledigen.

Erzsi ist in Paris ... Mihály in Italien ... Erzsi schreibt kein Wort, obwohl sie doch fürchterlich einsam sein muß. Ob sie genug Geld hat? Vielleicht muß sie mit der Metro fahren, die Ärmste; wenn sie vor neun ausgeht und nach zwei Uhr zurückkommt, kann sie ein Retourbillet lösen, das ist billiger; die Ärmste macht es bestimmt so. Aber vielleicht ist sie gar nicht einsam. Eine Frau bleibt in Paris nicht so rasch allein, und Erzsi ist so attraktiv ...

Darauf folgte nicht die resignierte Geste, sondern das Blut stieg ihm in den Kopf: sterben, sterben, es gibt keine andere Lösung ...

Unterdessen waren die Herren doch zur Überzeugung gelangt, daß jemand nach Paris fahren müsse. Pataki verlangte das Wort. Unter Aufbietung seiner ganzen Energie legte er dar, daß es unbedingt nötig war, mit den französischen Partnern persönlich zu verhandeln. Als er zu reden anfing, wußte er nicht recht, was das überhaupt für eine Angelegenheit war, doch während des Redens ging es ihm auf, und er reihte ein unumstößliches Argument an das andere. Und es gelang ihm denn auch, die Herren zu überzeugen. Darauf überkam ihn wieder die große Müdigkeit.

Natürlich muß man nach Paris fahren. Aber ich kann jetzt nicht. Ich kann die Bank nicht alleinlassen, und überhaupt, was soll ich dort. Erzsi hat mich nicht gerufen. Daß ich ihr nachlaufe, daß ich das Risiko einer sehr wahrscheinlichen Zurückweisung auf mich nehme, das geht nun doch wieder nicht ... Schließlich und endlich hat man ja noch seine Selbstachtung.

Er hörte abrupt zu reden auf. Die Gesellschaft beschloß, einen jungen Direktor nach Paris zu entsenden, den Schwiegersohn eines der großen Financiers, der ausgezeichnet Französisch konnte. Das wird eine gute Lektion für ihn sein, dachten die älteren Herren väterlich.

Nach der Sitzung kam der schwerste Teil des Tages, der Abend. Pataki hatte einmal gelesen, das sei der wesentliche Unterschied zwischen dem Verheirateten und dem Junggesellen: daß der Verheiratete immer wußte, mit wem er am Abend essen würde. Tatsächlich war das Patakis größtes Problem, seit ihn Erzsi verlassen hatte. Mit wem sollte er zu Abend essen? Männer hatte er nie gemocht, die Einrichtung der Freundschaft kannte er nicht. Frauen? Das war das Merkwürdigste. Solange er Erszis Mann gewesen war, hatte er eine Unmenge Frauen gebraucht, immer andere Frauen, jede war ihm recht, die eine, weil sie so dünn war, die andere, weil sie so dick war, die dritte, weil sie das richtige Mittelmaß darstellte. Er verbrachte seine ganze freie und oft auch nicht freie Zeit mit Frauen. Da gab es die auf unerforschliche Art mit dem Theater zusammenhängende Maîtresse de titre, die eine Menge Geld kostete, aber gleichzeitig Reklame für die Bank war, dann die Liebschaften mit Damen der Gesellschaft, da und dort mit der Ehefrau eines Kollegen, aber vor allem gab es die Sekretärinnen und zur Abwechslung auch hin und wieder ein Dienstmädchen. Eine fürchterliche Sammlung. Erzsi war nur zu Recht bekümmert gewesen, und in optimistischen Momenten wollte Pataki glauben, daß sie ihn deswegen verlassen hatte. In pessimistischen Momenten wußte er wohl, daß ihn Erzsi aus anderen Gründen verlassen hatte, nämlich wegen seiner nicht behebbaren Mängel, und dieses Wissen war entsetzlich demütigend. Nachdem Erzsi gegangen war, entließ er die Maîtresse de titre mit einer fürstlichen Abfindung, besser gesagt, er reichte sie an einen Kollegen weiter, der sich schon lange um diese Auszeichnung bemüht hatte, er »reorganisierte« die Sekretärinnen, setzte eine der häßlichsten Angestellten der Bank neben sich und führte ein enthaltsames Leben.

Wir hätten ein Kind haben sollen, dachte er und hatte plötzlich das Gefühl, daß er sein Kind, Erzsis Kind, sehr geliebt hätte. Mit raschem Entschluß rief er eine Cousine an, die zwei entzückende Kinder hatte, und ging zu ihr zum Abendessen. Unterwegs kaufte er eine Unmenge Süßigkeiten. Die zwei entzückenden Kinder haben wahrscheinlich nie erfahren, wem sie es zu verdanken hatten, daß sie sich gründlich den Magen verderben durften.

Nach dem Essen setzte er sich noch in ein Kaffeehaus, las die Zeitungen, überlegte, ob er noch ein bißchen zum Kartenspielen in den Klub gehen sollte, konnte sich aber nicht entschließen. Er ging nach Hause.

Die Wohnung ohne Erzsi war ungeheuer bedrückend. Man sollte endlich etwas mit Erzsis Möbeln machen. Es geht doch nicht, daß ihr Zimmer noch aussieht, als könnte sie jeden Augenblick nach Hause kommen, obwohl ja ... Man müßte die Möbel auf den Dachboden stellen lassen oder in ein Lagerhaus. Ich will es als eine Art Klubzimmer einrichten, mit schweren Sesseln.

Wieder winkte er resigniert ab, verzog den Mund und stellte seine Müdigkeit fest. Die Wohnung war einfach nicht auszuhalten. Ausziehen sollte man. Im Hotel wohnen wie die Künstler. Oder vielleicht in einem Sanatorium. Pataki liebte die Sanatorien, die weiße Ruhe, die medizinische Umsorgtheit. Ja, ich ziehe auf den Svábhegy. Meine Nerven haben das mehr als nötig. Noch eine Ehefrau, die mich verläßt, und ich drehe durch.

Er legte sich ins Bett, stand dann wieder auf, weil er spürte, daß er ohnehin nicht würde schlafen können. Er zog sich an, aber es fiel ihm nicht ein, wohin er gehen könnte, und so schluckte er ein Sevenal (nützen würde es zwar nichts) und zog sich wieder aus.

Sobald er im Bett war, präsentierte sich ihm die quälende Alternative wieder. Erzsi in Paris. Entweder war sie allein, gräßlich einsam, vielleicht aß sie auch nicht richtig, wer weiß, in welchen miserablen Prix-fixes-Lokalen sie sich verpflegte – oder sie war nicht allein. Dieser Gedanke war unerträglich. Seltsamerweise brachte er es nicht fertig, Mihály ernst zu nehmen, der Tatsache zum Trotz, daß er ihm die Frau ausgespannt hatte. An Mihály hatte er sich irgendwie schon gewöhnt. Mihály zählte nicht. Mihály war ein Niemand. In den Tiefen seines Bewußtseins war er überzeugt, daß sich einmal noch herausstellen würde, daß Mihály auch gar nicht ... Mag ja sein, daß Erzsi und er ein Verhältnis hatten, daß sie eine Ehe führten, und doch gehörten sie nicht zusammen wie Mann und Frau. Das konnte man sich von Mihály nicht vorstellen. Aber jetzt in Paris ... der unbekannte Mann ... der unbekannte Mann ist hundertmal quälender als der bekannte Verführer. Nein, das war nicht auszuhalten.

Er mußte nach Paris. Mußte sehen, was Erzsi trieb. Vielleicht litt sie Hunger. Und die Selbstachtung? Erzsi pfiff doch auf ihn, Erzsi brauchte ihn nicht, Erzsi wollte ihn nicht sehen ...

Na und? Genügt es nicht, daß ich sie sehen will? Der Rest ergibt sich dann.

Die Selbstachtung! Seit wann sind Sie so versessen darauf, Herr Pataki? Wenn Sie im Geschäftsleben immer so darauf bestanden hätten, wo wären Sie jetzt, bitte sehr? Sie hätten einen blühenden Spezereiladen in Szabadka, wie der liebe Herr Papa. Warum soll ich gerade Erzsi gegenüber auf Selbstachtung pochen? Das soll man da tun, wo es mit einem Risiko verbunden ist. Dem Präsidenten gegenüber, oder zum Beispiel dem Staatssekretär Krychlovác. (Naja, nein, das wäre wiederum übertrieben.) Einer Frau gegenüber auf Selbstachtung bestehen? Wäre gar nicht ritterlich, gar nicht gentlemanlike. Sondern lächerlich.

Am nächsten Tag entfaltete er eine stürmische Aktivität. Er überzeugte die Bank und sämtliche interessierten Parteien, daß der junge Herr Schwiegersohn doch nicht die ideale Wahl war, daß man für die Verhandlungen mit den französischen Herren doch eine erfahrenere Person brauchte.

Die interessierten Parteien begriffen allmählich, daß Pataki selbst die betreffende erfahrenere Person war.

»Aber sprechen Sie Französisch, Herr Direktor?«

»Nicht sehr gut, aber ich lasse mich schon nicht einseifen. Und überhaupt, die Leute, mit denen wir im Geschäft sind, können bestimmt so gut Deutsch wie Sie oder ich. Haben Sie schon einen Financier gesehen, der nicht Deutsch kann? Deutsch is ä Weltsprache.«

Am folgenden Morgen war er bereits unterwegs.

Den geschäftlichen Teil der Reise erledigte er in einer halben Stunde. Der Franzose namens Loew, mit dem er verhandeln mußte, konnte tatsächlich Deutsch und war außerdem ein intelligenter Mensch. Daß die Sache so rasch erledigt war, lag auch daran, daß Pataki im Gegensatz zu den Dilettanten die wirtschaftlichen und finanziellen Belange nicht ernst nahm; er verhielt sich zu ihnen wie der Arzt zu den Kranken. Er wußte, daß es auf diesem Gebiet so ist wie auf allen anderen Gebieten, nämlich daß die

Unbegabten oft viel weiter kommen als die Begabten, daß die Unkundigen sich besser bewähren als die Sachverständigen, daß eine Menge Pseudofinanciers an den wichtigen Posten sitzen, während die echten im Café Schwartzer oder Markó ihre Betrachtungen anstellen. Auch hier wird der Kampf um eine Fiktion geführt, so wie in der Wissenschaft, wo eine inexistente und gar nicht wirklich erwünschte Wahrheit gesucht wird. Hier sucht man das Kapital, das schon aufgrund seiner Dimensionen nicht den geringsten Sinn hat. Und um dieses Kapitals willen werden Vermögen verloren, die einen Sinn haben. Das ganze Aufhebens ist so unseriös wie alles andere auf der Welt.

Er war stolz darauf, daß er das wußte und Mihály zum Beispiel nicht. Der war ein Intellektueller, und gerade deswegen glaubte er noch ans Geld, während er an allem anderen zweifelte.

Mihály sagte zum Beispiel Dinge wie: »Die Psychologie, so wie sie sich heute präsentiert, ist eine völlig unzuverlässige Wissenschaft, die noch in den Anfängen steckt …« oder: »Die Lyrik hat heutzutage keine Bedeutung mehr …« oder: »Humanismus? Unsere Reden gegen den Krieg halten wir umsonst, er redet nicht, sondern kommt einfach …« Hingegen die Aktien auf Hanf & Leinen aus Váralja, das war etwas, dagegen ließ sich nichts einwenden, da ging es ums Geld, da hörte der Spaß auf. Pataki lachte in sich hinein. Hanf & Leinen aus Váralja, ach Gott … wenn Mihály und seine Gesinnungsgenossen wüßten … Da war sogar die Lyrik etwas Ernsthafteres.

Und jetzt wollen wir in aller Ruhe zum zweiten Punkt unseres kleinen Programms übergehen, dachte Pataki. Er hatte Erzsis Pariser Adresse von Mihálys Familie erfahren. Denn er hielt mit Mihálys Familie, wie mit jedermann, die guten Beziehungen aufrecht (schließlich konnten die wirklich nichts dafür), und er brachte von Mihálys Schwester sogar Geschenke für Erzsi mit. Er hatte erfreut festgestellt, daß Erzsi nicht mehr am linken Ufer wohnte, in jenem verdächtig bohèmehaften Stadtteil, sondern am nüchternen rechten Ufer, in der Nähe der Étoile.

Es war zwölf Uhr. Er ließ durch den Kellner eines Cafés Erzsis Hotel anrufen, da er das seinen eigenen Französischkenntnissen nicht zutraute. Madame war nicht zu Hause. Pataki ging das Terrain erkunden.

Er betrat das kleine Hotel und verlangte ein Zimmer. Da er ohnehin schlecht Französisch sprach, war es nicht schwer, den idiotischen Fremden zu spielen. Mit Gesten gab er zu verstehen, daß er das Zimmer zu teuer fand, und er ging wieder weg. Doch bis dahin hatte er festgestellt, daß es ein anständiges, gutes Hotel war, wahrscheinlich wohnten sogar Engländer da, auch wenn man irgendwie eine leichte Anrüchigkeit spürte, vor allem auf den Gesichtern der Zimmermädchen, bestimmt gab es hier auch Zimmer, die von alten Franzosen als Pied-à-terre benutzt und für den ganzen Monat bezahlt, aber wöchentlich nur zwei Stunden in Anspruch genommen wurden. Warum war Erszi vom anderen Ufer hierher gezogen? Wollte sie eleganter wohnen oder hatte sie einen eleganteren Liebhaber?

Am Nachmittag rief er sie wieder an. Diesmal war Madame zu Hause.

»Hallo, Erzsi? Hier ist Zoltán.«

»Ach, Zoltán ...«

Pataki meinte zu hören, daß es Erzsi vor Herzklopfen die Stimme verschlug. War das ein gutes Zeichen?

»Wie geht's, Erzsi? Ist alles in Ordnung?«

»Ja, Zoltán.«

»Ich bin hier in Paris, weißt du, es gab Komplikationen mit dem Hanf & Leinen aus Váralja, ich habe kommen müssen. Ich habe unglaublich viel zu tun, seit drei Tagen laufe ich mir die Füße wund. Mir ist diese Stadt schon rasend verleidet ...«

»Ja, Zoltán.«

»Und ich dachte, wenn ich schon hier bin und heute eine kleine Verschnaufpause habe, da frage ich kurz nach, wie es dir geht.«

»Ja ... sehr lieb von dir.«

»Geht's gut?«

»Ja.«

»Sag mal ... hallo ... könnten wir uns vielleicht treffen?«

»Wozu?« fragte Erzsi aus riesiger Distanz. Pataki geriet ein wenig ins Wanken und lehnte sich gegen die Wand. Doch dann fuhr er munter fort:

»Was heißt wozu? Warum sollten wir uns nicht treffen, wenn ich schon mal hier in Paris bin. Oder?«

»Stimmt eigentlich.«

»Kann ich zu dir kommen?«

»Ja, Zoltán. Nein, komm nicht. Treffen wir uns irgendwo.«

»Prima. Ich kenne hier ein sehr nettes Lokal. Weißt du, wo Smith ist, die englische Buchhandlung an der Rue de Rivoli?«

»So ungefähr.«

»Also, es gibt dort im ersten Stock einen englischen Tea-Room. Man geht durch die Buchhandlung hinauf. Komm dorthin, ich erwarte dich dort.«

»Gut.«

Er hatte den Ort gewählt, weil ihm im Zusammenhang mit Erzsi alles Französische verdächtig war. Paris und das Französische, so stellte er sich vor, bedeuteten für Erzsi wahrscheinlich all das, was ihm fehlte, was er nicht bieten konnte. In einem der französischen Cafés (die er sowieso haßte, weil die Kellner frech waren und zum Kaffee kein Wasser brachten) hätte sie bei ihrem Kampf gegen ihn ganz Frankreich im Rücken gehabt. Sie wäre in der Übermacht gewesen. Das kühle, neutrale Niemandsland des englischen Tea-Rooms hatte er aus Gründen des Fairplay gewählt.

Erzsi stellte sich tatsächlich ein, sie setzten sich, und Pataki war bemüht, sich zu verhalten, als wäre zwischen ihnen nie etwas gewesen, weder eine Ehe noch eine Scheidung. Zwei intelligente Budapester, eine Frau und ein Mann, die sich in Paris trafen. Er trug ausführlich und schmackhaft den neusten Budapester Klatsch vor. Erzsi hörte ihm aufmerksam zu.

Pataki dachte unterdessen:

Das hier ist Erzsi. Sie hat sich nicht wesentlich verändert, schließlich ist es ja auch nicht so lange her, daß sie meine Frau war. Sie trägt ein paar Pariser Kleidungsstücke, ganz schick, aber nicht von der besten Qualität, wie mir scheint. Sie wirkt ein bißchen gedrückt. In ihrer Stimme ist etwas wie ein leichter Schleier. Das bricht mir das Herz. Mein armer Schatz! Dieser Schuft von einem

Mihály! Das hat sie jetzt davon. Offenbar ist sie noch nicht darüber hinweg ... oder hat sie in Paris neuerliche Enttäuschungen erlebt? Der unbekannte Mann ... O Gott, o Gott, ich schwafle hier von der Schwägerin des Péter Bodrogi, und inzwischen würde ich am liebsten sterben.

Das hier ist Erzsi. In Lebensgröße. Hier sieht man die Frau, ohne die ich nicht leben kann. Warum, warum wohl? Warum ist sie für mich die einzige begehrenswerte Frau, obwohl ich sie jetzt zum Beispiel überhaupt nicht begehre? Unter den anderen gab es doch viel »bessere« Frauen, zum Beispiel die Gizi, von Mária ganz zu schweigen ... Die mußte ich bloß ansehen, und mir brannten die Sicherungen durch. Und vor allem gab es die viel Jüngeren. Erzsi ist gar nicht mehr dermaßen ... Warum ist es dann so, daß ich hier und jetzt, und ohne irgendwie aufgeheizt zu sein, die Hälfte meines Vermögens zahlen würde, damit sie mit mir ins Bett geht?

Erzsi hielt den Blick gesenkt, hörte sich aber lächelnd den Klatsch an und dachte:

Was der alles über alle Leute weiß! Man fühlt sich so zu Hause mit ihm. Mihály weiß über niemanden etwas. Er ist unfähig, sich zu merken, wer wessen Schwägerin oder Freundin ist. Ich verstehe nicht, warum ich Angst hatte und aufgeregt war. Glaubt man so sehr ans Klischee des »verlassenen Mannes«? Ich hätte doch wissen müssen, daß Zoltán nie in die Lage kommt, auch nur ein wenig tragisch zu sein. In seinen Augen ist immer eine Art Lächeln. Alles Getue ist ihm zuwider. Wenn es sein Schicksal wäre, als Märtyrer zu sterben, würde er auf dem Scheiterhaufen bestimmt noch einen Witz oder ein bißchen Klatsch zum Besten geben, um der Situation die tragische Spitze zu nehmen. Obwohl er bestimmt viel gelitten hat, er ist grauer geworden. Doch gleichzeitig hat er sein Leiden auch irgendwie unter den Tisch gewischt. Und sich zwischendurch prächtig gefühlt. Der braucht kein Mitleid.

»Und was ist mit dir?« fragte Zoltán plötzlich.

»Mit mir? Was soll schon sein? Du weißt ja wahrscheinlich, warum ich nach Paris gekommen bin ...«

»Ja, in großen Zügen kenne ich die Geschichte, aber ich weiß nicht, warum alles so gekommen ist. Möchtest du es nicht erzählen?«

»Nein, Zoltán. Sei mir nicht böse. Ich kann mir nicht denken, warum ich dir erzählen sollte, was zwischen mir und Mihály vorgefallen ist. Ich habe auch Mihály nichts von dir erzählt. Scheint mir selbstverständlich.«

Das hier ist Erzsi, dachte Zoltán. So fein, so unendlich wohlerzogen. Keine Katastrophe wird sie zu einer Indiskretion verleiten. Die fleischgewordene Disziplin. Und wie sie mich anschaut, mit welcher kalten, verurteilenden Höflichkeit. Noch immer hat sie die Fähigkeit, mich anzuschauen, daß ich mich fühle wie ein Spezereiladengehilfe. Aber so leicht lasse ich mich nicht ins Bockshorn jagen.

»Aber vielleicht kannst du doch sagen, wie deine Pläne aussehen«, sagte er.

»Vorläufig habe ich keinerlei Pläne. Ich bleibe hier in Paris.«

»Fühlst du dich hier wohl?«

»Ziemlich.«

»Hast du die Scheidung schon eingereicht?«

»Nein.«

»Warum nicht?«

»Was du alles wissen willst, Zoltán! Ich habe sie noch nicht eingereicht, weil die Zeit dafür noch nicht gekommen ist.«

»Du meinst also, er könnte … verzeih: er könnte noch zu dir zurückkehren?«

»Das weiß ich nicht. Vielleicht. Ich weiß auch nicht, ob ich das möchte. Vielleicht würde ich ihn gar nicht mehr sehen wollen. Wir passen ja nicht zusammen. Aber … Mihály ist nicht so wie die anderen Menschen. Ich möchte zuerst wissen, was er für Pläne hat. Es könnte ja zum Beispiel sein, daß er eines Tages aufwacht und erstaunt um sich blickt, weil er mich nicht sieht. Und verzweifelt feststellt, daß er mich in der Eisenbahn vergessen hat. Und ganz Italien nach mir absucht.«

»Meinst du?«

Erzsi senkte den Kopf.

»Du hast recht. Ich meine es nicht.«

Warum bin ich so ehrlich? Warum gebe ich mich so preis, wie sonst niemandem? Offenbar ist da doch noch etwas zwischen Zoltán und mir, eine Intimität. Vier Jahre Ehe kann man nicht ungeschehen machen. Mit keinem anderen Menschen auf der Welt hätte ich von Mihály gesprochen.

Meine Zeit ist noch nicht gekommen, dachte Zoltán. Sie liebt diesen Trottel immer noch. Zum Glück wird Mihály früher oder später alles verderben.

»Was hast du von Mihály gehört?« fragte Pataki.

»Nichts. Ich habe einfach das Gefühl, daß er in Italien ist. Ein guter Freund von ihm, den ich auch kenne, ein gewisser Szepetneki, ist hier. Der sagt, er habe schon eine Spur und würde demnächst herausfinden, wo Mihály ist und was er macht.«

»Wie will er das herausfinden?«

»Ich weiß es nicht. Szepetneki ist ein ganz eigenartiger Mensch.«

»Ach ja?« Zoltán schaute abrupt auf und blickte Erzsi durchdringend an. Sie hielt seinem Blick trotzig stand.

»Ja. Ein ganz eigenartiger Mensch. Der eigenartigste, den ich je getroffen habe. Und dann ist hier auch noch ein Perser ...«

Pataki senkte den Kopf und trank einen großen Schluck Tee.

Welcher von den beiden? Oder gleich beide? O Gott, o Gott, sterben, es bleibt nichts anderes ...

Daraufhin saßen sie nicht mehr lange beisammen. Erzsi hatte zu tun. Was, das sagte sie nicht.

»Wo wohnst du?« fragte sie zerstreut.

»Im Edouard VII«, sagte er.

»Na, servus, Zoltán. Eigentlich hat es mir sehr gut getan, dich zu sehen. Und ... lebe ganz ruhig, und denk nicht an mich«, sagte sie leise und mit einem traurigen Lächeln.

An dem Tag nahm Pataki eine kleine Pariserin mit aufs Zimmer. Wenn man doch schon einmal da ist, dachte er, und war dann von der parfümierten kleinen Fremden, die neben ihm im Bett geräuschvoll schlief, unsäglich angewidert.

Am Morgen, nachdem die Frau gegangen war und Pataki sich zu rasieren begann, klopfte es an der Tür.

»Entrez!«

Ein großgewachsener, auffallend gekleideter Mann mit markanten Zügen trat ein.

»Ich suche Herrn Direktor Pataki in einer wichtigen, für ihn äußerst wichtigen Angelegenheit.«

»Ich bin es. Mit wem habe ich die Ehre?«

»Ich bin János Szepetneki.«

Vierter Teil

Das Höllentor

V. A porta inferi
R. Erue, Domine, animam eius.
Officium defunctorum

I

Es ging auf den Abend. Mihály überquerte langsam und ein Bein nachziehend den Tiber. Er wohnte schon seit längerem auf dem Gianicolo, in einem verlotterten alten Zimmer, das Waldheim entdeckt hatte, bei einer verlotterten alten Frau, die ihm meistens das Mittagessen kochte, *pasta asciutta*, zu dem Mihály ein bißchen Käse beisteuerte oder eine Orange. Das Zimmer war seinem lamentablen Zustand zum Trotz viel mehr ein Zimmer als das im Hotel. Das Mobiliar bestand aus alten, echten Möbeln, die groß und richtig proportioniert und nicht solche Pseudo-Dinger waren, wie sie in den Hotelzimmern zu stehen pflegen. Mihály hätte das Zimmer ganz gern gemocht, wenn die hygienischen Nebenumstände ihm nicht immer wieder quälend vor Augen geführt hätten, wie weit er gesunken war. Er beklagte sich bei Waldheim, doch der lachte ihn aus und hielt einen nicht sehr appetitlichen langen Vortrag über seine Erfahrungen in Albanien und Griechenland.

Solcherart klopfte die Armut an. Jetzt mußte er wirklich jeden Centesimo zweimal umdrehen, bevor er ihn ausgab. Er trank keinen Kaffee mehr, rauchte so schlechte Zigaretten, daß man gar nicht viele rauchen konnte, und auch so spürte er ständig ein Kratzen im Hals. Und immer häufiger fiel ihm ein, daß auch dieses Geld bald zu Ende sein würde. Waldheim redete ihm zu, sagte, er würde ihm eine Stelle verschaffen, es liefen ja genug verrückte alte Amerikanerinnen hier herum, eine von ihnen würde ihn schon anstellen, als Sekretär oder als Erzieher für ihre Enkel oder eventuell als Portier, was ein besonders bequemer Posten sei – doch die Amerikanerin lebte vorläufig nur in Waldheims Phantasie, und Mihály schauderte es beim Gedanken an eine Beschäftigung ohnehin, denn die hätte er in Budapest ja auch gehabt.

Auch so hatte er zwei Beschäftigungen, und die genügten ihm vollauf. Die eine bestand darin, daß er sich nach Waldheims Anweisungen in die Wissenschaft von den Etruskern »einlas«, Bibliotheken und Museen besuchte und abends Waldheim und zuweilen dessen Gelehrtenfreunden zuhörte. Die wahre, große, Waldheimsche Begeisterung für das Fach verspürte er keinen Augenblick, doch er hielt sich eisern an ein methodisches Lernen, denn das milderte ein bißchen das bürgerliche Schuldgefühl, das er, nun ja, wegen seines untätigen Lebens doch hatte. Mihály hatte zwar nie gern gearbeitet, aber während seiner bürgerlichen Jahre doch viel geschuftet, da er abends gern das Gefühl hatte, tagsüber etwas geleistet zu haben. Und das Lernen lenkte ihn von seiner anderen und wichtigeren Beschäftigung ab, die darin bestand, daß er Éva suchte.

Er konnte sich nicht damit abfinden, daß er sie nie mehr sehen sollte. Nach jenem denkwürdigen Abend war er benommen durch die Stadt getorkelt, ohne zu wissen, was er eigentlich wollte, doch später sah er ganz klar, daß er nur eines wollen konnte, wenn das Wort wollen hier überhaupt angebracht war. Die Scholastiker hatten gelehrt, daß das Sein Abstufungen hat und nur der Vollkommene ganz und wirklich existiert. Die Zeit, die er mit der Suche nach Éva verbrachte, war viel existenter, viel wirklicher als die Monate und Jahre ohne sie. Trotz seiner Beklommenheit und seines Untergangsgefühls wußte er, daß das, ob gut oder schlecht, das Leben war und daß es ohne Éva keine andere Wirklichkeit gab als das Denken an Éva und das Warten auf sie.

Er war müde, fühlte sich verkommen und zog ein Bein nach. Als er das Tiberufer erreichte, wurde ihm bewußt, daß ihm jemand folgte. Doch dann dachte er, es sei bloß Einbildung.

Aber als er durch die Gassen von Trastevere hinkte, wurde das Gefühl stärker. Ein heftiger Wind kam auf, und die Gassen waren leerer als sonst. Wenn mir jemand folgt, muß ich ihn sehen, dachte er, und drehte sich von Zeit zu Zeit um. Doch hinter ihm gingen mehrere Personen. Vielleicht folgt mir jemand, vielleicht auch nicht.

Als die Straßen anzusteigen begannen, legte sich das Gefühl, verfolgt zu werden, so schwer auf ihn, daß er nicht hügelaufwärts abbog, sondern weiter durch die Gassen von Trastevere streunte, während er sich überlegte, daß er den Verfolger an einem geeigneten Ort erwarten würde. Er blieb vor einer kleinen Osteria stehen.

Wenn er mich angreifen will (das ließ sich in Trastevere durchaus vorstellen), kann ich hier am ehesten auf Hilfe hoffen, jemand wird doch wohl aus der Osteria herauskommen, wenn ich schreie. Aber auf jeden Fall will ich ihn erwarten.

Er stand vor der Osteria und wartete. Mehrere von den Personen, die hinter ihm gewesen waren, kamen vorbei, aber niemand kümmerte sich um ihn, jeder ging seines Weges. Er wollte schon weitergehen, als sich im Halbdunkeln ein Mensch näherte, von dem Mihály gleich wußte, daß er es war. Mit Herzklopfen sah er, daß der Verfolger geradewegs auf ihn zukam.

Als sich die Gestalt genähert hatte, erkannte er János Szepetneki. Das Überraschendste, das vielleicht einzig Erstaunliche am Ganzen war, daß er kaum staunte.

»Servus«, sagte er leise.

»Servus, Mihály«, sagte Szepetneki laut und jovial. »Gut, hast du endlich auf mich gewartet. Ich wollte mit dir sowieso gerade in diese Kneipe. Also, komm.«

Sie betraten die kleine Osteria, deren Hauptmerkmal, abgesehen von ihrem Geruch, die Dunkelheit war. Den Geruch konnte Mihály ertragen, seltsamerweise störten die italienischen Gerüche seine sonst empfindliche Nase nicht. Hier hatte sogar der Gestank etwas Ergreifendes, Romantisches. Die Dunkelheit hingegen gefiel ihm nicht. Szepetneki rief auch gleich nach einer Lampe. Sie wurde von einem schlampigen, wunderschönen Mädchen gebracht, die große Ohrringe trug, glänzende Augen hatte und unglaublich mager war. Offenbar kannte Szepetneki sie seit langem, er tätschelte sie, worauf sie mit großen, weißen Zähnen lächelte und im Trastevere-Dialekt eine Geschichte zu erzählen anfing, von der Mihály kaum ein Wort verstand, während János, wie alle Schlawiner ein Sprachtalent, fachgerechte Bemerkungen beisteuerte. Das Mädchen brachte Wein, setzte sich zu ihnen an den Tisch und redete. János hörte ihr begeistert zu und vergaß Mihály völlig. Höchstens, daß er zuweilen auf ungarisch Kommentare abgab wie:

»Tolle Frau, was? Die haben's in sich, die Italiener!« Oder: »Siehst du, wie sie die Augen rollt? Wer kann das schon in Budapest!« Oder: »Sie sagt, bisher seien alle ihre Verehrer im Gefängnis gelandet, und ich würde das sicher auch … Köpfchen hat sie, was?«

Mihály kippte nervös ein Glas nach dem anderen hinunter. Er kannte Szepetneki und wußte, daß er mit der eigentlichen Angelegenheit nicht so rasch herausrücken würde. Szepetneki brauchte zu allem die entsprechende romantische Inszenierung. Daher die Komödie mit dem Mädchen, deren Ende abgewartet werden mußte. Es konnte sein, daß er in Trastevere eine Einbrecherbande organisierte und das Mädchen und die Kneipe dazugehörten, zumindest als Dekor. Doch Mihály wußte auch, daß Szepetneki nicht gekommen war, um eine Einbrecherbande zu organisieren, sondern weil er etwas von ihm wollte, und es beunruhigte ihn in höchstem Grad, nicht zu wissen, was das war.

»Laß jetzt diese Frau, und sag doch endlich, warum du mir gefolgt bist und was du von mir willst. Ich habe keine Zeit und auch keine Lust, bei deinen Komödien zu assistieren.«

»Wieso?« fragte Szepetneki unschuldig. »Gefällt dir das Mädchen etwa nicht? Oder die Kneipe? Ich dachte, wir könnten es doch ein bißchen lustig haben, wenn wir uns ja schon so lange nicht mehr gesehen haben …«

Und wieder wandte er sich der Frau zu.

Mihály stand auf und wollte gehen.

»Nein, Mihály, geh um Gottes willen nicht, ich bin doch nach Rom gekommen, um mit dir zu reden. Bleib noch einen Augenblick.« Und er sagte zu dem Mädchen: »Du, halte jetzt ein wenig den Mund.«

»Woher wußtest du, daß ich in Rom bin?« fragte Mihály.

»Ach, mein Bester, ich weiß doch immer alles von dir. Und das seit Jahren. Doch bis jetzt hat es sich gar nicht gelohnt, etwas von dir zu wissen. Erst jetzt beginnst du interessant zu werden. Deshalb treffen wir uns neuerdings öfter.«

»Na schön. Und jetzt sei so gut und sage, was du von mir willst.«

»Wir müssen eine Unterredung führen.«

»Nichts Geringeres? Und worüber?«

»Du wirst lachen. Über Geschäftliches.«

Mihálys Miene verdüsterte sich.

»Hast du etwa mit meinem Vater gesprochen? Oder mit meinen Geschwistern?«

»Nein. Vorläufig nicht. Vorläufig habe ich mit ihnen nichts zu tun, nur mit dir. Aber sag wirklich, ist das Mädchen nicht toll? Schau, was sie für feine Hände hat, bloß schade, daß sie so dreckig sind.«

Und wieder wandte er sich dem Mädchen zu und begann auf italienisch zu schwadronieren.

Mihály sprang auf und lief hinaus. Eilte hügelaufwärts. Szepetneki rannte hinter ihm her und holte ihn bald ein. Mihály wandte sich nicht um, sondern ließ Szepetneki von hinten über die Schulter zu ihm reden – wie der Versucher.

Ein bißchen atemlos vom Steigen redete János rasch und leise auf ihn ein.

»Mihály, hör zu. Ich habe zufällig einen Herrn Zoltán Pataki kennengelernt, von dem sich herausgestellt hat, daß er der Mann deiner Frau ist. Aber das ist noch nichts. Es hat sich auch herausgestellt, daß er die Gnädige immer noch heiß liebt, ob du's glaubst oder nicht. Er will sie wieder heiraten. Er hofft, daß sie, nachdem du sie ja sitzenlassen hast, vielleicht doch Vernunft annimmt und zu ihm zurückkehrt. Was für euch drei zweifellos die beste Lösung wäre. Du sagst nichts? Naja. Du verstehst nicht, wo das Geschäft ist und was mich das Ganze angeht. Aber du weißt ja, daß ich mir längst jeden Takt abgewöhnt habe. In meiner Tätigkeit ... Also, hör zu. Deine geehrte Frau Gemahlin will sich nicht nur nicht scheiden lassen, sondern sie hofft immer noch, daß ihr einmal glückliche, friedliche Ehegesponse werdet, wobei der Himmel euren Bund vielleicht sogar mit Kindern segnet. Sie weiß, daß du anders bist, hat aber keine Ahnung, was das bedeutet. Sie denkt sehr viel an dich, ärgerlich viel, und auch noch in den unpassendsten Momenten. Aber du brauchst trotzdem kein Mitleid zu haben. Es geht ihr ganz ordentlich, ohne daß ich jetzt weitere Einzelheiten nennen möchte. Es geht ihr auch ohne dich ganz ordentlich ...«

»Was willst du?« rief Mihály und blieb stehen.

»Nichts. Es handelt sich um ein kleines Geschäftchen. Herr Pataki denkt sich die Sache so, daß deine Frau, falls du einen definitiven Schritt machst, einsehen würde, daß von dir nichts mehr zu erwarten und die Angelegenheit abgeschlossen ist.«

»Was für einen definitiven Schritt meinst du?«

»Zum Beispiel, wenn du die Scheidung einreichst.«

»Wie zum Kuckuck könnte ich das? Ich habe sie doch verlassen. Und überhaupt, auch wenn sie mich hätte sitzenlassen, würde ich es nicht tun. Das ist die Sache der Frau.«

»Naja. Klar. Doch wenn die Frau nicht will, mußt du es tun. Zumindest ist das Herrn Patakis Standpunkt.«

»Was geht mich Patakis Standpunkt an, und überhaupt geht mich das Ganze nichts mehr an. Redet mit Erzsi. Ich bin mit allem, was sie will, einverstanden.«

»Schau, Mihály, das ist doch gerade das Geschäft, jetzt sei doch ein bißchen vernünftig. Herr Pataki wünscht nicht gratis, daß du die Scheidung einreichst. Er ist zu bedeutenden finanziellen Opfern bereit. Das ist ein schwerreicher Mann, der ohne Erzsi nicht leben kann. Er hat mich auch ermächtigt, dir gleich hier einen kleinen Vorschuß auszuzahlen, ein ganz nettes Sümmchen.«

»Das ist doch Quatsch. Aus welchen Gründen könnte ich gegen Erzsi die Scheidung einreichen? Ich habe sie ja verlassen; wenn das Gericht verfügt, daß wir die eheliche Gemeinschaft wiederherstellen, kommt sie womöglich noch zurück, und was mache ich dann?«

»Mach dir da keine Sorgen, Mihály. Du reichst die Scheidung ein, den Rest erledigen wir.«

»Und mit welcher Begründung?«

»Ehebruch.«

»Du bist ja verrückt!«

»Ganz und gar nicht. Überlaß das ruhig mir. Ich werde ihr einen Ehebruch anhängen, daß man sich alle zehn Finger abschlecken kann. Ich habe da große Routine.«

Sie standen schon vor Mihálys Haus. Mihály konnte es kaum erwarten, oben zu sein.

»Lebe wohl, János Szepetneki. Die Hand gebe ich dir diesmal nicht. Was du gesagt hast, ist eine Riesenschweinerei. Ich hoffe, daß ich dich nicht so bald wiedersehe.«

Er rannte in sein Zimmer hinauf.

2

Ich weiß nicht, worum es geht, aber ich bin überzeugt, daß du dich aus Blödheit zierst«, sagte Waldheim mit großem Schwung. »Du bist immer noch der brave Sohn deines in Ehren ergrauten Vaters, immer noch ein Spießbürger. Wenn einem jemand Geld geben will, muß man es annehmen, darin sind sich alle Autoritäten der Religionsgeschichte einig. Du aber hast noch immer nicht gelernt, daß das Geld ... daß es einfach nicht zählt. Es zählt dort nicht, wo die wesentlichen Dinge zählen. Geld braucht es immer, und wenn man sich nicht darum kümmert, gibt es auch immer welches. Wieviel und woher und wie lange, das ist völlig belanglos. So wie alles belanglos ist, was mit dem Geld zusammenhängt. Für Geld bekommt man nichts, das wichtig ist. Was man für Geld bekommt, ist vielleicht lebensnotwendig, aber nicht wichtig.

Die Dinge, für die es sich wirklich zu leben lohnt, kosten nie etwas. Es kostet dich keinen Kreuzer, daß dein Geist das großartig Vielgestaltige, die Wissenschaft, aufzunehmen vermag. Es kostet dich auch keinen Kreuzer, daß du in Italien bist, daß über dir der italienische Himmel ist, daß du durch italienische Straßen gehen und im Schatten italienischer Bäume sitzen darfst und daß abends die Sonne italienisch untergeht. Es kostet dich keinen Kreuzer, wenn du einer Frau gefällst und sie mit dir ins Bett geht. Es kostet dich keinen Kreuzer, hin und wieder glücklich zu sein. Geld kostet nur das, was darum herum ist, um das Glück herum, all die dummen, langweiligen Requisiten. Es kostet kein Geld, in Italien zu sein, aber es kostet etwas, hierherzureisen und ein Dach über dem Kopf zu haben. Es kostet kein Geld, daß die Frau deine Geliebte ist, sondern nur, daß sie zuweilen essen und trinken und sich anziehen muß, damit sie sich wieder ausziehen kann. Doch die

Spießbürger leben schon seit eh und je davon, daß sie sich und die anderen mit Dingen eindecken, die Geld kosten, und so haben sie die Dinge vergessen, die umsonst sind. Sie halten nur das für wesentlich, was viel kostet. Der reinste Wahn. Nein, Mihály, das Geld darf man nicht zur Kenntnis nehmen. Man muß es akzeptieren wie die Luft, die man atmet. Von der will man ja auch nicht wissen, woher sie kommt, solange sie nicht stinkt.

Und jetzt scher dich zum Teufel. Ich muß heute meinen Vortrag für Oxford schreiben. Habe ich dir den Einladungsbrief schon gezeigt? Wart mal, gleich … Großartig, nicht wahr, was er da über mich schreibt? Naja, wenn man es einfach so liest, ist es gar nicht so eindrücklich, aber wenn du bedenkst, daß die Engländer das Understatement lieben, dann kannst du ermessen, was es bedeutet, wenn sie von meiner Arbeit schreiben, sie sei *meritorious*, verdienstvoll …«

Mihály machte sich nachdenklich auf den Weg. Er ging in südlicher Richtung den Tiber entlang. Am Stadtrand steht ein seltsamer Hügel, der Monte Testaccio, da stieg er hinauf. Der Hügel besteht ganz aus Scherben. Hier hatte zu römischer Zeit der Weinmarkt gestanden, hierher wurden in geschlossenen Amphoren die Weine Spaniens gebracht. Die Amphoren wurden daraufhin zerbrochen, der Wein in Schläuche umgeleert und die Scherben zusammengekehrt, bis aus ihnen ein ganzer Hügel entstand.

Mihály las verträumt ein paar rötliche Scherben auf und steckte sie in die Tasche.

Das sind Kunstdenkmäler, dachte er. Echte kaiserzeitliche Scherben. Kein Zweifel an ihrer Echtheit, was man nicht von jedem Kunstdenkmal sagen kann.

Kleine Jungen, späte Nachkommen der Quiriten, spielten auf dem Hügel oben Krieg und bewarfen sich mit den Scherben, den zweitausend Jahre alten Scherben, ohne die geringste Ehrfurcht.

Das ist Italien, dachte Mihály, man schmeißt sich die Geschichte an den Kopf, weil hier zweitausend Jahre so selbstverständlich sind wie auf dem Land der Mistgeruch.

Es wurde Abend, als er wieder in Trastevere vor der Osteria stand, in der er tags zuvor mit János Szepetneki gewesen war. In

Befolgung der örtlichen Gebräuche drückte er sich seinen zerbeulten Hut auf den Kopf und betrat das verrauchte Lokal. Er sah zwar nichts, hörte aber sofort Szepetnekis Stimme. Der war auch jetzt mit dem Mädchen beschäftigt.

»Störe ich?« fragte Mihály lachend.

»Red keinen Quatsch. Setz dich. Ich habe dich schon mit großer Ungeduld erwartet.«

Mihály war betroffen und schämte sich.

»Aber … ich bin nur auf ein Glas Wein gekommen, ich war gerade in der Gegend und hatte das Gefühl, du seist bestimmt da.«

»Mein lieber Mihály, du brauchst gar nichts zu sagen. Wir betrachten die Angelegenheit als abgeschlossen, und ich freue mich sehr, daß es so gekommen ist, in meinem Namen und im Namen aller beteiligten Parteien. Und jetzt hör zu. Diese kleine Hexe, diese Vannina hier, kann sehr gut aus der Hand lesen. Sie hat gesagt, wer ich bin und was ich bin, sie hat ein nicht sehr schmeichelhaftes, aber sehr treffendes Porträt von mir gemalt. Das ist die erste Frau, die nicht auf mich hereinfällt, sie glaubt mir nicht, daß ich ein Schlawiner bin. Aber sie sagt mir kein gutes Ende voraus. Ein langes, unruhiges Alter … Laß dir auch prophezeien. Ich bin neugierig, was sie über dich sagt.«

Es wurde eine Lampe gebracht, und das Mädchen vertiefte sich in Mihálys Handfläche.

»Ah, Signore ist ein Glückspilz«, sagte sie. »Er findet an unverhoffter Stelle Geld.«

»Na, was sagst du dazu?«

»Im Ausland denkt eine Dame sehr viel an den Signore. Ein Herr mit Glatzenansatz denkt auch viel an den Signore, aber das ist weniger gut. Diese Linie bedeutet viele Kämpfe. Der Signore kann ruhig zu Frauen gehen, er wird keine Kinder haben.«

»Wie meinen Sie das?«

»Nicht so, daß Sie keine Kinder machen könnten, aber es wird doch keine geben. Es fehlt die Vaterlinie. Essen sie im Sommer keine Austern. Bald werden Sie an einer Taufe teilnehmen. Ein älterer Mann kommt von jenseits der Berge. Oft werden Sie von Toten besucht …«

Mihály riß die Hand zurück und verlangte Wein. Er betrachtete das Mädchen genauer. In ihrer großbusigen Magerkeit gefiel sie ihm heute besser als gestern, und sie war auch viel beängstigender, viel hexenhafter. Sie ließ ihre Augen blitzen und verdrehte sie, bis immer mehr das Weiße sichtbar wurde, und wieder durchfuhr Mihály der nordische Gedanke, daß dieses ganze italienische Volk verrückt war. Auf großartige Art.

Das Mädchen erwischte wieder seine Hand und fuhr fort, in ihr zu lesen. Jetzt war sie sehr ernst.

»Sie werden bald eine sehr schlechte Nachricht erhalten. Hüten Sie sich vor den Frauen. Alles Schlechte kommt Ihnen von den Frauen. Ach, Signore, Sie sind eine sehr gute Seele, aber Sie taugen nicht für diese Welt. O dio mio, armer Signore …«

Und sie zog Mihály an sich und küßte ihn heftig und mitleidig, mit Tränen in den Augen. János begann zu lachen: »Brava!« rief er, und Mihály wurde verlegen.

»Kommen Sie wieder zu uns, Signore«, sagte Vannina. »Ja, kommen Sie oft, Sie werden sich hier wohlfühlen. Nicht wahr, Sie werden kommen?«

»Ja, natürlich, wenn Sie so lieb darum bitten …«

»Ja? Wirklich? Wissen Sie, was? Meine Cousine bekommt bald ein Kind. Sie hat schon immer gewünscht, einen ausländischen Paten für das Kleine zu haben, das ist so was Vornehmes. Könnten Sie nicht der Pate des bambino sein?«

»Doch, sehr gern.«

»Versprechen Sie es.«

»Ich verspreche es.«

János war doch ein taktvoller Schurke. Die ganze Zeit erwähnte er die »geschäftlichen Angelegenheiten« nicht. Erst als es schon spät war und Mihály aufbrechen wollte, schickte er das Mädchen weg und sagte:

»Nun, Mihály. Herr Pataki hat den Wunsch, daß du ihm in dieser Angelegenheit eigenhändig und in allen Einzelheiten schreibst, um lückenlos festzuhalten, daß du ihn ermächtigst, in deinem Namen gegen deine Frau die Scheidung einzureichen, und daß du zur Kenntnis nimmst, daß er dir in zwei Raten zwanzigtausend

Dollar zahlen wird. Es ist nämlich so, daß mir Pataki irgendwie nicht hundertprozentig traut, was mich auch nicht wundert. Er möchte mit dir in direkten Kontakt treten. Einstweilen überreiche ich dir fünftausend Lire als Vorschuß.«

Er zählte das Geld auf den Tisch, und Mihály knüllte es verlegen in die Tasche. So also, dachte er, fällt der Würfel, so wird der Rubikon überschritten, so leicht, daß man es gar nicht merkt.

»Schreib an Pataki bitte auch«, sagte Szepetneki, »daß du von mir das übersandte Geld erhalten hast, aber du brauchst keine Summe zu nennen, es soll ja auch wieder nicht ein bloßer Beleg oder Geschäftsbrief sein, das wäre unelegant, verstehst du.«

Mihály verstand sehr wohl. Er überschlug im Kopf, wieviel von dem Geld Szepetneki in die eigene Tasche gesteckt hatte. Vielleicht fünfzig Prozent, keinesfalls mehr. Egal, er soll auch was verdienen.

»Also dann lebe wohl, Mihály. Ich habe hiermit meine Sache erledigt und reise morgen ab. Doch den heutigen Abend will ich noch mit Vannina verbringen. Eine ganz phantastische Frau. Komm oft zu ihr, wenn ich nicht da bin.«

3

Es wurde immer heißer. Mihály lag nackt auf dem Bett, konnte aber nicht schlafen. Seitdem er Patakis Geld angenommen und jenen Brief geschrieben hatte, fand er keine Ruhe.

Er stand auf, wusch sich und ging auf einen Streifzug durch die Sommernacht. Bald war er bei der Acqua Paola und bewunderte den klassischen Brunnen, der sich zeitlos ruhig, hochmütig und würdig im Mondschein ergoß. Der kleine ungarische Bildhauer, den er im Collegium Hungaricum durch Waldheim kennengelernt hatte, kam ihm in den Sinn. Der Bildhauer war zu Fuß von Dresden nach Rom gewandert und hatte die Stadt über die Via Flaminia erreicht, weil er im Gymnasium gelernt hatte, daß die siegreichen nordischen Heere immer über diese Straße in die Stadt zogen. Und am ersten Abend war er auf den Gianicolo gestiegen, hatte abgewartet, bis alle draußen und die Parktore geschlossen waren, worauf er über eine Mauer stieg und unter einem Busch schlief, über der Stadt, Rom zu seinen Füßen. Und in der Morgenfrühe stand er auf, zog sich aus und badete in den klassischen Wassern der Acqua Paola.

So zieht ein Eroberer in Rom ein. Aus dem kleinen Bildhauer würde nie etwas, außer wahrscheinlich ein ewiger Hungerleider oder etwas in dieser Art. Und doch war er ein Eroberer, bloß fehlte ihm das Heer, bloß »das Glück, und sonst nichts«. Trotzdem war sein Lebensweg ein Aufstieg, auch wenn er daran zugrunde ging. Mihálys Lebensweg führte hingegen nach unten, auch wenn er ihn überlebte, auch wenn er alles überlebte und sogar noch zu einem ruhigen, langweiligen Alter kam. Die Richtung unseres Wegs ist in uns festgeschrieben, die Schicksalssterne leuchten in uns drin.

Er streifte lange auf dem Gianicolo und am Tiberufer und in Trastevere umher. Es war spät in der Nacht, aber es war doch eben eine italienische Nacht, da ringsum Leute wach sind und ungestört hämmern oder singen – dieses Volk kennt die nordische Schläfrigkeit, den geheiligten Moment der Benommenheit nicht –, und man stößt zuweilen völlig unvermittelt auf kleine Kinder, die nachts zwischen drei und vier auf der Straße Murmeln spielen. Oder plötzlich macht ein Barbier seinen Laden auf und rasiert morgens um halb vier ein paar fröhliche Bräutigame.

Auf dem Tiber schwammen langsam und klassisch Schleppkähne in Richtung Ostia, es waren gar keine Schiffe, sondern Bilder aus seinem Lateinbuch vom Gymnasium, die das Wort *navis* illustrierten. Auf einem der Schiffe spielte ein Mann Gitarre, eine Frau wusch Strümpfe, ein Hündchen bellte; und hinter dem Schiff fuhr das andere, das Spukschiff, die Tiberinsel, die schon zu alter Zeit zu Schiffsform ausgebaut worden war und die nächtens bestimmt die Anker lichtete und aufs Meer zu fuhr, mit dem Krankenhaus und den Sterbenden auf dem Rücken.

Der Mond war am anderen Ufer vertäut, über den riesigen, bedrückenden Ruinen des Teatro Marcello, und aus der nicht weit davon entfernten Synagoge schienen in großer Menge bärtige, urzeitliche Juden im Totenumhang ans Tiberufer zu ziehen, wo sie unter leisem Wehklagen ihre Sünden in den Fluß warfen. Am Himmel kreisten drei Flugzeuge, die einander zuweilen mit Scheinwerferstrahlen streiften, worauf sie nach Art der großen Vögel in Richtung der Castelli Romani verschwanden, um sich dort auf den Felsen auszuruhen.

Dann kam mit fürchterlichem Geschepper ein Lastwagen gefahren. Der Morgen ist da, dachte Mihály. Aus dem Auto sprangen rasch dunkelgrau gekleidete Gestalten, die in ein Torgewölbe hineinrannten, das sich vor ihnen geöffnet hatte. Dann war Glockenklang zu hören, und ein Hirtenjunge trieb singend eine wundersame Vergilische Kuh vor sich her.

Jetzt ging eine Kneipentür auf, und da traten zwei Arbeiter zu ihm und forderten ihn auf, ihnen einen Rotwein zu bestellen und seine Lebensgeschichte zu erzählen. Mihály bestellte den Wein, half ihn auch trinken, ja, bestellte sogar Käse dazu, aber seine Lebensgeschichte erzählte er aufgrund sprachlichen Ungenügens

nicht. Obwohl er die größte Freundschaft für diese Männer empfand, die sicher seine Einsamkeit gespürt und ihn ins Herz geschlossen hatten und jetzt so lustige Sprüche klopften, bloß schade,
daß er sie nicht verstand. Doch dann begann er sich unvermittelt
vor ihnen zu fürchten, bezahlte und lief weg.

Er war wieder in Trastevere. In den lauernden Gäßchen füllte
sich seine Seele erneut mit den Bildern eines gewaltsamen Todes,
wie so oft in seiner Jugend, als sie im Ulpius-Haus »spielten«. Was
für ein Leichtsinn, sich mit diesen Arbeitern einzulassen. Sie hätten ihn für seine dreißig Forint umbringen und in die Donau,
beziehungsweise in den Tiber werfen können. Und um diese Zeit
in diesem teuflischen Trastevere herumzuhängen, wo man ihn
unter jedem dunklen Torgewölbe dreifach abmurksen könnte,
bevor er überhaupt den Mund auftat. Was für ein Wahnsinn …
und was für ein Wahnsinn, daß seine Seele von etwas heimgesucht
war, das ihn zu Tod und Verbrechen hinzog.

Da stand er auf einmal vor dem Haus, in dem Vannina wohnte.
Es war dunkel, mit einem Flachdach und mit Ziegeln ausgelegten
Fensterbögen. Wer mochte da wohnen? Was ging da im Dunkeln
vor sich? Was für Entsetzlichkeiten würden mit ihm geschehen,
wenn er da einträte? Ob Vannina wohl … klar, Vannina hatte ihn
kürzlich nicht umsonst so beflissen eingeladen. Sie wußte sicher
auch, daß er von János Geld bekommen hatte. Jeder ihrer Verehrer
war im Gefängnis gelandet … klar, Vannina wäre fähig zu … Und
wenn das jetzt ganz sicher wäre, würde er eintreten.

Er stand lange vor dem Haus, in seine krankhaften Phantasien
versunken. Dann auf einmal fühlte er bleierne Müdigkeit und
jene Sehnsucht, die ihn auf seiner Italienreise von Station zu Station begleitet hatte. Doch seine Müdigkeit sagte, die letzte Station
sei nicht mehr weit.

4

Am nächsten Tag erhielt er einen Brief. Die Schrift kam ihm bekannt vor, sehr sogar, und doch wußte er nicht, wem sie gehörte, was, wie er fühlte, eine Schande war. Den Brief hatte Erzsi geschrieben. Sie teilte ihm mit, sie sei in Rom, und sie müsse unbedingt mit ihm reden, in einer ganz wichtigen Angelegenheit. Er kenne sie wohl gut genug, um zu wissen, daß es sich nicht um irgendeine Frauenmarotte handelte, ihr Stolz würde es ja auch nicht zulassen, mit Mihály den Kontakt zu suchen, wenn es nicht in einer hochpeinlichen Sache um die Wahrung seiner Interessen ginge. Sie fühle, daß sie ihm das noch schuldig sei. Deshalb ersuche sie ihn dringend, sie am Nachmittag im Hotel abzuholen.

Mihály war ratlos. Er hatte große Angst vor einem Treffen mit Erzsi, und jetzt hatte er ein ganz besonders schlechtes Gewissen und konnte sich auch nicht vorstellen, was sie von ihm wollte. Doch dann siegte in ihm das Gefühl, daß er Erzsi schon genügend verletzt hatte und nicht auch noch das Treffen verweigern konnte. Er nahm seinen neuen Hut, den er bereits von Patakis Geld gekauft hatte, und eilte zum Hotel, in dem Erzsi abgestiegen war.

Er ließ sie rufen, sie erschien bald und grüßte ihn, ohne den Mund zu verziehen. Mihály schwante nichts Gutes. Erzsi zog die Augenbrauen hoch, wie immer, wenn sie sich ärgerte, und ließ sie nicht mehr herunter. Sie war schön, großgewachsen und in jeglicher Hinsicht elegant, aber auch ein Engel mit dem Flammenschwert ... Sie gingen schweigend nebeneinander, nachdem sie die Fragen betreffend Reise und Gesundheit in knapper Form erledigt hatten.

»Wohin gehen wir?« fragte Mihály.

»Das ist mir gleich. Es ist so heiß. Laß uns in eine Konditorei gehen.«

Das Eis und die Aranciata brachten momentane Linderung. Dann kamen sie zur Sache.

»Mihály«, sagte Erzsi mit zurückgehaltenem Groll, »ich habe immer gewußt, daß du lebensuntüchtig bist und von nichts eine Ahnung hast, aber ich dachte, sogar deine Stupidität habe ihre Grenzen.«

»Schöner Anfang«, sagte Mihály. Doch insgeheim war er ganz froh, daß Erzsi ihn nur für einen Idioten und nicht für einen Schurken hielt.

Wahrscheinlich hatte sie ja recht.

»Wie konntest du so etwas schreiben?« fragte Erzsi und legte den Brief, den Mihály nach Szepetnekis Anweisung an Pataki geschrieben hatte, auf den Tisch.

Mihály wurde schamrot und so müde, daß er kein einziges Wort herausbrachte.

»Sag endlich was!« rief Erzsi, der Engel mit dem Flammenschwert.

»Was soll ich sagen, Erzsi«, sagte er gedehnt. »Klug wie du bist, weißt du sowieso, warum ich das geschrieben habe. Ich brauche Geld, weil ich nicht nach Hause will und sonst noch aus tausend Gründen ... und das war die einzige Möglichkeit, zu Geld zu kommen.«

»Du bist ja verrückt.«

»Schon möglich. Aber bitte sag nicht, wie unmoralisch ich bin. Und was für ein Strizzi. Das weiß ich sowieso. Wenn du nur nach Rom gekommen bist, um mir das zu sagen, in dieser Hitze ...«

»Strizzi, daß ich nicht lache«, sagte Erzsi äußerst verärgert. »Wenn du wenigstens ein Strizzi wärst. Aber du bist bloß einfältig.« Sie verstummte. Eigentlich dürfte ich nicht in einem solchen Ton mit ihm reden, dachte sie. Ich bin ja nicht mehr seine Frau ...

Nach einer Weile ließ sich Mihály vernehmen:

»Sag, Erzsi, wie ist der Brief zu dir gelangt?«

»Was? Begreifst du es denn immer noch nicht? Die haben dich hereingelegt, der János Szepetneki und dieser schändliche Zoltán. Der wollte doch nur, daß du deine Charakterlosigkeit schriftlich festhältst. Dann hat er mir den Brief umgehend geschickt, aber nicht ohne von ihm zuerst eine notariell beglaubigte Kopie machen zu lassen, die er behalten hat.«

»Zoltán? Zoltán macht solche Sachen, läßt notariell beglaubigen, derart dunkle Machenschaften, wie sie mir nie einfallen würden, solche phänomenalen Gemeinheiten?... ich versteh's nicht.«

»Natürlich verstehst du's nicht«, sagte Erzsi etwas milder. »Du bist eben kein Strizzi, sondern bloß ein Einfaltspinsel. Und darüber ist sich Zoltán leider im klaren.«

»Aber er hat mir doch einen so gütigen Brief geschrieben.«

»Ja, Zoltán ist gütig, aber klug. Du bist nicht gütig, aber dafür dumm.«

»Und warum tut er das alles?«

»Warum wohl? Weil er mich zurückhaben will. Er will mir zeigen, was du für einer bist. Er rechnet nicht damit, daß ich das auch weiß, und zwar schon länger als er, und daß ich auch weiß, wieviel Gemeinheit unter seiner Güte und zärtlichen Anhänglichkeit steckt. Denn wenn es nur darauf hinausliefe, daß ich zu ihm zurückkehre, dann wäre die Sache verkehrt gelaufen, und dafür lohnt es sich nicht, so klug zu sein. Aber es geht nicht nur darum.«

»Sondern?«

»Hör zu.« In Erzsis Gesicht wich die Gereiztheit dem Schrecken. »Zoltán will dich erledigen, von der Erdoberfläche tilgen.«

»Ach was. So mächtig ist er auch wieder nicht. Wie stellst du dir das vor?«

»Schau, Mihály, ich weiß es nicht genau, denn ich bin nicht so schlau wie Zoltán, ich ahne es bloß. Erstens wird er alles unternehmen, damit deine Position deiner Familie gegenüber unhaltbar wird. Was, zumindest vorübergehend, auch nicht schwer ist, denn du kannst dir ja vorstellen, wie dein Vater dreinschauen wird, wenn er diesen Brief liest, oder vielleicht schon dreingeschaut hat.«

»Mein Vater? Du meinst doch nicht im Ernst, daß er ihn ihm zeigt.«

»Aber sicher tut er das.«

Jetzt erschrak Mihály ernstlich. Ein zitterndes, jungenhaftes Entsetzen kam über ihn, die archaische Angst vor dem Vater, vor dem

Verlust des väterlichen Wohlwollens. Er stellte sein Glas Aranciata auf den Tisch und senkte den Kopf in die Hände. Erzsi verstand seine Motive, das wußte er. Seinem Vater hingegen konnte er nicht mit Erklärungen kommen. In den Augen seines Vaters würde er ein für allemal die Ehre verlieren.

»Und dann wird er Budapest in Arbeit nehmen«, fuhr Erzsi fort. »Er wird die Sache ausstreuen, so daß du dich nicht mehr auf der Straße zeigen kannst. Die Ehrlosigkeit, die du begehen wolltest, kommt zwar weiß Gott nicht so selten vor, es laufen eine Menge Leute in Budapest umher, die in irgendeiner Form ihre Frau verkauft haben und sich doch der allgemeinen Hochachtung erfreuen, besonders wenn sie nett verdienen und Gottes Segen auf ihren weiteren Geschäften ruht. Aber Zoltán wird dafür sorgen, daß die Tagespresse und die anderen Lenker der öffentlichen Meinung die Sache so sehen, daß du dich nicht mehr blicken lassen kannst. Du wirst im Ausland bleiben müssen, was dich nicht besonders stören wird, aber deine Familie wird dich kaum unterstützen, oder gar nicht. Denn Zoltán wird bestimmt alles in seinen Kräften Stehende tun, um die Firma deines Vaters zu ruinieren.«

»Erzsi!«

»Ja. Zum Beispiel wird er mich auf irgendeine Art zwingen, mein Geld aus der Firma herauszunehmen; und ich werde es tun müssen, wenn diese Sache ruchbar wird, dein Vater selbst wird darauf bestehen – und schon das wird für euch ein fürchterlicher Schlag sein.«

Sie schwiegen lange.

»Wenn ich wenigstens wüßte«, sagte Mihály schließlich, »warum er mich so haßt. Er war doch so verständnisvoll und nachsichtig, daß es schon gar nicht normal war.«

»Gerade deshalb haßt er dich jetzt dermaßen. Du hast keine Ahnung, was für Ressentiments schon damals unter seiner Güte schwelten, was für ein verzweifelter Haß seine Nachsicht eigentlich war. Wahrscheinlich meinte er selbst, er habe dir verziehen, bis sich die Gelegenheit zur Rache ergab. Und da hat er Blut gerochen …«

»Er ist mir immer so weich, so schleimig vorgekommen.«

»Mir auch. Und ich muß dir gestehen, daß er mir jetzt, wo er sich als ein Shylock entpuppt, viel mehr Eindruck macht. Er ist doch ein Kerl…«

Wieder schwiegen sie lange.

»Aber«, sagte Mihály dann, »du hast bestimmt einen Plan, was ich tun soll oder wir tun sollen, du bist doch deswegen nach Rom gekommen.«

»Vor allem will ich dich warnen. Zoltán denkt, du wirst auch in die nächsten Fallen so ahnungslos hineintappen wie in diese. Zum Beispiel will er dir einen hervorragenden Posten anbieten, damit du nach Budapest zurückkommmst. Und präsent bist, wenn der Skandal ausbricht. Du darfst jetzt aber keinsfalls nach Hause gehen. Und dann wollte ich dich vor einem … Freund warnen. Du weißt schon, vor wem.«

»Vor János Szepetneki?«

»Ja.«

»Wie bist du denn in Paris auf ihn gestoßen?«

»Wir haben uns in Gesellschaft getroffen.«

»Bist du oft mit ihm zusammen?«

»Ja. Ziemlich oft. Zoltán hat ihn über mich kennengelernt.«

»Und wie findest du János? Ein merkwürdiger Mensch, nicht?«

»Ja, ein merkwürdiger Mensch.«

Doch das sagte sie so gequält, daß Mihály ein Verdacht kam. Ob die beiden wohl wirklich? Das wäre ja ganz seltsam… Doch dann erwachte in ihm sogleich seine hochgradige Diskretion, und er unterdrückte seine Neugier; falls die Sache so stand, durfte er János Szepetneki nicht mehr erwähnen.

»Ich danke dir, Erzsi, daß du mich gewarnt hast, du bist sehr gut zu mir, obwohl ich das überhaupt nicht verdiene. Und ich vermag nicht zu glauben, daß du mir gegenüber so bösartig werden könntest wie Zoltán Pataki.«

»Nein, das glaube ich auch nicht«, sagte Erzsi ernst. »Ich habe dir gegenüber keine Rachegelüste. Für die gibt es eigentlich auch keinen Anlaß.«

»Ich sehe, daß du noch etwas sagen willst. Was soll ich noch tun?«

»Ich muß dich noch vor etwas anderem warnen, doch das ist

sehr heikel, denn du könntest es mißverstehen. Du könntest vielleicht glauben, aus mir spreche die Eifersucht.«

»Eifersucht? So selbstgefällig bin ich nicht. Ich weiß, daß ich jegliches Recht auf deine Eifersucht verspielt habe.«

Doch insgeheim wußte er wohl, daß er Erzsi auch jetzt nicht gleichgültig war. Sonst wäre sie nicht nach Rom gekommen. Aber die Ritterlichkeit verlangte von ihm, nicht zu merken, daß Erzsi immer noch von ihm angezogen war. Im übrigen verlangte das auch die Männerbequemlichkeit.

»Lassen wir meine Gefühle aus dem Spiel«, sagte Erzsi gereizt, »die haben mit der Sache nichts zu tun. Also … wie soll ich sagen … schau, Mihály, ich weiß genau, um welcher Person willen du in Rom bist. János hat es gesagt. Die betreffende Person hat ihm geschrieben, ihr hättet euch gesehen.«

Mihály senkte den Kopf. Er spürte, wie sehr es Erzsi schmerzte, daß er Éva liebte, aber was konnte er sagen, wie konnte er gutmachen, was stimmte und nicht zu ändern war?

»Ja, Erzsi. Es ist recht, daß du das weißt. Du kennst auch die Vorgeschichte. In Ravenna habe ich dir alles erzählt, was man von mir wissen kann. Es ist alles so gekommen, wie es kommen mußte. Wenn es nur für dich nicht so schlimm wäre …«

»Laß das bitte. Ich habe mit keinem Wort gesagt, daß es für mich schlimm ist. Es geht wirklich nicht darum. Aber hör mal … weißt du, wer diese Frau ist? Was sie bisher für ein Leben geführt hat?«

»Nein. Ich habe ihr nie nachgeforscht.«

»Mihály, dein Phlegma hat mich immer erstaunt, aber du beginnst dich selbst zu übertreffen. So etwas habe ich noch nie gehört, daß jemand in eine Frau verliebt ist und nicht wissen will, was sie für eine ist …«

»Weil mich nur interessiert, was sie damals für eine gewesen ist, im Ulpius-Haus.«

»Dann weißt du vielleicht auch nicht, daß sie nicht mehr lange hierbleibt? Sie hat sich einen jungen Engländer geangelt, der sie mit nach Indien nimmt. Sie fahren in den nächsten Tagen.«

»Das ist nicht wahr.«

»Doch. Schau.«

Sie nahm aus ihrer Handtasche noch einen Brief. Mit Évas Schrift. Der Brief war an János adressiert und enthielt einen kurzen Bericht über Évas bevorstehende Indienreise sowie die Versicherung, daß sie nicht die Absicht habe, je nach Europa zurückzukommen.

»Das hast du auch nicht gewußt?« fragte Erzsi.

»Du hast gewonnen«, sagte Mihály. Er stand auf, bezahlte und ging hinaus. Seinen Hut ließ er liegen.

Draußen torkelte er eine Weile benommen umher, beide Hände auf das Herz gepreßt. Erst nach langer Zeit merkte er, daß Erzsi neben ihm herging, mit seinem Hut in der Hand.

Sie war jetzt ganz anders, demütig, erschrocken, die Augen voller Tränen. Die großgewachsene, würdevolle Dame war fast rührend, wie sie da stumm und mädchenhaft mit seinem Hut neben ihm hertrottete. Mihály mußte lächeln und nahm ihr den Hut aus der Hand.

»Danke«, sagte er und küßte Erzsi die Hand. Erzsi strich ihm ängstlich über die Wange.

»Wenn du in deiner Handtasche keine weiteren Briefe hast, dann laß uns doch zum Abendessen gehen«, sagte er seufzend.

Während des Essens sprachen sie wenig, aber vertraulich und zärtlich. Erzsi war voll guten Willens, Mihály wurde durch den Schmerz und durch den aus diesem Grund in großen Mengen konsumierten Wein in eine weiche Stimmung versetzt. Er grübelte darüber, wie sehr ihn Erzsi immer noch liebte, und wie glücklich er wäre, sie lieben und sich von der Vergangenheit und den Toten befreien zu können. Doch er wußte, daß das nicht möglich war.

»Erzsi, ich bin im Grunde meines Herzens an der Sache zwischen uns ganz unschuldig«, sagte er. »Ich weiß, das sagt sich so leicht. Aber du hast ja gesehen, wie ich jahrelang alles getan habe, um mich anzupassen, und als ich dachte, jetzt sei alles in Ordnung, jetzt hätte ich mit der Welt Frieden geschlossen, da habe ich dich geheiratet, zu meiner Belohnung. Und da sind sämtliche Dämonen über mich hergefallen, meine ganze Jugend, meine ganze Nostalgie, die ganze Rebellion. Gegen die Nostalgie gibt es keine Medizin. Vielleicht hätte ich nicht nach Italien kommen dürfen.

Italien ist das irdische Paradies, aber nur auf die Art, wie es Dante sah. Das irdische Paradies ist auf dem Gipfel des Purgatoriumsbergs und bloß ein Übergangszustand, bloß ein Flugplatz zum Jenseits, von wo die Seelen zu fernen himmlischen Gefilden aufbrechen, wenn Beatrice ihren Schleier abwirft und die Seele ›der alten Minne große Macht spürt‹…«

»Ach, Mihály, die Welt duldet nicht, daß man sich der Nostalgie überläßt.«

»Nein, das tut sie nicht. Die Welt duldet überhaupt kein Abweichen von der Norm, keine Flucht und keinen Widerstand, und früher oder später läßt sie die Zoltáns auf einen los.«

»Und was willst du tun?«

»Das weiß ich nicht. Was sind deine Pläne, Erzsi?«

»Ich fahre nach Paris zurück. Jetzt haben wir alles besprochen. Morgen früh fahre ich.«

Mihály bezahlte und begleitete Erzsi zum Hotel.

»Ich würde so gern wissen, daß es dir gutgehen wird«, sagte er unterwegs. »Sag etwas Tröstliches.«

»Es geht mir gar nicht so schlecht, wie du glaubst«, sagte Erzsi mit einem ungespielt hochmütigen und zufriedenen Lächeln. »Mein Leben ist auch jetzt ausgefüllt, und wer weiß, was für famose Dinge meiner noch harren. In Paris habe ich mich ein wenig gefunden, und nicht nur mich, sondern auch das, was ich vom Leben erwarte. Bloß schade, daß du darin fehlst.«

Sie standen vor Erzsis Hotel. Mihály schaute sie sich zum Abschied noch einmal gut an. Ja, Erzsi hatte sich stark verändert. Zu ihrem Vorteil oder zu ihrem Nachteil, das war nicht klar. Sie war keine so feine Erscheinung mehr wie zuvor, es war etwas Gebrochenes an ihr, eine leichte innere Beschädigung, was auch in ihren Kleidern zum Ausdruck kam, und auch darin, daß sie sich nach Pariser Art zu stark schminkte. Erzsi war ein wenig gewöhnlicher geworden, und irgendwie war die Gegenwart eines fremden Mannes um sie, eines geheimnisvollen, beneidenswerten Fremdlings. Oder war es die Gegenwart von János, dem Gegenspieler… Dieses Neue in einer altvertrauten Frau war unglaublich attraktiv und beunruhigend.

»Was machst du jetzt, Mihály?«

»Ich weiß gar nicht. Ich habe keine Lust, nach Hause zu gehen, aus hundert Gründen, und ich mag auch nicht allein sein.«

Einen Moment lang schauten sie sich mit dem Komplizen-Blick an, den sie sich im gemeinsam verbrachten Jahr angewöhnt hatten, dann hasteten sie schweigend in Erzsis Zimmer hinauf.

In beiden loderte jene Leidenschaft auf, die sie mit scharfen Krallen zueinandergetrieben hatte, als Erzsi noch Zoltáns Frau gewesen war. Auch da hatten sich beide gegen das Begehren gewehrt, doch es war stärker gewesen, und der Widerstand hatte es noch heftiger gemacht. Und auch jetzt kamen sie gegen großen Widerstand zueinander; das, was zwischen ihnen an Schmerzlichem geschehen war, hatte sie zwar in aller Heftigkeit getrennt, doch um so gewaltiger war die Leidenschaft, die sie einander in die Arme trieb. Mihály entdeckte mit der Freude des Wiedererkennens Erzsis Körper, den er jetzt von allen Frauenkörpern am meisten begehrte, ihre Zärtlichkeit und Wildheit, ihr ganzes nächtliches Wesen, das in keiner Weise der Tages-Erzsi glich, sondern die leidenschaftliche, verliebte, in der Liebe erfahrene Erzsi war. Erzsi hingegen liebte es, Mihály aus der Lethargie, in der er den größeren Teil seiner Zeit verbrachte, ganz und gar herauszuschälen.

Danach blickten sie sich gelöst und glücklich staunend an, und Erzsi mußte lachen.

»Das hättest du heute morgen auch nicht geglaubt, was?«

»Sicher nicht. Und du?«

»Ich auch nicht. Oder ich weiß gar nicht. Auf der Herreise dachte ich, ich hätte vielleicht nichts dagegen.«

»Erzsi! Du bist die Beste auf der Welt.«

Das dachte Mihály wirklich. Er war ergriffen von der weiblichen Wärme, die aus Erzsi strömte, und er war dankbar und glücklich wie ein Kind.

»Ja, Mihály, zu dir muß ich immer gut sein. Ich habe das Gefühl, daß man dir nicht wehtun darf.«

»Sag ... sollten wir es mit unserer Ehe nicht noch einmal versuchen?«

Erzsi wurde ernst. Sie hatte die Frage jedenfalls erwartet, schon aus erotischer Eitelkeit, nach all dem Vorangegangenen … Aber ob man das tatsächlich erwägen sollte?… Sie sah Mihály zweifelnd und prüfend lange an.

»Wir sollten es noch einmal probieren«, sagte er. »Unsere Körper verstehen sich so gut. Und im allgemeinen haben doch die Körper recht. Die Stimme der Natur, meinst du nicht auch?… Was wir mit unseren Seelen kaputtgemacht haben, können unsere Körper noch in Ordnung bringen. Wir müssen es noch einmal probieren.«

»Warum hast du mich dann verlassen, wenn … wenn das so ist?«

»Die Nostalgie, Erzsi. Doch jetzt ist es, als wäre ich von einem Zauber befreit. Es stimmt schon, ich war gern der Sklave und der Gefolterte. Aber es wäre ganz sicher viel besser, wenn ich bei dir bliebe. Doch das ist natürlich egoistisch. Die Frage ist eher, was für dich besser wäre.«

»Ich weiß es nicht, Mihály. Ich liebe dich viel mehr als du mich, und ich fürchte, daß du mir viel Leid antun würdest. Und … ich weiß nicht, wie du es mit jener anderen Frau hast.«

»Mit Éva? Aber meinst du denn, ich hätte mit ihr gesprochen? Ich sehne mich einfach nach ihr. Es ist eine seelische Krankheit. Ich werde genesen.«

»Genese zuerst, dann können wir reden.«

»Gut. Du wirst sehen, wir werden bald reden. Schlaf gut, meine Liebe, Süße.«

Doch in der Nacht wachte Mihály auf. Er streckte die Hand nach Éva aus, und erst als er die auf der Decke liegende Hand ergriff, kam ihm zu Bewußtsein, daß sie Erzsi gehörte, und er ließ sie sehr schlechten Gewissens wieder los. Und dann dachte er, bitter, traurig und müde, daß Éva doch ganz anders war. Zu Erzsi wurde er von Zeit zu Zeit durch intensive Leidenschaft getrieben, doch wenn die befriedigt war, blieb nichts mehr, nur die nüchterne, langweilige Kenntnisnahme der Tatsachen. Erzsi war begehrenswert und gütig und klug und alles, doch es fehlte ihr das Mysterium.

Cosummatum est. Erzsi war der letzte Kontakt zur Menschenwelt gewesen, jetzt gab es nur noch die, die es nicht gab: Éva,

Éva … und wenn Éva gegangen war, würde der Untergang kommen.

Erzsi ihrerseits wachte am frühen Morgen auf und dachte:

Er hat sich nicht verändert, ich hingegen schon. Zuvor hat Mihály für mich das große Abenteuer, die Rebellion, das Fremde, das Geheimnisvolle bedeutet. Jetzt weiß ich aber, daß er nur passiv zuläßt, daß ihn fremde Mächte steuern. Er ist kein Tiger. Oder zumindest gibt es viel seltenere Tiger als ihn. János Szepetneki. Und all die, die ich noch nicht kenne. Daß sich Mihály jetzt zu mir zurücksehnt, liegt gerade daran, daß er in mir die bürgerliche Ordnung und Sicherheit und all das sucht, vor dem ich zu ihm geflüchtet bin. Nein, es hat keinen Sinn. Von Mihály bin ich geheilt.

Sie stand auf, wusch sich und begann sich anzuziehen. Auch Mihály wachte auf und war sich über die Situation irgendwie gleich im klaren. Er zog sich ebenfalls an, sie frühstückten mehr oder weniger schweigend, Mihály begleitete Erzsi zum Bahnhof und winkte dem sich entfernenden Zug nach. Beide wußten, daß ihre gemeinsame Sache hiermit zu Ende war.

5

Auf Erzsis Abreise folgten grauenhafte Tage. Bald verreiste auch
Waldheim, nach Oxford, und Mihály blieb ganz allein. Er hatte zu
nichts Lust, ging nicht aus dem Haus, sondern lag tagelang angezogen auf dem Bett.

Wie ein Gift sickerten die Nachrichten, die ihm Erzsi gebracht
hatte, in seinen Organismus ein. Er dachte sehr viel und mit
immer größerer Besorgnis an seinen Vater, der durch sein Verhalten und den drohenden finanziellen Zusammenbruch ganz gewiß in einem fürchterlichen Zustand war. Er sah den alten Herrn
vor sich, wie er beim familiären Abendessen verzagt an seinem
Tisch-Ende sitzt, vor Kummer seinen Schnurrbart zwirbelt oder
sein Knie reibt, während er sich bemüht zu tun, als sei alles in
Ordnung, und mit seiner erzwungenen guten Laune die anderen noch mehr deprimiert, so daß niemand auf seine Scherze ein-
geht und allmählich Schweigen eintritt, wobei man im Eiltempo
ißt, um sich der Tortur des familiären Beisammenseins zu entziehen.

Und wenn es ihm hin und wieder gelang, seinen Vater zu vergessen, kam ihm Éva in den Sinn. Daß sie in unerreichbare Fernen entschwand, vielleicht für immer, das war entsetzlicher als
alles andere. Es war ja schon schrecklich, daß Éva nichts von ihm
wissen wollte, doch das Leben war immer noch erträglich, wenn
man wußte, daß sie in derselben Stadt wohnte, so daß man sich
zufällig treffen oder sie zumindest auf Distanz sehen konnte …
doch wenn sie nach Indien ging, blieb für Mihály nichts mehr,
rein gar nichts.

Eines Nachmittags kam ein Brief aus Foligno, von Ellesley:

Dear Mike,

ich muß Ihnen eine sehr traurige Mitteilung machen. Pater Severinus, der Mönch von Gubbio, hat eine schwere Krankheit gehabt. Das heißt, er war seit längerem lungenkrank gewesen, und dann ist er in das Stadium gekommen, da er nicht mehr im Kloster bleiben konnte, und er ist hierher ins Krankenhaus gebracht worden. In den Stunden, da ihn weder seine Krankheit noch seine religiösen Pflichten in Anspruch nahmen, hatte ich Gelegenheit, mit ihm zu sprechen und einen gewissen Einblick in seine wunderbare seelische Welt zu bekommen. Ich glaube, in früheren Jahrhunderten hätte man diesen Menschen als heilig verehrt. Pater Severinus hat oft und mit größter Zuneigung von Ihnen gesprochen, von ihm habe ich erfahren – wie erstaunlich sind doch die Wege der Vorsehung –, daß Sie Jugendfreunde gewesen waren. Er hat mich gebeten, Sie zu benachrichtigen, wenn das Unvermeidliche eintreten würde. Diesem Wunsch komme ich nun nach, da Pater Severinus in der vergangenen Nacht gestorben ist. Er war bis zum letzten Augenblick bei Bewußtsein und betete mit den an seinem Bett wachenden Ordensbrüdern, als der Moment des Scheidens kam.

Dear Mike, wenn auch Sie so unbedingt ans ewige Leben glaubten wie ich, dann würden Sie diese Nachricht mit Gelassenheit aufnehmen, denn Sie würden darauf vetrauen, daß Ihr Freund jetzt dort ist, wo sein unvollständiges irdisches Wesen seine gebührende Ergänzung, die Unendlichkeit, erhält.

Vergessen Sie mich nicht ganz, schreiben Sie manchmal Ihrem treuen
Ellesley

P. S. Millicent Ingram hat das Geld ordnungsgemäß bekommen, erachtet unter Freunden Ihre Bitten um Entschuldigung als lächerlich, läßt Sie herzlich grüßen und denkt mit Wärme an Sie; ich darf auch gleich hinzufügen, daß wir verlobt sind.

Es war ein fürchterlich heißer Tag. Mihály lief am Nachmittag benommen im Park der Villa Borghese umher, ging früh ins Bett, schlief müde ein und wachte dann wieder auf.

Im Halbschlaf hatte er eine zerklüftete, wilde Gegend gesehen und sich gefragt, woher er dieses enge Tal, diese aufgeregten Bäume, die stilisiert wirkenden Ruinen kannte. Vielleicht hatte er sie zwischen Bologna und Florenz vom Zug aus gesehen, auf jener wundervollen Strecke, vielleicht auch, als er oberhalb von Spoleto umhergestreift war, oder vielleicht in einem Museum auf einem Bild von Salvatore Rosa. Die Landschaft hatte eine ungute Untergangsstimmung, und dem Untergang schien auch die kleine Gestalt geweiht, die auf ihren Stock gestützt durch die Landschaft ging, über ihr das Mondlicht. Er wußte, daß der Wanderer schon sehr lange durch immer verlassenere Gegenden zog, zwischen solchen aufgeregten Bäumen und stilisierten Ruinen, bedroht von Stürmen und Wölfen, und daß er vielleicht der einzige war, der in solcher Nacht so einsam wanderte.

Es klingelte. Mihály machte Licht und schaute auf die Uhr. Mitternacht vorüber. Wer konnte das sein? Bestimmt hatte es gar nicht geklingelt. Er drehte sich auf die andere Seite.

Es klingelte wieder. Er stand nervös auf, warf sich etwas über und ging hinaus. In der Tür stand Éva.

In seiner Verwirrung vergaß Mihály zu grüßen.

So ist das. Man sehnt sich nach jemandem wie wahnsinnig, am Rand des Untergangs, an der Schwelle von Tod und Hölle, man sucht ihn und verfolgt ihn umsonst und vergeht fast vor Sehnsucht. Seit Mihály in Rom war, hatte er die ganze Zeit auf diesen Augenblick gewartet, sich auf ihn vorbereitet und schon gedacht, er würde nie wieder mit Éva sprechen können. Und da taucht sie plötzlich auf, und man hält krampfhaft seinen billigen Pyjama über der Brust zusammen, ist zerzaust und unrasiert, schämt sich dafür, schämt sich noch mehr für die Wohnung und wünscht, die Person, nach der man sich so unaussprechlich gesehnt hat, wäre nicht da.

Doch Éva kümmerte das alles nicht. Ohne zu grüßen und ohne Aufforderung eilte sie in Mihálys Zimmer, setzte sich in einen Lehnstuhl und blickte starr vor sich hin.

Mihály schlurfte ihr nach.

Éva hatte sich überhaupt nicht verändert. Die Liebe bewahrt bis zum Ende einen einzigen Augenblick auf, nämlich den Augenblick ihres Entstehens, und wer geliebt wird, altert nie, in den Augen des Mannes bleibt die geliebte Frau immer siebzehn, und ihr

221

Haar und ihr leichtes Sommerkleid werden ein ganzes Leben lang von demselben leichten Wind bewegt, der in jenem schicksalhaften Augenblick geweht hat.

In seiner Verwirrung vermochte Mihály nur zu fragen: »Woher kennst du meine Adresse?«

Éva winkte gereizt ab.

»Ich habe nach Budapest telephoniert, mit deinem Bruder. Mihály, Ervin ist gestorben.«

»Ich weiß«, sagte Mihály.

»Woher weißt du es?«

»Ellesley hat es mir geschrieben, der kleine Doktor, den auch du, soviel ich weiß, in Gubbio kennengelernt hast, in dem Haus mit der offenen Totentür.«

»Ja, ich erinnere mich.«

»Er hat Ervin in seinen letzten Stunden beigestanden, im Krankenhaus von Foligno. Da ist sein Brief.«

Éva las ihn und verfiel in Nachdenken.

»Erinnerst du dich an seinen großen, grauen Mantel«, sagte sie dann, »und wie er den Kragen immer hochgestellt hat, während er mit gesenktem Kopf dahinschritt … Irgendwie ging immer sein Kopf vorn und er seinem Kopf hinterher, wie die großen Schlangen, die ihren Kopf vorschnellen lassen und dann den Körper nachziehen … Und was er zusammengeraucht hat! Ich habe noch so viele Zigaretten bereitlegen können, er hat sie alle geraucht. Und wie nett er war, wenn er gute Laune hatte oder betrunken war …«

Pater Severinus war einfach verschwunden, während mit dem Toten von Foligno nur Ervin gestorben war, der seltsame Junge, der beste Freund und die schönste Erinnerung an die Jugend.

»Ich wußte, daß er sehr krank war«, sagte Mihály. »Ich habe auch versucht, ihn zu einer Behandlung zu überreden. Meinst du, ich hätte mir mehr Mühe geben sollen? Hätte ich in Gubbio bleiben und nicht weichen sollen, bis etwas zu seiner Pflege geschah?«

»Ich glaube, unsere Bemühungen und Zärtlichkeit und Besorgnis hätten nicht an Pater Severinus herangereicht. Für ihn war die Krankheit nicht das, was sie für andere Menschen ist, kein Schicksalsschlag, sondern vielleicht ein Geschenk. Was wissen wir schon? Vielleicht fiel ihm das Sterben leicht«, sagte Éva.

»Er war doch in den Belangen des Todes so routiniert«, sagte Mihály, »ich glaube, er hat sich in den letzten Jahren mit nichts anderem beschäftigt.«

»Und doch kann es auch sein, daß das Sterben für ihn schrecklich war. Es gibt nur sehr wenige Menschen, die ihren eigenen Tod sterben wie … wie Tamás.«

Der warme, orangegelbe Schein der Lampe fiel auf Évas Gesicht, das jetzt noch mehr das Gesicht war, das Éva im Ulpius-Haus getragen hatte, wenn … wenn sie spielten und Tamás und Mihály durch oder für sie starben. Was für Phantasiebilder, was für Erinnerungen tanzten jetzt in ihr? Mihály preßte die Hände auf sein schmerzendes, stark klopfendes Herz, und tausend Dinge gingen ihm durch den Kopf: die verdächtigen Wonnen der alten Spiele und die etruskischen Statuen in der Villa Giulia, Waldheims Erläuterungen, die Andere Sehnsucht und die Todeshetäre.

»Éva, du hast Tamás umgebracht«, sagte er.

Éva zuckte zusammen, ihre Miene veränderte sich völlig, und sie preßte sich die Hände auf die Stirn.

»Das stimmt nicht! Das stimmt nicht! Wie kommst du darauf?«

»Éva, du hast Tamás umgebracht.«

»Nein, Mihály, ich schwör's. Ich habe ihn nicht umgebracht … so kann man es nicht sehen. Tamás hat sich selbst umgebracht. Ich habe es Ervin erzählt, und er als Priester hat mir die Absolution erteilt.«

»Erzähl es mir auch.«

»Gut. Hör zu. Ich will dir erzählen, wie Tamás gestorben ist.«

Ihre Hand in Mihálys Hand war eiskalt, ihn durchlief ein Schauder, und das Herz wurde ihm entsetzlich schwer. Sie waren unaufhaltsam durch Schächte und Gänge und Minen und unterirdische Salzseen hindurch nach unten gesunken, und jetzt würden sie in die Höhle gelangen, wo in der Mitte aller Dinge, aller Nächte, das Geheimnis und das Ungeheuer hausten.

»Du erinnerst dich doch, wie es war. Wie ich einen Freier hatte und wie starrköpfig sich mein Vater benahm und daß ich darum bat, auf ein paar Tage mit Tamás verreisen zu dürfen, bevor ich heiratete.«

»Ja, ich erinnere mich.«

»Wir fuhren nach Hallstatt. Tamás hatte den Ort ausgesucht. Als wir da ankamen, verstand ich auch, warum. Ich weiß gar nicht, wie ich es dir sagen soll … eine uralte, schwarze Stadt an einem schwarzen See. Auch in Italien gibt es solche Städte, aber Hallstatt ist noch düsterer, noch schauerlicher, ein Ort zum Sterben. Tamás hatte schon unterwegs gesagt, er würde bald sterben. Du erinnerst dich doch, das Amt … und er konnte sich nicht damit abfinden, daß wir beide getrennt werden sollten … und überhaupt, du weißt ja, wie er sich immer nach dem Tod gesehnt hat, und du weißt auch, daß er nicht zufällig sterben wollte, sondern nach sorgfältiger Vorbereitung …

Ich weiß, daß jeder andere ihm zugeredet oder nach allen Seiten Telegramme geschickt oder die Freunde, die Polizei, den Rettungsdienst, und was weiß ich, um Hilfe gebeten hätte. Auch ich hatte zuerst das Gefühl, ich müsse etwas unternehmen, ich müsse um Hilfe rufen. Ich habe es nicht getan, sondern verzweifelt über jeden von Tamás' Schritten gewacht. Doch dann wurde mir plötzlich klar, daß er recht hatte. Woher ich das wußte, vermag ich nicht zu sagen … jedenfalls weißt du ja, wie nahe wir einander standen, wie sehr ich spürte, was in ihm vorging – und jetzt spürte ich, daß man ihm nicht mehr helfen konnte. Wenn es nicht da geschah, würde es dennoch bald geschehen, und wenn ich nicht dabei war, würde er allein sterben, und das wäre furchtbar, für uns beide.

Tamás merkte, daß ich mich mit dem Ganzen abgefunden hatte, und er teilte mir mit, an welchem Tag es geschehen würde. An dem Tag fuhren wir noch im Boot auf den toten See hinaus, doch am Nachmittag regnete es schon, und wir gingen in unser Zimmer. Nie war es auf dieser Welt so sehr Herbst gewesen, Mihály.

Tamás schrieb seinen Abschiedsbrief, nichtssagende Worte, keine Begründung für seine Tat. Danach bat er mich, das Gift vorzubereiten und ihm zu geben …

Warum er mich dazu brauchte?... und warum ich es getan habe ... siehst du, das verstehst vielleicht nur du, der damals mit uns zusammen gespielt hat.

Ich habe seither nie Schuldgefühle gehabt. Tamás wollte sterben, ich hätte es sowieso nicht verhindern können, wollte es auch nicht, weil ich wußte, daß es so besser war für ihn. Daß ich seinen letzten Wunsch erfüllt habe, war richtig, und ich habe es auch nie bereut. Wenn ich nicht dabeigewesen wäre, wenn nicht ich ihm das Gift gegeben hätte, wäre er vielleicht doch schwach geworden und hätte stundenlang mit sich gerungen, bis er es schließlich doch genommen hätte, und so wäre er halbherzig, sich seiner Schwäche schämend in den Tod gegangen. Auf diese Art hingegen tötete er sich tapfer, ohne zu zögern, denn er spielte, spielte das Theaterstück, in welchem ich ihn umbringe, so wie wir es zu Hause immer wieder geprobt hatten.

Dann legte er sich ruhig hin, und ich setzte mich auf den Bettrand. Als die tödliche Schläfrigkeit über ihn zu kommen begann, zog er mich an sich und küßte mich. Und er küßte mich so lange, bis seine Arme von mir abfielen. Es waren keine geschwisterlichen Küsse, Mihály, zugegeben. Da waren wir keine Geschwister mehr, sondern jemand, der weiterlebt, und jemand, der stirbt ... ich glaube, da war es erlaubt.«

Sie schwiegen sehr lange.

Schließlich fragte Mihály:

»Éva, warum hast du mir ausrichten lassen, ich solle dich nicht mehr suchen? Warum willst du mich nicht treffen?«

»Aber spürst du es denn nicht, Mihály, spürst du nicht, daß das nicht geht?... Wenn wir zu zweit sind, sind wir nicht zu zweit ... Tamás kann in jedem Augenblick zwischen uns treten. Und jetzt auch Ervin ... Nein, Mihály, ich kann nicht mit dir zusammensein.«

Sie stand auf.

»Setz dich noch einen Augenblick«, sagte Mihály so leise, wie man nur in der größten Erregung spricht. »Stimmt es, daß du nach Indien fährst? Für lange Zeit?«

Éva nickte.

Mihály rang die Hände.

»Du gehst wirklich weg, und ich sehe dich nie mehr?«

»Ja. Und was wirst du machen?«

»Für mich gibt es nur eins: meinen eigenen Tod sterben. Wie …
wie Tamás.«

Sie verstummten.

»Meinst du das im Ernst?«

»Im vollsten Ernst. Es hat keinen Sinn, daß ich in Rom bleibe.
Und noch weniger Sinn hat es, daß ich heimgehe. Es hat überhaupt nichts einen Sinn.«

»Kann man dir nicht helfen?« fragte Éva ohne Überzeugung.

»Nein. Doch, auf eine Art schon. Etwas könntest du für mich
tun, Éva.«

»Nämlich?«

»Ich getraue mich nicht, es zu sagen. Es ist sehr schwer.«

»Sag's.«

»Éva … sei bei mir, wenn ich sterbe … so wie bei Tamás.«

Éva dachte nach.

»Wirst du es tun? Wirst du es tun? Éva, ich bitte dich nur um
dieses eine, und danach um nichts mehr, in alle Ewigkeit.«

»Also gut.«

»Versprichst du es?«

»Ja, ich verspreche es.«

6

Erzsi war wieder in Paris. Sie rief János an, der sie am Abend zum Essen abholte. Erzsi fand ihn zerstreut, und seine Wiedersehensfreude schien mäßig. Das bestätigte sich, als er sagte:

»Heute essen wir mit dem Perser.«

»Wieso? Am ersten Abend!«

»Schon, aber ich kann nichts dafür. Er hat darauf bestanden, und du weißt ja, daß ich ihm gefällig sein muß.«

Während des Essens schwieg János zumeist, und das Gespräch wurde von Erzsi und dem Perser bestritten.

Der Perser erzählte von seiner Heimat. Dort sei die Liebe ein schweres, romantisches Handwerk, dort sei es noch heute so, daß der verliebte Jüngling über eine drei Meter hohe Mauer klettern und sich im Garten des Vaters der Angebeteten verstecken muß, um auf den Augenblick zu lauern, da die Angebetete mit ihrer Begleiterin vorbeispaziert. So können sie heimlich ein paar Worte wechseln, wobei der Jüngling sein Leben aufs Spiel setzt.

»Und das ist gut?« fragte Erzsi.

»Ja, sehr gut«, sagte der Perser. »Sehr gut. Man ehrt eine Sache viel eher, wenn man auf sie warten, um sie kämpfen und leiden muß. Oft denke ich, daß die Europäer gar nicht wissen, was Liebe ist. Und in der Liebestechnik kennen sie sich tatsächlich nicht aus.«

Seine Augen glühten, seine übertriebenen Gesten waren dennoch vornehm – ungezähmte, echte Gesten.

»Ich freue mich sehr, daß Sie zurückgekommen sind, Madame«, sagte er auf einmal. »Ich hatte schon Angst, Sie würden in Italien bleiben. Das wäre schade gewesen … es hätte mir sehr leid getan.«

Erzsi legte zum Dank einen Augenblick ihre Hand auf die Hand des Persers. Diese zog sich zusammen und wurde wie eine Kralle. Erzsi erschrak und zog ihre Hand zurück.

»Ich möchte Sie sehr um etwas bitten. Nehmen Sie von mir ein kleines Geschenk an. Es ist ein Ausdruck der Freude über Ihre Rückkehr.«

Er nahm eine fein gearbeitete goldene Tabatière hervor.

»Es ist eigentlich eine Opiumdose«, sagte er. »Aber man kann auch Zigaretten hineintun.«

»Ich weiß nicht, aus welchen Gründen ich das annehmen dürfte«, sagte Erzsi verlegen.

»Aus gar keinen. Aus dem Grund, daß ich mich wohlfühle. Aus dem Grund, daß ich kein Europäer bin, sondern aus einem Land komme, wo die Menschen leicht und freudigen Herzens Geschenke machen und dankbar sind, wenn das Geschenk akzeptiert wird. Nehmen Sie es an, weil ich Suratgar Lutphali bin und weil Sie im Leben vielleicht keinen solchen Vogel mehr sehen werden.«

Erzsi sah János fragend an. Die Tabatière gefiel ihr sehr, und sie hätte sie gern besessen. Er blinzelte zustimmend.

»Also, dann will ich das Geschenk annehmen«, sagte Erzsi, »und danke sehr dafür. Von jemand anderem würde ich es nicht annehmen. Nur von Ihnen. Denn wer weiß, wann ich im Leben je wieder einen solchen Vogel sehe?«

Für das Essen bezahlte der Perser. Das machte Erzsi ein bißchen nervös. Es war, als tischte János sie ihm auf, als wäre er, milde ausgedrückt, ihr Impresario, während er selbst sich bescheiden in den Hintergrund zurückzog … Doch dann verscheuchte sie den Gedanken. János hatte bestimmt wieder kein Geld, deshalb ließ er es zu, daß der Perser zahlte. Oder der Perser hatte mit orientalischer Magnifizenz darauf bestanden. Und überhaupt zahlt in Paris immer nur einer die Rechnung.

In der Nacht schlief János bald ein, und Erzsi hatte Zeit zum Nachdenken.

Die Geschichte mit János geht ihrem Ende zu, das ist unzweifelhaft, und das macht auch nichts. Was an ihm interessant ist, kenne ich schon auswendig. Ich hatte immer Angst, daß er mich eines Tages erdolcht oder mir mein Geld stiehlt, aber offenbar habe ich mich umsonst gefürchtet, und ein bißchen enttäuscht bin ich auch. Was nachher kommt? Vielleicht der Perser? Ich scheine ihm zu gefallen.

Sie dachte lange darüber nach, wie der Perser wohl ganz aus der Nähe war. Der, ja, der ist wirklich ein Tiger, hell lodernd im nächtlichen Wald. Wie seine Augen glühen … Er muß furchterregend sein. Ja, furchterregend. Man müßte ihn einmal ausprobieren. Die Liebe hat noch so viele unbekannte Gegenden, Geheimnisse, Wunder, Paradiese …

Zwei Tage darauf wurden sie von dem Perser zu einem Ausflug im Auto eingeladen, nach Paris Plage. Sie badeten im Meer, aßen zu Abend und machten sich im Dunkeln auf den Heimweg.

Der Weg war lang, und der Perser, der am Steuer saß, begann unsicher zu werden.

»Haben wir diesen See auf der Hinfahrt gesehen?« fragte er János.

János blickte ratlos ins Dunkel.

»Vielleicht hast du ihn gesehen. Ich nicht.« Sie hielten an, um die Landkarte zu studieren.

»Weiß der Teufel, wo wir sind. Ich sehe hier keinen See.«

»Ich habe doch gleich gesagt, der Chauffeur sollte nicht so viel trinken«, sagte János gereizt.

Sie fuhren unsicher weiter. In der ganzen Gegend kein Mensch, kein Gefährt.

»Mit diesem Auto stimmt etwas nicht«, sagte János. »Hörst du, wie es knattert?«

»Ja, tatsächlich.«

Je weiter sie fuhren, um so auffälliger wurde das Knattern.

»Verstehst du dich auf Motoren?« fragte der Perser. »Ich nämlich überhaupt nicht. Für mich ist ein Motor immer noch Teufelszeug.«

»Halt an, ich will nachsehen.«

János stieg aus, machte die Kühlerhaube auf und begann den Motor zu studieren.

»Der Treibriemen ist völlig kaputt. Wie kann man mit einem solchen Riemen umherfahren? Du solltest deinen Wagen von Zeit zu Zeit kontrollieren lassen.«

Plötzlich begann er zu fluchen:

»Herrgottsakrament, jetzt ist er ganz gerissen. Na, das haben wir ja toll hingekriegt.«

»Hast du.«

»Na gut, ich. Da kommen wir nicht mehr vom Fleck, ohne einen neuen Riemen. Ihr könnt geradesogut aussteigen.«

Sie stiegen aus. Inzwischen hatte es zu regnen angefangen, Erzsi zog ihren Gummimantel an.

Der Perser war wütend und ungeduldig.

»Verflucht noch mal, was machen wir jetzt? Wir stehen hier mitten auf der Landstraße, beziehungsweise ich habe den starken Verdacht, daß das nicht einmal eine Landstraße ist.«

»Da vorn ist doch so etwas wie ein Haus«, sagte János. »Versuchen wir da unser Glück.«

»So spät in der Nacht? Um diese Zeit schläft auf dem Land schon alles, und wer wach ist, läßt sich nicht mit verdächtigen Fremden ein.«

»Aber dort ist doch Licht«, sagte Erzsi und zeigte auf das Haus.

»Versuchen wir's«, sagte János.

Sie schlossen den Wagen ab und eilten auf das Haus zu. Es befand sich auf einem Hügel, der unten von einer Mauer umgeben war, doch das Tor stand offen. Sie gingen hinauf.

Das Haus schien herrschaftlich, im Dunkeln sah es wie ein Miniatur-Schloß aus, mit Freitreppe und edlen französischen Linien. Sie klopften an. Eine alte Bauersfrau streckte den Kopf durch den Türspalt. János trug ihr Anliegen vor.

»Ich will's gleich den Herrschaften melden.«

Bald darauf erschien ein ländlich gekleideter Herr mittleren Alters, der sie gründlich musterte, während János auch ihm die Angelegenheit vortrug. Sein Ausdruck milderte sich, und er wurde sehr freundlich.

»Herzlich willkommen, die Damen und Herren. Treten Sie näher, wir können die Sache drinnen besprechen.«

Er führte sie in ein altmodisches, nach Jagdschloß aussehendes Zimmer, wo eine Frau am Tisch saß, mit einer Handarbeit beschäftigt. Offenbar die Gattin. Der Mann berichtete ihr kurz, was das Problem war, und bat die Gäste, Platz zu nehmen.

»Ihr Pech ist unser Glück«, sagte die Frau. »Sie können sich gar nicht vorstellen, wie langweilig die Abende auf dem Land sind. Aber in dieser Jahreszeit kann man ja das Gut nicht einfach alleinlassen.«

Erzsi war irgendwie unbehaglich zumute. Das ganze Schloß schien nicht wirklich, oder es war zu wirklich, wie in einem naturalistischen Theaterstück. Die beiden Leute saßen entweder dauernd hier unter der Lampe und warteten – oder sie waren erst in dem Augenblick entstanden, als die Reisegesellschaft angeklopft hatte. Erzsi spürte es förmlich an der Hautoberfläche, daß etwas nicht stimmte.

Es stellte sich heraus, daß das nächste Dorf, wo es vielleicht eine Garage gab, drei Kilometer entfernt war, und daß das gastfreundliche Ehepaar niemanden hinschicken konnte, weil das männliche Personal in dieser Nacht auf dem Gutshof schlief.

»Bleiben Sie doch über Nacht hier«, schlug die Frau vor. »Wir haben genügend Betten für Sie alle.«

Doch János und der Perser bestanden darauf, daß sie noch in der Nacht nach Paris zurückfahren müßten.

»Ich werde erwartet«, sagte der Perser, und sein diskretes Lächeln signalisierte, daß es sich um eine Dame handelte.

»Es bleibt nichts anderes übrig«, sagte János, »einer von uns muß in das Dorf gehen. Drei Kilometer sind ja nicht weit. Selbstverständlich gehe ich; ich habe den Riemen kaputtgemacht.«

»Kommt nicht in Frage«, sagte der Perser, »ich gehe, ihr seid meine Gäste, ich habe die Verantwortung.«

»Komm, wir losen«, sagte János.

Das Los entschied, daß János gehen mußte.

»Bin gleich wieder da«, sagte er und eilte weg.

Der Hausherr brachte Wein vom eigenen Weinberg. Sie saßen um den Tisch, tranken und plauderten leise, während sie zwischendurch dem Regen zuhörten, der an die Scheiben klopfte.

Erzsis Unwirklichkeitsgefühl wurde immer stärker. Sie wußte nicht mehr, wovon ihre Gastgeber sprachen. Wahrscheinlich trugen sie den eintönigen Verlauf ihres Landlebens vor, auf die gleiche monotone, einschläfernde Weise wie der Regen. Oder vielleicht war das Klopfen des Regens so einlullend, oder die Tatsache, daß sie zu niemandem mehr auf der Welt gehörte, daß sie hier am Ende der Welt in einem französischen Schloß saß, dessen Namen sie nicht einmal kannte und in das sie vollkommen zufällig geraten war, denn genausogut konnte sie am anderen Ende der Welt in einem anderen Schloß sitzen, und auch das wäre ein reiner Zufall.

Doch dann spürte sie, daß es nicht das war, was sie einlullte, sondern der Blick des Persers, der zuweilen über sie strich. Es war ein zärtlicher, warmer, gerührter Blick, ganz anders als die Blicke aus kalten, blauen europäischen Augen. Eine animalische Wärme und Sicherheit lag darin. Einlullend. Ja, dieser Mann liebte die Frauen … aber nicht einfach so … nicht weil er ein Mann war, sondern weil die Frauen Frauen waren, liebenswürdig, liebesbedürftig. Ja, das war's: Er liebte sie so, wie der echte Hundefreund die Hunde liebt. Mehr kann ein Frau vielleicht gar nicht wollen.

In ihrer Benommenheit wurde sie auf einmal gewahr, daß sie unter dem Tisch seine Hand streichelte.

Der Perser verriet sich mit keinem Zucken der Augenwimper. Er machte mit den Gastgebern höfliche Konversation. Trotzdem spürte Erzsi, wie der ganze Mann zu glühen begann, geradezu vulkanartig, so daß sie schon auf die Flammen wartete, die aus ihm herausschlagen würden. Doch auch der Perser wartete einfach, sann vielleicht auf gar nichts, so spät in der Nacht…

Denkt er, ich sei eine unnahbare persische Dame? Ach Gott, wir sollten spazierengehen … aber es regnet ja.

Plötzlich klopfte es. Die Bauersfrau führte einen verregneten Burschen herein, den die Hausleute offensichtlich kannten. Aus dem Bericht des Burschen ging hervor, daß János das Nachbardorf erreicht, dort aber keinen Riemen gefunden hatte; dafür hatte er sich den Fuß verstaucht und sollte wohl, so meinte er, die Nacht beim dortigen Arzt verbringen, einem sehr netten Menschen. Er bitte darum, daß sie ihn dort abholten, wenn das Auto irgendwie wieder instand gesetzt war.

Die Nachricht löste Bestürzung aus. Man stellte fest, daß bei dem Stand der Dinge nichts anderes übrig blieb, als ins Bett zu gehen, da Mitternacht schon lange vorüber war. Die Hausfrau führte sie in den ersten Stock hinauf. Nachdem sie sehr taktvoll herausgebracht hatte, daß der Perser und Erzsi nicht zusammengehörten, teilte sie ihnen je ein Zimmer zu und sagte gute Nacht. Auch Erzsi und der Perser verabschiedeten sich, und Erzsi ging in ihr Zimmer, wo die alte Bauersfrau das Bett machte und sich dann zurückzog.

Als wäre alles vorbereitet. Denn Erzsi zweifelte überhaupt nicht mehr daran, daß alles abgekartet war. Bestimmt hatte János das kleine Spiel inszeniert, das jetzt zu ihrer Ehre aufgeführt wurde. Der Defekt am Wagen, das Schloß gerade am Weg, der Unfall von János, und jetzt kam der letzte Akt mit dem Happy End.

Sie blickte sich im Zimmer um. Schloß die Tür ab und mußte dann lächeln: das Zimmer hatte noch eine Tür, und die hatte keinen Schlüssel. Sie machte sie vorsichtig auf, dahinter lag ein dunkles Zimmer. Doch an der gegenüberliegenden Wand war eine weitere Tür, und darunter sah man einen Lichtstreif. Sie schlich hin; im Zimmer nebenan ging jemand umher. Sie überlegte, wie die Anordnung der Zimmer vom Gang her ausgesehen hatte, und stellte fest, daß hinter der Tür das Zimmer des Persers lag. So konnte er also bequem zu ihr herüberspazieren. Wäre ja auch natürlich: nachdem sie dort unter der Lampe so traulich beisammengesessen hatten. Sie ging in ihr Zimmer zurück.

Im Spiegel sah sie, wie rot sie geworden war. János hatte sie dem Perser verkauft, und der hatte sie gekauft wie ein Kalb; sie selbst hatte die Tabatière als Vorschuß erhalten (von der Sári später feststellen ließ, daß sie viel wertvoller war, als auf den ersten Blick scheinen mochte) – János hingegen hatte sicher Bargeld bekommen. Ein Gefühl tiefer Demütigung und Wut kam über sie. Sie hätte den Perser so sehr lieben können … aber daß er so mit ihr umging, wie mit einer Ware! Wie blöd sind doch die Männer! Damit hatte er alles verdorben.

Wie kommt es, daß mich alle verkaufen? Mihály hat mich an Zoltán verkauft, hat es sogar schriftlich bestätigt, jetzt verkauft mich János an den Perser, und weiß Gott, ob der mich nach einer Zeit nicht an einen Griechen oder Armenier verkauft; und außerdem verkaufen mich ständig Männer, deren Besitz ich nicht im geringsten bin. Sie fragte sich, was an ihr war, daß ihr so etwas fortwährend widerfuhr. Oder vielleicht lag es nicht an ihr, sondern an den Männern, mit denen sie zusammenkam, an Mihály und János, und daran, daß beide Éva liebten, eine käufliche Frau, und sich gar nichts anderes mehr vorstellen konnten?

Noch ein paar Minuten, dann würde der Perser erscheinen und das Geschäft auf die natürlichste Weise der Welt perfekt machen wollen. Das ging zu weit! Sie mußte etwas tun. Sollte sie zur Hausfrau flüchten, eine große Szene machen, um Schutz bitten? Das wäre lächerlich, die Hausbewohner waren ja vom Perser bezahlt. (Was mochten das für Leute sein? Sie spielten ihre Rolle hervorragend; vielleicht waren es Schauspieler, der Perser war ja jetzt im Filmgeschäft.) Sie ging ratlos auf und ab.

Und wenn sie sich täuschte? Wenn der Perser nicht im Traum daran dachte zu kommen?

Jetzt fiel ihr ein, daß das genauso beleidigend wäre.

Wenn er käme ... Vielleicht war die Sache gar nicht so beleidigend und demütigend. Der Perser wußte sehr wohl, daß er Erzsi gefiel, und sie selbst hatte ihm das Zeichen gegeben, daß er kommen durfte. Er käme nicht wie zu einer Sklavin seines Harems, sondern wie zu einer Frau, die ihn liebte und die auch er liebte, käme, nachdem er die Hindernisse sorglich aus dem Weg geräumt hatte. Sie war verkauft worden? Ja, schon. Aber eigentlich war die Tatsache, daß Männer riesige Summen für sie zahlten, überhaupt nicht demütigend, sondern im Gegenteil höchst schmeichelhaft ... Sie begann sich auf einmal auszuziehen.

Blieb vor dem Spiegel stehen und betrachtete eine Weile befriedigt ihre Schultern und Arme, als Teile dessen, wofür »die Männer riesige Summen zahlten«. Jetzt war der Gedanke schon richtig amüsant. Diese Gliedmaßen waren das also wert? Für die Männer offenbar schon ...

Zuvor, unter der Lampe, hatte sie sich stark nach der Umarmung des Persers gesehnt. Nicht mit der direktesten aller Begierden, denn da waren eher Neugier und der Reiz des Exotischen. Doch in dem Augenblick hatte sie noch nicht gedacht, daß die Umarmung Wirklichkeit werden könnte. Jetzt hingegen würde sie mit dem ganzen Körper das vulkanische Glühen spüren. Wie seltsam und beängstigend ist es doch, auf diese Art zu warten ...

Eine zähneklappernde Erregung überkam sie. Das würde die große Nacht ihres Lebens werden. Das Ziel, die Erfüllung, zu der alle Wege führen. Jetzt würde sie endlich alle spießigen Konventionen hinter sich lassen, alles, was an ihr noch Budapest war, und sich irgendwo in Frankreich, in einem alten Schloß, einem Mann hingeben, der sie gekauft hatte, sich einem exotischen wilden Tier unterwerfen und ihr Dasein als Dame der guten Gesellschaft völlig aufgeben, zu einer östlichen Liebesdienerin werden, so wie in der Bibel oder in Tausendundeiner Nacht. Schon immer hatte dieses Wunschbild ihre Phantasie beflügelt, schon damals, als sie Zoltán mit Mihály betrog ... Und ihr Instinkt hatte richtig gewählt, denn ihr Weg hatte über Mihály nun hierhergeführt.

Und jetzt war da der Mann, der vielleicht endgültige Mann. Der echte Tiger. Der Exot. Der Mann der Liebe. Noch ein paar Minuten, und sie würde es erfahren. Ein Schauder ließ sie frösteln. War es kalt? Nein, sie hatte Angst.

Sie zog rasch ihre Bluse wieder an, stellte sich an die Tür, die auf den Gang führte, und preßte sich die Hände auf die Brust, mit der schlichten, ehrlichen Geste, die sie so oft im Kino gesehen hatte.

In ihrer Phantasie erschien ein Ungeheuer ohne Gestalt und ohne Kopf, das Geheimnis. Das Geheimnis des Orients, der Männer, der Liebe. Mit weiß Gott was für erschreckenden, quälenden, zerfleischenden Absichten näherte sich ihr dieser fremde, tausendfach fremde Mann, durch dessen Umarmung sie vielleicht vernichtet würde wie einst die sterblichen Frauen in den Armen der Götter. Wer weiß, was für geheimnisvolle Schauerlichkeiten ihrer harrten ...

Da ergriff ihre gute Erziehung wieder von ihr Besitz, sie war wieder die Dame der Gesellschaft, die Musterschülerin, die Spar-

same, all das, wovor sie je geflohen war. Nein, nein, sie wagte es
nicht … Die Angst machte sie stark und erfinderisch. In wenigen
Augenblicken hatte sie sämtliche Möbel vor die nicht zu schlie-
ßende Tür geschoben, sogar das schwere Bett packte sie und zerr-
te es weinend, die Tränen verschluckend, vor die Tür. Dann ließ
sie sich erschöpft darauffallen.

Gerade rechtzeitig. Im benachbarten Zimmer hörte man die
weichen Schritte des Persers. Jetzt stand er vor der Tür. Er schien
zu lauschen, dann senkte sich die Klinke.

»Elisabeth«, sagte der Perser leise.

Erzsi antwortete nicht. Der Perser versuchte wieder die Tür zu
öffnen, wobei er sich diesmal mit der Schulter gegen sie zu stem-
men schien. Die Möbel gaben ein wenig nach.

»Kommen Sie nicht herein!« rief Erzsi.

Der Perser hielt inne, einen Augenblick herrschte tiefes
Schweigen.

»Elisabeth, machen Sie die Tür auf«, sagte der Perser lauter.

Erzsi antwortete nicht.

Der Perser zischte etwas und stemmte sich mit aller Kraft gegen
die Tür.

»Kommen Sie nicht herein«, schrie Erzsi.

Der Perser ließ die Tür los.

»Elisabeth«, sagte er noch einmal, doch es schien in der Ferne zu
verklingen.

Dann sagte er nach einer Weile:

»Gute Nacht«, und ging in sein Zimmer zurück.

Erzsi lag zähneklappernd und angezogen auf dem Bett. Sie
weinte und war entsetzlich müde. Es war die Stunde der Wahrheit, da man sein ganzes Leben mit Klarheit sieht. Sie versuchte
nichts zu beschönigen: Sie wußte, daß sie den Perser nicht deshalb
abgewiesen hatte, weil die demütigenden Umstände sie beleidig-
ten, und auch nicht aus Anstandsgründen, sondern weil sie feig
war. Das Geheimnis, das sie die ganze Zeit gesucht hatte, war zu
ihr unterwegs gewesen, und sie hatte sich gedrückt. Einmal Spießbürgerin, immer Spießbürgerin.

Ach, wenn der Perser jetzt käme, sie würde ihn hereinlassen …

Sie würde doch sicher nicht daran sterben, etwas wirklich Schreckliches konnte nicht geschehen, ach, war diese kindische Angst idiotisch gewesen. Wenn der Perser jetzt zurückkäme, würde diese unsägliche Müdigkeit vergehen und überhaupt alles, alles ...

Doch der Perser kam nicht zurück. Erzsi zog sich aus, legte sich ins Bett und schlief ein.

Sie schlief ein, zwei Stunden. Wachte dann auf, als es draußen dämmerte. Es war halb vier. Sie sprang auf, wusch sich notdürftig und schlüpfte auf den Gang hinaus. Ohne zu überlegen wußte sie, daß sie hier verschwinden mußte. Sie wußte, daß sie den Perser nie mehr sehen durfte. Sie schämte sich, war aber auch froh, mit heiler Haut davongekommen zu sein. Ihre Stimmung war gar nicht schlecht, und als es ihr gelang, das große Tor zu öffnen, das verriegelt, aber nicht abgeschlossen war, und als es ihr ebenso gelang, unbemerkt durch den Garten auf die Landstraße zu kommen, wurde sie von jungenhafter Verwegenheit gepackt, und sie hatte das Gefühl, aller Feigheit zum Trotz diejenige zu sein, die gewonnen, die es geschafft hatte.

Sie lief glücklich die Landstraße entlang und gelangte bald in ein kleines Dorf. Es stellte sich heraus, daß es ganz in der Nähe nicht nur einen Bahnhof gab, sondern auch einen Marktfahrer-Zug, der nach Paris ging. Es war noch früh am Morgen, als sie in der Stadt ankam.

Im Hotel angekommen, ging sie zu Bett und schlief tief und vielleicht auch glücklich bis in den Nachmittag hinein. Als sie aufwachte, hatte sie das Gefühl, wirklich erwacht zu sein, aus einem langen, schönen, erschreckenden Traum. Sie nahm ein Taxi und fuhr zu Sári, obwohl sie auch den Bus oder die Metro hätte nehmen können. Doch jetzt, da sie erwacht war, hatte es mit ihrer Sparsamkeit ein Ende.

Sie erzählte Sári die ganze Begebenheit, mit der zynischen Offenheit, mit der die Frauen ihre Liebesaffären untereinander abhandeln. Sári würzte den Bericht mit kleineren Zwischenrufen und weisen Bemerkungen.

»Und was machst du jetzt?« fragte sie am Schluß zärtlich und tröstend.

»Was ich mache? Hast du es denn noch nicht erraten? Ich gehe zu Zoltán zurück. Deshalb bin ich auch hergekommen.«

»Du gehst zu Zoltán zurück. Dafür hast du ihn verlassen? Und glaubst du, jetzt wird es besser? Man kann doch wirklich nicht behaupten, du liebtest ihn speziell. Ich verstehe dich nicht … Aber du hast völlig recht. Absolut recht. An deiner Stelle würde ich dasselbe tun. Denn sicher ist sicher, und du bist nicht geschaffen, bis ins Alter hinein in Paris ein Studentenleben zu führen und deine Liebhaber zu wechseln, als ob du davon lebtest.«

»Nein, wirklich nicht. Und gerade deshalb … Weißt du, jetzt verstehe ich, woher der gestrige Schreck kam. Vom Gedanken, wohin das führen würde. Nach dem Perser könnte ein Venezolaner kommen, dann ein Japaner und dann vielleicht ein Neger … Es gäbe kein Halten mehr, denn wenn man einmal angefangen hat, was in aller Welt sollte einen aufhalten? Und das dann doch lieber nicht. Das geht ja doch nicht, daß ich so eine werde, nicht wahr? Davor bin ich erschrocken, vor mir selbst, vor all dem, wozu ich fähig wäre und was mir noch zustoßen könnte. Das dann doch lieber nicht. Irgend etwas muß eine Frau zurückhalten. Dann doch lieber Zoltán.«

»Was heißt dann doch lieber? Am allerliebsten. Er ist reich, er ist gütig, er betet dich an, ich verstehe gar nicht, wie du ihn verlassen konntest. Los, schreib ihm gleich, und dann packst du und fährst ab. Meine liebe Erzsi … Wie gut du es hast. Und wie sehr du mir fehlen wirst.«

»Nein, ich schreibe ihm nicht. Du wirst das tun.«

»Hast du Angst, daß er dich vielleicht doch nicht will?«

»Nein, Liebes, davor habe ich wirklich keine Angst. Aber ich will ihm nicht schreiben, weil er nicht zu wissen braucht, daß ich zu ihm fliehe. Er braucht nicht zu wissen, daß er die einzige Lösung ist. Er soll glauben, ich hätte mich seiner erbarmt. Sonst schwillt ihm noch der Kamm.«

»Wie recht du hast.«

»Schreib ihm, du hättest mir sehr zugeredet, ich solle zu ihm zurückgehen, und du hättest gemerkt, daß ich nicht ganz abgeneigt sei, aber ich wolle es aus Stolz nicht zugeben. Und daß es am besten wäre, wenn er nach Paris käme und mit mir zu sprechen versuchte. Du würdest die Sache arrangieren. Schreib einen klugen Brief, Liebes. Du kannst sicher sein, daß sich Zoltán dir gegenüber sehr kavaliersmäßig verhalten wird.«

»Phantastisch. Ich will ihm gleich hier und jetzt schreiben. Du Erszi, wenn du dann wieder in Budapest und wieder Zoltáns Frau bist, könntest du mir ein Paar Schuhe schicken. Du weißt doch, in Budapest sind sie viel billiger und auch besser, haltbarer.«

7

Foied vinom pipafo, cra carefo. Heute trinke ich Wein, morgen wird es keinen geben. Der Wein war ausgetrunken, weg war die geheimnisvolle innere Flüssigkeit, die einen morgens weckt und in der Illusion wiegt, es lohne sich aufzustehen. Und in dem Maß, wie der Wein zu Ende ging, hob sich von unten das dunkle Meer, der dunkle Salzsee, der in seinen Tiefen mit dem Ozean zusammenhängt, die Andere Sehnsucht, die dem Leben entgegengesetzte, mächtigere.

Und Tamás, der Todeskeim, wuchs jetzt in Mihály zu voller Größe. Sein eigener Tod wuchs in ihm, nährte sich von seinen Lebenssäften, dachte und argumentierte mit seinen Gedanken, sog die schönen Anblicke auf, bis er ganz ausgewachsen war und in die Welt hinaustreten konnte, als Wirklichkeit.

Er schrieb Éva den Zeitpunkt: Samstag nacht. Sie antwortete: Ich werde dasein.

Das war alles. Die kurze matter-of-fact-Antwort verblüffte ihn doch ein bißchen: Bedeutete es für Éva nur gerade soviel? Was für eine Todesroutine! Beängstigend.

Er fühlte, wie sich eine Kälte in ihm auszubreiten begann, eine merkwürdige, kranke Kälte, wie bei einer Lokalanästhesie, wenn der entsprechende Körperteil allmählich gefühllos wird und uns der eigene Körper fremd und beängstigend vorkommt: Auf diese Art starb in ihm das Etwas, das Éva gewesen war. Mihály kannte die Pausen, das Aussetzen der Liebe sehr wohl, wenn mitten in der brennendsten Verliebtheit die geliebte Person plötzlich völlig gleichgültig wird und man erstaunt ihr fremdes, schönes Gesicht betrachtet, ob es denn wirklich der Frau gehört, die ... Auch jetzt spürte er ein solches Aussetzen, und es war stärker als alle bisher. Éva erkaltete.

Aber was würde dann aus der tamáshaften Süße des letzten Augenblicks?

Es kam ihm ein seltsamer, unpassender Humor, und er stellte fest, daß der große Akt entschieden schlecht anfing.

Das war am Samstag nachmittag. Er fand sich mit der schwergewichtigen Frage konfrontiert, wie das Programm der nächsten Stunden aussehen sollte. Was tut man, wenn nichts mehr einen Sinn hat? »Die letzten Stunden eines Selbstmörders« – daß dieser Ausdruck auf ihn zutraf, verblüffte ihn noch mehr, als wenn er früher von sich feststellen mußte, er sei »verzückt vor Liebe« oder er »könne ohne sie nicht leben«. Wie schrecklich, daß wir uns den herausragendsten Momenten und Zuständen unseres Lebens nur mit den banalsten Klischees nähern können, ja, daß diese Augenblicke wohl tatsächlich unsere banalsten sind. Wir sind dann so wie alle anderen. Mihály würde sich jetzt »auf den Tod vorbereiten«, wie alle Menschen, die wissen, daß sie sterben müssen.

Ja, es blieb nichts anderes übrig, er konnte sich den Gesetzen nicht entziehen, noch in seinen letzten Augenblicken mußte er sich konform verhalten. Auch er würde einen Abschiedsbrief schreiben, wie es sich gehört. Es wäre ja auch nicht anständig, seinen Vater und seine Mutter ohne Abschied zurückzulassen. Er würde ihnen einen Brief schreiben.

Das war der erste schmerzhafte Augenblick, als ihm das einfiel. Bis dahin hatte er nur einen dumpfen, müden Verdruß gespürt, einen Nebel, in dem der Vollzug der letzten Minuten und das Denken an Tamás geheimnisvoll grünlich phosphoreszierten. Doch jetzt, da er an seine Eltern dachte, spürte er einen scharfen Schmerz, einen starken, klaren Schmerz, der Nebel lichtete sich, er begann seine Eltern zu bemitleiden, und sich selbst auch, in dummer, sentimentaler Schwäche. Er schämte sich, nahm den Füllfeder, um mit beispielhafter Disziplin und Gelassenheit, aber dennoch in warmen Worten seine Tat zu verkünden, ruhig und überlegen und todesroutiniert.

Wie er so mit der Füllfeder in der Hand dasaß und darauf wartete, daß ihm die beispielhaft disziplinierten Sätze einfielen, klingelte es. Er zuckte heftig zusammen. Wochenlang kam niemand, wer mochte es ausgerechnet jetzt sein? Unnennbare Ahnungen durchliefen ihn einen Augenblick lang. Die Frau des Hauses war nicht da. Nein, er würde nicht aufmachen, jetzt hatte es wirklich keinen Sinn mehr, er hatte mit niemandem mehr etwas zu tun.

Das Klingeln wurde stärker und ungeduldiger. Mihály zuckte mit den Achseln, als wollte er sagen: »Was kann ich machen, wenn die so hartnäckig sind«– und ging hinaus. Ein bißchen erleichtert war er schon.

In der Tür erblickte er zu seiner größten Überraschung Vannina und noch ein Mädchen. Sie waren hochfestlich gekleidet, mit einem schwarzen Seidenschal auf dem Kopf, und gründlich gewaschen.

»Ah«, sagte Mihály, »sehr erfreut«, und er begann ein längeres Gestotter, weil er überhaupt nichts begriff und zuwenig Italienisch konnte, um seine Verlegenheit zu bemänteln.

»Also, kommen Sie, Signore«, sagte Vannina.

»Ich? Wohin?«

»Na eben, zur Taufe.«

»Was für eine Taufe?«

»Na eben, zur Taufe des bambino meiner Cousine. Haben Sie meinen Brief nicht bekommen?«

»Nein. Sie haben mir geschrieben? Woher hatten Sie meinen Namen und meine Adresse?«

»Von Ihrem Freund. Da bitte, da steht's aufgeschrieben.«

Sie streckte ihm einen zerknitterten Zettel entgegen, und Mihály erkannte Szepetnekis Schrift. »Rund ist der Kohl«, stand darauf und darunter Mihálys Adresse.

»An diesen Namen haben Sie geschrieben?« fragte er.

»Ja. Komischer Name. Haben Sie den Brief nicht bekommen?«

»Nein, ich schwör's, ich verstehe das Ganze nicht. Aber treten Sie doch näher.«

Sie gingen ins Zimmer. Vannina blickte sich um und fragte:

»Die Signora ist nicht zu Hause?«

»Nein, ich habe keine Signora.«

»Wirklich? Es wäre ganz nett, noch ein bißchen zu bleiben … Aber der bambino muß getauft werden, kommen Sie, kommen

Sie rasch. Die Leute versammeln sich schon, und man darf den Priester nicht warten lassen.«

»Aber, Liebe … ich … ich habe Ihren Brief nicht bekommen, was mir sehr leid tut, und ich bin überhaupt nicht darauf vorbereitet, heute …«

»Ja, schon, aber macht nichts. Sie haben sowieso nichts zu tun, der Ausländer hat nie was zu tun. Nehmen Sie Ihren Hut, und kommen Sie, avanti.«

»Aber ich habe durchaus zu tun … Ungeheuer viel und Wichtiges zu tun.«

Er verdüsterte sich. Alles kam ihm wieder in den Sinn, und er sah die fürchterliche Alltäglichkeit der Situation. Mitten im Schreiben des Abschiedsbriefs wird er dadurch gestört, daß man ihn zu einer Taufe holt. Auf einmal taucht man bei ihm mit solchen netten, törichten Anliegen auf: so wie man bei ihm immer mit netten, törichten Anliegen auftauchte, wenn das Leben gerade schrecklich erhaben war, während ihm immer schrecklich erhabene Dinge auf den Kopf fielen, wenn das Leben gerade nett und töricht war. Das Leben ist keine Kunstgattung, oder zumindest eine sehr gemischte.

Vannina trat zu ihm und legte ihm die Hand auf die Schulter. »Was haben Sie Wichtiges zu tun?«

»Äh … Ich muß Briefe schreiben, sehr wichtige Briefe.«

Vannina blickte ihm in die Augen, Mihály wandte verlegen den Kopf ab.

»Für Sie ist es auch besser, wenn Sie jetzt mitkommen«, sagte das Mädchen. »Nach der Taufe gibt es bei uns ein großes Festessen. Sie werden ein bißchen Wein trinken, und dann können Sie Ihre Briefe immer noch schreiben, falls Sie überhaupt noch Lust dazu haben.«

Mihály blickte sie erstaunt an, und das Wahrsagetalent des Mädchens kam ihm in den Sinn. Er hatte das Gefühl, sie durchschaue ihn. Plötzlich schämte er sich wie ein kleiner Junge, der auf frischer Tat ertappt worden war. Er sah nichts Erhabenes mehr darin, daß er hatte sterben wollen. Wie immer gehorchte er dem mächtigeren Herrn, dem Alltag. Den Priester durfte man in der Tat nicht warten lassen ... Er steckte Geld in seine Brieftasche, nahm den Hut, und sie machten sich auf den Weg.

Doch als er im dunklen Treppenhaus die beiden Mädchen vorangehen ließ und hinten alleinblieb, kam ihm plötzlich in den Sinn, was es für ein monumentaler Unfug war, daß er jetzt zu italienischen Kleinbürgern zu einer Taufe ging – das konnte auch nur ihm passieren. Er war drauf und dran, umzukehren und hinter sich die Tür zu schließen. Doch das Mädchen schien es zu spüren, hängte sich bei ihm ein und zog ihn auf die Straße hinaus. Sie schleppte ihn nach Trastevere wie ein Kalb. Mihály spürte eine Wonne wie damals, als er bei den Jugendspielen das Opfer war.

In der Osteria waren die Beteiligten schon versammelt, fünfzehn bis zwanzig Personen. Es wurde enorm viel geredet, auch zu ihm, aber er verstand kein Wort, da sie im Trastevere-Dialekt sprachen, und außerdem hörte er gar nicht richtig hin.

Mihály fuhr erst hoch, als die junge Mutter mit dem bambino auf dem Arm erschien. Die magere, kränkliche Häßlichkeit der Frau und die Zitronenhaftigkeit des Kindes erschreckten ihn. Kinder hatte er noch nie gemocht, weder in ihrem neugeborenen noch in ihrem späteren Zustand, er fühlte sich von ihnen befremdet und bedroht; und auch Müttern gegenüber fühlte er sich unbehaglich. Und diese Mutter und ihr Neugeborenes waren ganz besonders grauenvoll – in der Zärtlichkeit der häßlichen Mutter und der Hinfälligkeit des häßlichen Säuglings spürte er eine Art satanischer Madonna-Parodie, eine verwegene Verunglimpfung der großen Symbolgestalt Europas. Es war so eine »späte« Angelegenheit ... als ob die letzte Mutter das letzte Kind geboren hätte, während die Leute da nicht wußten, daß sie die letzten Menschen waren, der Bodensatz der Geschichte, die letzte, sich selbst verspottende Geste des sterbenden Zeitgotts.

Von da an erlebte er die Vorgänge in der grotesk-traurigen Perspektive des letzten Tages und der letzten Nacht. So wie diese Leute durch die Gassen von Trastevere wimmelten und ihren ebenfalls dort wimmelnden Bekannten hin und wieder etwas zuriefen, so wie sie in die kleine Kirche hineinschlüpften, mit so komischen flinken, kleinen Bewegungen, weckten sie in ihm immer stärker den Eindruck:

Das sind Ratten. Ratten, die in den Ruinen leben. Deshalb sind sie so flink und so häßlich und so fruchtbar.

Später oblag er benommen seinen Funktionen als Pate, während Vannina neben ihm stand und ihn anleitete. Am Ende der Zeremonie überreichte er der Mutter zweihundert Lire und küßte unter großer Selbstüberwindung seinen Taufsohn, der nun Michele hieß.

(»Heiliger Erzengel Michael, verteidige uns in unseren Kämpfen; vor der Schlechtigkeit und den Verlockungen des Satans gewähre uns Schutz. Gott weise ihn in seine Schranken, so bitten wir kniefällig; und du, Anführer der himmlischen Heerscharen, stürze den Satan und die anderen bösen Geister, die in dieser Welt die Seelen bedrohen, mit Gottes Kraft ins Verderben. Amen.«)

Die Zeremonie hatte lange gedauert. Daraufhin ging alles wieder in die Osteria zurück. Im Hof war schon zum Abendessen gedeckt. Mihály war wie üblich hungrig. Er wußte zwar, daß er seinen Pflichten Genüge getan hatte und jetzt nach Hause gehen sollte, um den Brief zu schreiben, aber seine starke kulinarische Neugier verlockte ihn abzuwarten, aus was für interessanten volkstümlichen Gerichten das festliche Mahl bestehen würde. Sind andere wohl auch hungrig und neugierig auf die Pasta – an diesem Punkt ihres Lebens?

Das Essen war gut, die seltsame, grüne, angenehm nach Gemüse schmeckende Pasta war tatsächlich etwas Spezielles, das Mihálys Neugier durchaus verdiente. Die Gastgeber waren zwar auf das Fleisch stolz, denn das aß man in Trastevere selten, aber Mihály fand nichts Besonderes daran, um so schwungvoller machte er sich über den Käse her, den er nicht kannte und der ein großes Erlebnis war, wie jeder neue Käse. Zwischendurch trank er viel, weil Vannina, seine Tischnachbarin, großzügig einschenkte, und auch, weil er die Gespräche nicht verstand und auf diese Weise an der allgemeinen guten Laune teilnehmen wollte.

Doch der Wein trug nichts zu seiner Laune bei, sondern machte ihn unsicher, maßlos unsicher. Jetzt war es schon Abend. Bald würde Éva in seine Wohnung kommen … Er mußte aufstehen und nach Hause gehen. Dem stand nichts mehr im Weg, bloß dieses Mädchen ließ ihn nicht. Aber da war schon alles weit weg, Éva und sein Vorhaben und seine Sehnsucht, alles weit weg, eine schwimmende Insel auf einem Tiber der Nacht, und Mihály hatte das Gefühl, er sei schon so unpersönlich und vegetativ wie der Maulbeerbaum im Hof, auf diese Art lasse auch er sein Laub hängen, in dieser letzten Nacht, die nun nicht mehr seine persönliche letzte Nacht war, sondern die der ganzen Menschheit.

Denn es war Nacht geworden, Italiens Sterne standen über dem Hof. Mihály erhob sich und merkte, daß er vollkommen betrunken war. Er begriff nicht, wie das hatte geschehen können, er hatte ja gar nicht wirklich viel getrunken – oder vielleicht doch, er hatte nicht besonders aufgepaßt –, und kein Crescendo an guter Laune gespürt, wie es einzutreten pflegte, bevor er ganz betrunken war. Diesmal war er ohne Übergang sturzbetrunken.

Er machte ein paar Schritte auf dem Hof, schwankte und fiel hin. Das war sehr angenehm. Er streichelte den Boden und war sehr glücklich. Ach, wie schön, dachte er, jetzt ist es schon so weit. Jetzt kann ich nicht mehr fallen.

Er spürte, wie ihn die Leute hochhoben und unter Redeschwällen ins Haus brachten, während er schüchtern und bescheiden wiederholte, er wolle niemandem zur Last fallen, sie sollten doch, sollten doch unbedingt das Fest fortsetzen, das so rauschend zu werden versprach.

Dann lag er auf einem Bett und schlief sofort ein.

Als er aufwachte, war es stockdunkel, er hatte Kopfschmerzen, war aber einigermaßen nüchtern, bloß das Herz klopfte ihm, und er war unruhig. Warum hatte er sich so vollaufen lassen? Bestimmt war sein seelischer Zustand mitschuldig, er hatte sich mit verminderter Resistenz ans Trinken gemacht. Er hatte überhaupt keine Resistenz gehabt, das Mädchen hatte mit ihm gemacht, was es wollte. Hatte sie vielleicht auch gewollt, daß er sich dermaßen betrank?

Er wurde sehr unruhig. Die Nacht kam ihm in den Sinn, als er durch die Straßen Roms gelungert war, bis es ihn vor dieses kleine Haus verschlagen hatte, wo seine Phantasie geheimnisvolle, verbrecherische Dinge hinter die schweigenden Wände projizierte. Das war das Haus, in welchem Morde geschahen. Und jetzt war er da drin, die Wände schwiegen betäubend, er lag der Finsternis ausgeliefert, was er ja eigentlich auch geplant hatte.

Eine Weile lag er noch so, in stetig wachsender Unruhe, dann versuchte er aufzustehen. Doch es fiel ihm schwer, sich zu bewegen, und schmerzhafte Stiche fuhren ihm durch den Schädel. Er blieb doch lieber liegen. Und er horchte. Seine Augen gewöhnten sich ans Dunkel und seine Ohren ans Horchen. Er hörte tausend kleine Geräusche, seltsame, nahe, italienische Geräusche ringsum. Das Haus war in allen Winkeln wach. Unter der Tür hindurch sprang ihn eine schwache Helligkeit an.

Na, die hatten etwas vor … War für ein Irrsinn, Geld mitzunehmen! Wo war das Geld schon wieder? Ach ja, er lag angezogen auf dem Bett, es mußte in der Brieftasche sein. Er tastete nach ihr. Sie war nicht an ihrem Platz. In keiner seiner Taschen.

Soviel war also sicher, sie hatten ihm sein Geld gestohlen! Etwa zweihundert Lire. Egal … die wollen doch sicher noch anderes. Würden sie ihn etwa entschlüpfen lassen, damit er sie anzeigen konnte? Die müßten ja verrückt sein. Nein, umbringen wollten sie ihn, ohne jeden Zweifel.

Da ging die Tür auf, Vannina kam herein, in der Hand so etwas wie einen Leuchter. Sie blickte forschend zum Bett, und als sie sah, daß Mihály wach war, schien sie überrascht, und sie trat heran. Sie sagte etwas, das er nicht verstand, das aber nicht gut klang.

Dann stellte sie den Leuchter hin und setzte sich auf die Bettkante. Sie streichelte sein Haar und seine Wangen und ermunterte ihn, doch ruhig weiterzuschlafen.

Klar, die will, daß ich schlafe, und dann … Ich werde aber nicht schlafen.

Dann fiel ihm siedendheiß ein, was für eine Suggestivkraft in dem Mädchen war, und daß er bestimmt einschlafen würde, wenn sie es wollte. Tatsächlich, er machte die Augen zu, sobald das Mädchen darüberstrich, und verfiel in einen summenden Halbschlaf.

In diesem Zustand meinte er zu hören, wie im Nachbarzimmer

geredet wurde. Er hörte das Brummen einer rauhen Männerstimme, zeitweise das schnelle Reden eines anderen Mannes und dazwischen das geflüsterte Stakkato des Mädchens. Ganz sicher besprachen sie gerade, wie sie ihn umbringen wollten. Das Mädchen war vielleicht dagegen, schützte ihn vielleicht. Jetzt, jetzt sollte er aufstehen. Oh, wie oft hatte er das geträumt, daß irgendeine schreckliche Gefahr nahte und er nicht aufzuwachen vermochte, so sehr er sich auch anstrengte, und siehe da, der Traum wurde jetzt Wirklichkeit. Dann träumte er, etwas blitze vor seinen Augen, und röchelnd wachte er auf.

Im Zimmer war es hell, der Leuchter brannte auf dem Tisch. Er richtete sich auf und blickte entsetzt um sich, aber es war niemand da. Vom Nachbarzimmer drang immer noch das Gemurmel herüber, jetzt viel leiser, und er vermochte nicht festzustellen, wer da redete.

Todesangst schüttelte ihn am ganzen Leib. Er hatte das Gefühl, daß man sich ihm näherte, mit Messern, das Rattenvolk. Er rang die Hände, etwas hielt ihn zurück, er konnte nicht aus dem Bett springen.

Nur der Leuchter beruhigte ihn einigermaßen, der flackernde Leuchter, der Schatten an die Wände warf; das erinnerte ihn an sein einstiges Kinderzimmer. Und dann fielen ihm Vanninas fein geformte Hände ein, die er, ohne es zu merken, angestarrt hatte, als sie mit dem Leuchter hereingekommen war.

Wieso habe ich eigentlich Angst, durchzuckte es ihn plötzlich. Jetzt, jetzt, jetzt würde geschehen, was er gewollt, geplant hatte. Er würde sterben, aber das wollte er ja auch, und es würde eine schöne, seltsame, geheimnisvolle Frau dabeisein, würde ihm zu seinem Tod verhelfen, ein Todesdämon wie auf den etruskischen Gräbern.

Jetzt sehnte er sich schon danach. Zähneklappernd und mit schreckensstarren Armen, aber doch mit dem Wunsch, daß es geschehe. Soll die Tür aufgehen und das Mädchen eintreten und zu seinem Bett kommen und ihn küssen und umarmen, während das mörderische Messer seine Arbeit tut ... sie soll kommen und ihn umarmen ... wenn sie doch bloß schon käme ... wenn doch bloß die Tür aufginge ...

Doch die Tür ging nicht auf, draußen krähten schon die ersten Hähne, im Nachbarzimmer war vollkommene Ruhe, der Leuchter war flackernd erloschen, und Mihály fiel in tiefsten Schlaf.

Dann wurde es Morgen wie üblich. Er wachte in einem hellen Zimmer auf, einem freundlichen, hellen Zimmer, wachte auf, weil Vannina eingetreten war und ihn fragte, ob er ausgeschlafen habe. Es war Morgen, ein freundlicher, normaler italienischer Sommermorgen. Bald würde es unglaublich heiß werden, aber im Moment war es noch angenehm. Nur der Nachgeschmack des gestrigen Wahns quälte ihn, sonst nichts.

Das Mädchen erzählte etwas davon, wie betrunken er gewesen sei, aber trotzdem sei er freundlich geblieben und hätte sich bei den Versammelten großer Beliebtheit erfreut, und sie hätten ihn dabehalten, weil sie fürchteten, er käme nicht nach Hause.

Beim Gedanken ans Nach-Hause-Gehen fiel ihm Éva ein, die ihn am Vorabend bestimmt gesucht hatte, um bei ihm zu sein, wenn … Was sie wohl von ihm denken mochte? Daß er davongelaufen war? Davongelaufen vor sich selbst?

Da wurde ihm plötzlich bewußt, daß er während der ganzen von Visionen heimgesuchten Schreckensnacht kein einziges Mal an Éva gedacht hatte. Die Pause. Die größte Pause seines Lebens. Merkwürdig, um einer Frau willen zu sterben, die einem die ganze Nacht – und was für eine Nacht! – nicht einmal in den Sinn kommt.

So gut es ging, brachte er seine Kleider in Ordnung, verabschiedete sich von ein paar Leuten, die draußen in der Schenke saßen und ihn als lieben alten Freund begrüßten. So wie die Sonne durch das kleine Fenster hereinschien, hatten sie gar nichts Rattenhaftes, es waren wackere italienische Kleinbürger.

Und die haben mich umbringen wollen? fragte er sich verwundert. Na gut, es ist nicht unbedingt gesagt, daß sie das wollten. Aber es ist doch komisch, daß sie mich nicht ermordet haben, ja, daß sie mich sehr mögen, nachdem sie mir die Brieftasche gestohlen haben. Was will man, diese Italiener sind eben komisch.

Seine Hand tastete unwillkürlich nach der Brieftasche. Sie war an ihrem Platz, über seinem Herzen, wo der Mitteleuropäer, nicht

ohne eine gewisse Symbolik, sein Geld verwahrt. Er blieb verblüfft stehen und zog die Brieftasche heraus. Die zweihundert Lire
und das Münzgeld, ein paar zehn-Lire-Stücke, waren vollzählig
vorhanden.

Vielleicht hatten sie die Brieftasche zurückgeschmuggelt, während er schlief – aber was hätte das für einen Sinn? Doch eher
wahrscheinlich, daß sie sie gar nicht gestohlen hatten. Daß sie
auch in dem Moment in seiner Tasche war, als er feststellte, man
habe sie gestohlen. Mihály beruhigte sich. Es war nicht das erste
Mal in seinem Leben, daß er Weiß als Schwarz sah, daß sich seine
Eindrücke und Annahmen von der Realität abkoppelten.

Vannina begleitet ihn bis vor die Tür, ja, ging noch ein Stück
mit ihm in Richtung des Gianicolo.

»Kommen Sie wieder einmal. Sie müssen ja auch nach dem
bambino sehen. Ein Pate hat auch Pflichten, die dürfen Sie nicht
vernachlässigen. Kommen Sie. Oft. Immer ...«

Mihály gab dem Mädchen die zweihundert Lire, küßte sie
plötzlich auf den Mund und hastete weg.

8

Er betrat sein Zimmer.

Ich will mich ein bißchen ausruhen und überlegen, was ich eigentlich will, und ob ich will, was ich will, und erst dann schreibe ich an Éva. Denn meine Situation ihr gegenüber ist ein bißchen merkwürdig, und wenn ich ihr erzählte, warum ich gestern nicht nach Hause gekommen bin, würde sie es vielleicht gar nicht glauben, so läppisch ist die Sache.

Er zog sich mechanisch aus und begann sich zu waschen. Ob es wohl noch einen Sinn hatte, sich zu waschen? Doch er zögerte nur einen Augenblick, wusch sich dann, kochte sich Tee, nahm ein Buch, ging zu Bett und schlief ein.

Er erwachte, als es klingelte. Er eilte hinaus, frisch und ausgeruht. In der Zwischenzeit hatte es geregnet, und es war nicht mehr so heiß wie an den vorangegangenen Tagen.

Er machte die Tür auf und ließ einen älteren Herrn eintreten. Seinen Vater.

»Servus, mein Sohn«, sagte sein Vater. »Ich bin gerade angekommen, mit dem Mittagszug. Na, ich bin froh, daß du zu Hause bist. Hungrig bin ich auch. Ich möchte dich bitten, mit mir zum Essen zu kommen.«

Mihály war vom unerwarteten Erscheinen seines Vaters zwar ungeheuer überrascht, aber das dominierende Gefühl war doch nicht die Überraschung. Und auch nicht Verlegenheit und Scham, während sein Vater sich im Zimmer umblickte und krampfhaft darauf achtete, mit keiner Miene den Widerwillen zu verraten, den ihm die ärmliche Umgebung einflößte. Ein anderes Gefühl herrschte in Mihály vor, ein Gefühl, das er in geringerem Maß von früher kannte, aus der Zeit, da er oft im Ausland gewesen war. Auch damals hatte es ihn immer gepackt, wenn er nach längerer

Abwesenheit nach Hause kam: das Entsetzen darüber, daß sein Vater in der Zwischenzeit älter geworden war. Aber so sehr, nein, so sehr war sein Vater noch nie gealtert. Als er ihn das letzte Mal gesehen hatte, war er noch der selbstsichere Mann mit den herrischen Gesten gewesen, so wie ihn Mihály sein Leben lang gekannt hatte. Oder so wie er ihn zumindest sah, denn er lebte nun schon seit Jahren zu Hause, und wenn an seinem Vater eine Veränderung vorgegangen war, hatte er die allmähliche Verwandlung nicht bemerkt. Um so deutlicher sah er sie jetzt, nach ein paar Monaten der Trennung. Die Zeit war in das Gesicht und die Gestalt eingebrochen. Sein Vater hatte, nicht sehr, aber doch eindeutig, etwas Greisenhaftes: der Mund hatte seine Straffheit verloren, die Augen waren eingefallen und müde (allerdings war er ja die ganze Nacht gereist, eventuell sogar dritter Klasse, sparsam wie er war), sein Haar war noch weißer, seine Rede weniger knapp und klar, sondern irgendwie auf erschreckende Art ein bißchen schlurfend – schwer zu sagen, wie genau, aber da war die Tatsache in ihrer ganzen grausamen Realität: Sein Vater war ein alter Mann.

Und gemessen daran war alles andere nichts, weder Éva noch die Todesabsichten und nicht einmal Italien.

Bloß jetzt nicht weinen, ja nicht, Vater würde mich zutiefst verachten und daneben vielleicht auch erraten, daß ich um ihn weine.

Er riß sich zusammen, machte sein ausdrucksloses Gesicht, mit dem er gewöhnlich all das aufnahm, was mit seiner Familie zusammenhing.

»Es ist sehr nett, Vater, daß du gekommen bist. Bestimmt hattest du gewichtige Gründe, die lange Reise auf dich zu nehmen, und erst noch im Sommer ...«

»Gewichtige Gründe, gewiß. Aber nichts Unangenehmes. Es ist nichts passiert. Du hast zwar nicht danach gefragt, aber deine Mutter und deine Geschwister sind wohlauf. Und wie ich sehe, fehlt auch dir nichts Besonderes. So laß uns zum Mittagessen gehen. Führ mich an einen Ort, wo man nicht mit Öl kocht.«

»Erzsi und Zoltán Pataki waren vorgestern bei mir«, sagte sein Vater während des Essens.

»Was? Erzsi ist in Budapest? Und sie sind zusammen?«

»Ja. Pataki ist nach Paris gefahren, sie haben sich versöhnt, und er hat Erzsi nach Hause geholt.«

»Aber wie und warum?«

»Mein Lieber, wie soll ich das wissen, du kannst dir ja denken, daß ich mich nicht danach erkundigt habe. Wir haben uns nur über Geschäftliches unterhalten. Wie du wohl weißt, hat mich dein ... wie soll ich sagen ... seltsames, wenn auch mich gar nicht so sehr überraschendes Verhalten in eine sehr peinliche Lage gebracht. In eine peinliche finanzielle Lage. Erzsis Geld in der heutigen Welt zu liquidieren ... du bist informiert, nicht wahr, Tivadar hat dir doch alles geschrieben.«

»Ja. Du glaubst es vielleicht nicht, aber ich habe mir entsetzliche Sorgen gemacht darüber, wie es weitergehen soll. Erzsi hat gesagt, Zoltán würde ... aber sprich weiter.«

»Gott sei Dank ist nichts passiert. Gerade deswegen sind sie zu mir gekommen, um zu besprechen, unter welchen Bedingungen ich ihnen das Geld zurückzahlen soll. Aber ich muß sagen, sie waren so kulant, daß ich gestaunt habe. Wir haben uns über die Raten geeinigt. Sie sind keineswegs drückend, und ich hoffe, daß wir auch diese Angelegenheit ohne größere Schwierigkeiten abwickeln können. Um so mehr, als es deinem Bruder Péter gelungen ist, einen hervorragenden neuen Geschäftspartner zu finden.«

»Ja und Zoltán, ich meine Pataki, hat sich anständig verhalten? Ich verstehe das nicht.«

»Er hat sich vollkommen gentlemanlike verhalten. Ich glaube, unter uns gesagt, aus Freude darüber, daß Erzsi zu ihm zurückgekehrt ist. Und bestimmt auch in Erzsis Sinn. Das ist eine ganz ausgezeichnete Frau. Es ist wirklich schlimm, Mihály ... na, ich habe beschlossen, dir keine Vorwürfe zu machen. Du warst schon immer ein merkwürdiger Junge, und du mußt wissen, was du tust.«

»Und Zoltán hat nichts Schlechtes über mich gesagt? Hat er nicht gesagt, daß ...?«

»Er hat überhaupt nichts gesagt. Kein Wort über dich, was ja unter den gegebenen Umständen auch natürlich ist. Hingegen hat Erzsi von dir gesprochen.«

»Erzsi?«

»Ja. Sie hat gesagt, sie habe dich in Rom getroffen. Sie hat keine Einzelheiten genannt, ich habe natürlich auch nicht gefragt, aber soviel hat sie verraten, daß du dich in einer ganz mißlichen Lage befindest und daß du meinst, deine Familie hätte sich gegen dich gewandt. Nein, sag nichts. Wir sind miteinander stets diskret gewesen, und wir wollen das auch bleiben. Doch Erzsi hat mir geraten, selbst nach Rom zu fahren und dich zu überreden, daß du nach Budapest zurückkommst. Beziehungsweise, ich sollte dich nach Hause bringen, um ihren Ausdruck zu gebrauchen.«

Nach Hause bringen? Ja, Erzsi wußte, was sie redete, sie kannte Mihály. Es war ihr klar, daß er von seinem Vater nach Hause gebracht werden konnte wie ein Student, der durchgebrannt war. Es war ihr klar, daß Mihálys Naturell auf Gehorsam eingestellt war und er auch wirklich gehorchen würde wie der eingefangene Student; mit der mentalen Einschränkung, daß er bei Gelegenheit eventuell wieder davonlaufen würde.

Erzsi war weise. Es blieb ja wirklich nichts anderes übrig, als nach Hause zu gehen. Es gäbe zwar noch eine andere Lösung, aber … die äußeren Umstände, vor denen er in den Tod hatte flüchten wollen, waren offenbar nicht mehr vorhanden. Zoltán war versöhnt, seine Familie wartete sehnsüchtig auf ihn, niemand verfolgte ihn.

»Da wäre ich also«, fuhr sein Vater fort, »und ich möchte gern, daß du deine hiesigen Angelegenheiten sogleich ordnest und nach Hause mitkommst, noch mit dem heutigen Abendzug. Weißt du, ich habe nicht viel Zeit.«

»Ja, nun, das kommt ein bißchen plötzlich«, sagte Mihály, aus seiner Träumerei aufgeschreckt. »Heute morgen hätte ich an alles gedacht, nur nicht daran, daß ich nach Budapest fahren würde.«

»Das glaube ich schon, aber was hast du dagegen?«

»Nichts, aber laß mich Atem holen. Schau, auch dir wird es nicht schaden, wenn du dich bei mir ein bißchen hinlegst und Siesta machst. Unterdessen bringe ich meine Angelegenheiten in Ordnung.«

»Na schön, wie du meinst.«

Mihály machte es seinem Vater auf dem Bett bequem, er selbst setzte sich in den Lehnstuhl, mit der festen Absicht nachzudenken. Das Nachdenken bestand darin, daß er der Reihe nach bestimmte Gefühle evozierte und ihrer Intensität nachsann. Auf diese Art pflegte er festzustellen, was er wollte oder wollen würde, wenn er wollen dürfte.

Ob er wirklich noch zu sterben wünschte? Ob er sich noch nach Tamás' Tod sehnte? Er beschwor diese Sehnsucht herauf und suchte die mit ihr einhergehende Süße. Doch da war keine Süße, sondern im Gegenteil Ekel und Müdigkeit, wie nach dem Liebemachen.

Dann wurde ihm bewußt, warum er diesen Ekel empfand. Sein Wunsch war ja befriedigt. In der vergangenen Nacht, im italienischen Haus, hatte er in seiner Angst den Todeswunsch, der ihn seit der Jugend heimsuchte, zu Wirklichkeit werden lassen. Wenn auch nicht zu äußerer Wirklichkeit, so doch zu einer seelischen. Und damit war der Wunsch, vielleicht nicht für immer, aber für lange Zeit befriedigt, und er war ihn los, so wie er auch Tamás' Geist losgeworden war.

Und Éva?

Er bemerkte einen Brief auf seinem Schreibtisch. Jemand hatte ihn dorthin gelegt, während er beim Mittagessen gewesen war. Bestimmt war er am Vorabend gekommen, und die Nachbarsfrau hatte vergessen, ihn herüberzubringen. Er stand auf und las Évas Abschiedsworte:

»*Mihály, wenn Du das liest, bin ich schon unterwegs nach Bombay. Ich komme nicht zu Dir. Du wirst nicht sterben. Du bist nicht Tamás. Sein Tod war nur für ihn bestimmt, jeder soll seinen eigenen suchen. Lebe wohl, Éva.*«

Am Abend saßen sie tatsächlich in der Eisenbahn. Sie redeten über geschäftliche Belange, sein Vater erzählte, was in Mihálys Abwesenheit in der Firma vorgefallen war und wie es um die Aussichten stand und welchen neuen Tätigkeitsbereich er Mihály anvertrauen wollte.

Mihály hörte ihm zu. Er war unterwegs nach Hause. Wieder würde er versuchen, was ihm fünfzehn Jahre lang nicht gelungen war: sich anzupassen. Jetzt würde es vielleicht gelingen. Das war sein Schicksal. Er ergab sich darein. Die Tatsachen waren stärker. Man entkam ihnen nicht. Sie sind immer stärker, die Väter, die Zoltáns, die Firmen, die Menschen.

Sein Vater schlief ein, und er starrte zum Fenster hinaus, wobei er versuchte, im Mondlicht die Umrisse der toskanischen Hügel auszumachen. Man mußte am Leben bleiben. Auch er würde leben, wie die Ratten in den Ruinen. Aber immerhin leben. Und solange man lebt, weiß man nicht, was noch geschehen kann.

Und solange man lebt...

Ein Nachwort von Péter Esterházy

Werfen wir einen Blick auf das Foto des Autors. Strenge Brille, intelligente Stirn, so sehen Literaturprofessoren aus. Das war er auch. (Oder doch nicht? Vielleicht doch eher der ewige Outsider?) Er hat geniale Bücher über die Geschichte der ungarischen Literatur und der Weltliteratur geschrieben, noch heute büffelt der Abiturient in ihnen, und der Vater des Abiturienten blättert immer wieder darin, als wären es Romane. Diese beiden Bücher, *Geschichte der ungarischen Literatur* und *Geschichte der Weltliteratur*, sind in Ungarn so populär, daß sie hin und wieder den Romanautor verdecken. Er selbst hat das gespürt und in seinem Tagebuch geschrieben: »Unangenehm, wenn man von mir sagt, ich sei ein Literaturhistoriker. Ich bin ein Schriftsteller, dessen Thema vorübergehend die Literaturgeschichte war.«

»Es ist ein geheimnisvoll heiteres Gesicht, ein beunruhigend unschuldiges Augenpaar«, schreibt ein Kritiker, und tatsächlich ist in dem konventionellen Professorenporträt etwas »Unzuverlässiges«.

Ich kenne eine Frau – ich könnte gleich mehrere Nachworte über sie schreiben – , die gesagt hat, *Reise im Mondlicht* sei für sie wie eine bunte Glaskugel, die je nach Lichteinfall anders aussieht. Als sie ihn mit vierzehn gelesen habe, sei sie von der italienischen Rundreise begeistert gewesen, und ja, es ist schon so, als reisten wir mit Mihály im Land umher und suchten – was denn sonst – natürlich uns selbst! Mit vierundzwanzig sei sie vom Todesthema angezogen gewesen, da sie den Tod nicht fürchtete, mit vierunddreißig habe sie an den vielen plastisch herausgearbeiteten Figuren ihre Freude gehabt, an Vannina, dem mageren römischen Mädchen, das einen zu durchschauen scheint (und auch noch große Brüste hat), an Szepetneki, dem Schaumschläger, der dennoch Überraschungen auf Lager hat, an dem geheimnisvollen Perser, der einem notdürftig gezähmten Tiger(!) gleicht, und so weiter. Und dann habe sie das Buch mit vierundvierzig noch einmal gelesen, um jetzt auf die Sprache aufmerksam zu werden, dieses elegante, melodiöse, geistreiche, leichte Instrument.

Antal Szerb zählt zu den großen Eleganten Ungarns, zu denen auch (der gleichaltrige) Sándor Márai gehört und natürlich der Eleganteste von allen: Dezső Kosztolányi.

Vergleichen wir: Als hörte man Bruce Chatwin siebzig Jahre früher. Die Kapitel enden so genau wie die Akte bei Ferenc Molnár. Oder wie die Abschlüsse bei Milan Kundera. Wie Umberto Eco hält er kleine Kurse in Glaubens-, Literatur- und Kunstgeschichte, so leichthin, so nebenbei.

Nur in englischen Romanen liest man so lakonische, funkensprühend großspurige und liebenswürdige Sätze wie:»… fuhr sie nach Paris, so wie man es zu tun pflegt, wenn man hoffnungslos ist und ein neues Leben beginnen will.« Oder solche wunderbaren Sätze:»Ich mag Menschen nicht, die nicht so sind wie andere Menschen. Schon die anderen Menschen sind widerlich genug. Und erst noch die, die nicht so sind.«

Das ist die Art Roman, in dem jeder seinen Lieblingssatz hat.

Der imaginäre oder eher der sich im Unendlichen verlierende Mittelpunkt des Romans ist der große Jugendfreund (die Jugendliebe) Tamás Ulpius. Er und Éva tauchen auf wie (noch ein Wie) aus Jean Cocteaus *Kinder der Nacht*. Um Tamás dreht sich alles. Er ist das Ziel unserer Sehnsucht, er, den es nicht gibt, aber gegeben hat. Er ist der Gegenstand der Nostalgie.

Bei niemandem außer bei Antal Szerb habe ich je diese eindeutige, doch zugleich harte Nostalgie gesehen, die also nicht sentimental ist, nicht kitschig verlogen, die nicht nur das Schöne und Gute wie Rosinen aus der Erinnerung herauspicken will, sondern die sich an das Ganze erinnert, an das ganze Ulpius-Haus mit allem Drum und Dran. Eine solche Nostalgie ist eine leidenschaftliche, schmerzliche Erinnerung an eine Ganzheit, die nie mehr zu erreichen ist.

Mihály entdeckt in sich selbst die Menschheit. Oder entdeckt hier der zivilisierte Mensch die noch nicht zivilisierten Vorfahren? Bei denen noch kein Glaube die Todessehnsucht zu einem Jenseitswunsch gemildert hat. Bei denen Eros und Thanatos noch Hand in Hand gingen ...?

Mihály schwankt zwischen erwachsener Skepsis und jungenhafter Weltsehnsucht, während ihn fortwährend die Banalität bedroht. So ist der Mensch des 20. Jahrhunderts. Der Roman ist so etwas wie eine Variation der *Unerträglichen Leichtigkeit des Seins*. »Er litt unsäglich darunter, daß er nicht litt«, steht in einer Szerb-Novelle.

Es wird viel geliebt hier, die einen sind in die Menschheit verliebt, die anderen in sich selbst, oder ins Sein, oder in die Wissenschaft. Und natürlich ins Leben. In die Liebe, in den Tod, in den Geist, in den Wahn, in die Vergangenheit, in die Zivilisation. Ein großer Liebesroman.

Antal Szerb führt uns in eine andere, eine alte Welt – nicht mit seinem Thema oder mit der Handlung, sondern mit seiner Sprache, seiner Denkweise, seinen Ansichten, mit seinem rationalen Mystikertum, in eine Welt, in der sich die Männer von Zeit zu Zeit einen neuen Hut kaufen und in der es nicht blöd klingt und nicht parodistisch gemeint ist, wenn man von einem Buch sagt, es belehre, erziehe, amüsiere.

Und wenn man mit diesem leichten, luftigen Buch fertig ist, wenn wir mit unserer angenehmen Lektüre zu Ende sind, schneiden wir uns unerwartet an einer kleinen, scharfen Frage: Was fangen wir jetzt mit unserer Unruhe an, mit der leidenschaftlichen Unruhe, die sich einmal Liebe nennt, einmal Unbehagen? Wir haben noch den letzten Satz des Romans im Ohr: »Und solange man lebt, weiß man nicht, was noch geschehen kann. «